Um die Wette leben

2. Auflage 1993

Satz: Lasersatz Maringer, Maishofen
Printed in Austria by Welsermühl AG, Wels
ISBN 3-7017-0789-8

Franz Innerhofer

UM DIE WETTE LEBEN

ROMAN

Residenz Verlag

Auch unter vermeintlichen Gesinnungsgleichen geht es hinter ihren Anliegen und Zielen nicht um Klarheit und Aufhellung ihrer dargestellten Opfer, eher um ein Querschießen aus der Dämmerung und das Verteidigen der eigenen Taschenlampe als Licht.

(So Tenore zum Schreiber
und Schüler Artner
beim Eierverkaufen auf dem Markt)

Der Fortschritt hat kein Maß.
Ist immer nur Schreiten
und fort.

In der Festspielstadt

Schauen Sie, daß Sie nicht zu sehr ins Autobiographische kommen, so der Verleger.
Telefonieren Sie nicht so viel, so der Autor.
Er lachte, schloß die Tür hinter sich und ging, zuerst die ächzende Holzstiege hinunter und danach an kleinräumigen, fensterlosen Büros den engen Gang entlang und vor dem Ausgang wieder einige Stufen hinauf, am Packer vorbei, von dem der Autor nicht wußte, daß er ihn verachtete. Auch seinen Namen kannte er nicht. Er sah lediglich, daß ihm der winzigste Raum zugeteilt war und daß er die Tür immer offen hatte. Sie grüßten sich natürlich, der Autor als der viel Jüngere und zum Grüßen Erzogene, der Packer, weil er mußte, aber ihr Aneinandervorbeimüssen war in erster Linie gebäudetechnisch bedingt, was der Autor als durchaus sympathisch empfand. Das Außersichtweitehalten und Verstecken von Menschen haßte er.
Nur einen Schritt von der Einundausgangstür schon der Gehsteig und knapp davor die Salzach, schon ziemlich seicht, weil Herbst. Jenseits die Altstadt mit dem Mönchsberg dahinter und jenseits von diesem die schöne Literaturpflegerin oder Literaturliebhaberin; was von beiden sie nun war, wußte er nicht. Er dachte an sie und spielte mit dem Gedanken, durch die Altstadt und über den Berg auf gut Glück zu ihr zu gehen, entschloß sich dann aber, weit weniger angenehm der Einbahn und den Autos entgegen stadtauswärts zu wandern.
Es stank ein wenig, und laut war es, aber das störte ihn kaum. Außerdem biß ihn da kein Hund. Weiter oben, in der ruhigen und nur für Anrainerverkehr zugelassenen Gasse, hatte ihn ja tatsächlich einmal ein Pensionshund listig von hinten beschlichen und tüchtig in die Hüfte gebissen, während vom Hauseingang aus ein Mann in Gastronomietracht interessiert zugeschaut hatte. Seither ging er dort entweder gar nicht oder nur mit Stock ausgerüstet vorbei. Aber diesmal zog er ohnehin die

normalen Bedingungen, den Gehsteig und die Autos, vor. Das Umherschleichen auf stillen Wegen hatte er schon seit einiger Zeit satt. War ja schon ganz Österreich eine Schleichgeschichte, ein hinter verschlossenen Türen Herumhocken. *Fabriken nicht mehr, Arbeiter nicht mehr,* so die Kritiker zum Verleger und so der Verleger zum Autor.
Bauerngeschichten schon, so der Verleger.
Komplizierte Geschichten nicht, so der Verleger.
Am besten einen Nichtroman, so der Autor.
Nein, nein, schreiben Sie! so der Verleger.
Schreiben Sie!
Dieser elende Marktblödsinn, ging es dem Autor durch den Kopf. Zum Glück hatte er während ihres Einandervorbeiredens einige Gläser Wein getrunken, aber die Sätze des Verlegers beschäftigten ihn doch mehr, als ihm lieb war, denn es waren nicht seine Erfindungen, sie kamen von viel viel weiter her und wurden von bestimmten Stellen aus gezielt in Umlauf gebracht. Themenwünsche ja, aber Themenvorschreibungen oder überhaupt die thematische Verbannung gleich ganzer gesellschaftlicher Bereiche kamen nicht vom Verleger, denn der las die Manuskripte ja nicht, er ließ sie lesen, ließ sich beraten, und wenn aus einem ein Buch entstand, griff er zum Telefonhörer und telefonierte und telefonierte.
Elender Marktblödsinn, fluchte der Autor in sich hinein.
Scheiß deutsches Kritikertum!
Scheiß deutsches Verlegergesindel!
Scheiß Aktionäre!
Scheiß feige anonyme Machtbagage!
Tatsächlich fühlte er sich auf die Schulbank zurückversetzt, ja mehr, er war aus freien Stücken auf ein Glatteis gegangen und wollte es noch immer nicht einmal richtig wahrhaben.
Statt Existenzbedingungen: Arbeitsplatz.
Statt mitverändern: schweigen.
Statt denken: sich die Angst nicht anmerken lassen.

Statt leben: geduldig zusammen aneinander vorbei in Richtung Friedhof.

Kommen Schweinereien vor? so einmal ein lüsterner Generalkritiker, als sie für kurze Zeit Gnade vortäuschten und die Autoren über die sogenannte Arbeitswelt fabulieren ließen. Ja und das lange Gerede, daß Arbeiter ohnehin keine Bücher läsen und halt einfach ohne Kultur und interesselos seien. Die langen stümperhaften Diskussionen fielen ihm wieder ein und die besorgten, bleichen Kulturpflegegesichter, die zweifelten und darum bangten, ob ihre Zusammenkünfte womöglich gestört, ihre Kulturhirnchen aus dem Konzept gebracht werden könnten.

Verdammt, auf einmal fiel ihm ein, daß er auf den Anruf vergessen hatte. Vorm Hineingehen in den Verlag hatte er sich fest vorgenommen, zuallererst Tenore Scattoni anzurufen, nicht um sich Kosten zu ersparen, sondern um dem Verleger wenigstens für einige Minuten den Telefonhörer abzuknöpfen und ihn warten und zuhören zu lassen, um ihm wenigstens für einige Minuten das Gefühl der Nebensächlichkeit zu vermitteln, statt dessen hatte er den Verleger in vollem Schwung angetroffen, also telefonierend hinter dem großen Schreibtisch in seinem schwenkbaren Fauteuil. Anstatt vor der Tür das Ende des Telefonats abzuwarten, war er zu früh, zu unbedacht eingetreten und der einladenden Geste zum Platznehmen auf einem der zwei zu niedrigen dreibeinigen Holzhocker vor dem Schreibtisch gefolgt. Und von so einem niedrigen Hocker aus, auf dem auch alle Angestellten widerspruchslos zu hocken hatten, ausgerechnet mit Tenore Scattoni zu telefonieren, war ihm gewiß zu lächerlich, wenn nicht überhaupt unmöglich vorgekommen. Mit einem Amt oder einem Schuldirektor ja, aber nicht mit Scattoni!

Er war jedenfalls, das Ende des Verlegertelefonats abwartend, von seinem Vorhaben abgekommen.

Was, schon wieder!

Schon wieder eine Tankstelle mehr! Nichts anderes als eine ganz normale Straßenkreuzung hatte er in Erinnerung und sah auf einmal eine Tankstelle, einen regelrechten Tankstellenkomplex. Vor einem Jahr noch eine Straßenkreuzung und nun ein färbiger Tankstellenkomplex und vis-à-vis eine nicht minder große Anlage aus Beton, wahrscheinlich bald ein Einkaufszentrum oder irgendein Markt.
Er kehrte um. Tankstellenkomplexen gegenüber kam er sich doch zu allein, zu lächerlich vor. Wenigstens mit Stickereien verzieren und in Trachten kleiden, meinte er, könnten sie die Tankstellen, steckten sie doch sonst alles in Trachten.
Und also Arbeiter nicht mehr, Fabriken nicht mehr . . .

Dank Scattoni, dank Urbs Vetus fühlte sich Artner der Stadt, der Festspielstadt, der Weltstadt, nicht ausgeliefert. All diesen Berühmtheiten und den vielen mehr, die es erst werden wollten, und dem noch weit mächtigeren Nichtreden, Nichtredendürfen und Schweigen. Ja, im Schweigen hat diese Stadt Weltrang. Kannte er doch Leute, die er Nachbarn hätte nennen können und die schon über zehn Jahre tapfer nicht mit ihm und auch untereinander nicht redeten. Kamen sie einem entgegen, dann stets mit Blick schräg auf den Boden oder seitlich an einem vorbei, nie einigermaßen waagrecht, nie Blick auf Blick, immer ernst und auf jeden Fall an einem vorbei. Auch wenn er in einer der zwei kleinen Zuckerbäckereien saß, die er seit Jahren aufsuchte, die eine wegen des wirklich guten Kaffees und der Frau Oberst, die andere wegen des jüngeren Publikums und des hinteren Raumes, in dem er ungestört lesen konnte, beobachtete er diese abweisende Haltung; ließ es sich einmal aus Platzgründen nicht vermeiden, daß man sich nahe gegenüber war, so wurde halt ein und dieselbe Illustrierte mit viel Ausdauer durchgeblättert. Und auch wenn sie in Betten lägen, konnte er sich schwerlich vorstellen, daß das viele stumme Aneinandervorbeigelaufe auf einmal sich verkehre und in Leidenschaft ausarte. Das hätte ihm längst einmal in der Früh auffallen müssen. Vereinzelt vielleicht, aber in der Regel nicht. Nein, dienstbezogen und zur Not grantig höflich kannte er ihre Tagesanfänge im inneren Stadtbereich, und etwas abseits überhaupt nur grantig. Aber zum Aussterben reichte es auch wieder nicht, dazu waren sie zu zäh und hatten viel zu viel Sinn für das Gegenständliche, für Geld und Fortbestand von Disziplin und Ordnung. Viel zu lange war Artner wohlmeinend dem Irrtum aufgesessen, Menschen und Dinge beliebig auseinanderhalten zu können, anstatt einmal grundsätzlich zwischen Süden und Norden zu unterscheiden. Er hatte immer Westen und Osten und Norden im Sinn gehabt und nicht bemerkt, daß er selber sich bereits weit im Norden befand, sich damit das Nördliche hätte sparen können, das Auseinanderhalten von Osten und Westen hätte ausgereicht. Jetzt machte er es sich einfacher, jetzt begnügte er sich damit, Süden und Norden nicht zu verwechseln. Die andern zwei Richtungen gaben sich tagtäglich zu erkennen, Sonne im Osten auf und im Westen nieder und wieder einen Tag älter, das blieb ja gleich.

Jetzt sagte er sich, ach ja, der Norden.

Und was den Süden anbelangte, mußte er sich erst gar nicht einreden, daß er sich im Süden befand, da wachte er auf und lebte.

Aber nun, zurück in der Festspielstadt, sagte er sich, was soll's, du kannst nicht nur zu Hause hocken, nicht in einem fort in Urbs Vetus sein. Man muß auch arbeiten, übte er und wußte genau, daß kein Dummkopf von Urbs Vetus einen derartigen Blödsinn sagen würde, höchstens einer, der sein ganzes Leben mit keinem Finger in die Nähe einer Arbeit gekommen wäre. Aber er war ja ohnehin weit genug von ihnen entfernt und bediente sich dieses kurzen Satzes als Formel zu Einübungszwecken, denn nun ging's ja wieder ernsthaft und gewichtig zu.

Selbst Fritz Fremuth, mit dem Artner eine langwährende Freundschaft verband, hielt neuerdings, wenn er nicht gerade vor der unterhosenlosen Flugunternehmerstocher herging, in allem und jedem nach dem Universellen Ausschau. Kein Wort, kein Satz, keine Silbe, nichts konnte sprachlich klein genug sein, als daß er nicht mit viel Ausdauer eine universelle Wichtigkeit aufzuspüren versucht hätte, aber mit Artners Südnordsicht wollte er nichts zu tun haben. Südfrüchte ja, die kaufe er in der Obstabteilung des Supermarkts körbeweise, zahle aus seiner Tasche dafür und verzehre sie, aber deswegen verkehre er noch lange nicht die Sicht der Dinge, so wie er auch noch lange nicht verpflichtet sei, schlitzäugig zu werden, wenn er etwas über die Chinesen lese. Mehr als Ausflugswert billigte er Artners Glück nicht zu, lediglich einzelne Geschichten hörte er sich höflichkeitshalber an und zog sich danach kommentarlos ins Universelle zurück, worauf Artner den Hinweis auf die schwarzäugigen Schönheiten für sich behielt. Wozu einen Nordisten mit Hilfe umbrischer Frauenschönheiten von seinem wissenschaftlichen Suchen abbringen, wozu sie als Köder mißbrauchen? fragte er sich. Und da er als einzelner Mensch, solange er nicht ein Buch oder sonst eine mediale Zusammenfassung vorzulegen hatte, eben nichts als eine Einzelexistenz war, schien es ihm ohnehin einfacher, statt mühsam in die Luft zu reden, den Überzeugungen anderer zuzuhören, schließlich waren sie in der Mehrzahl und, wie ihm vorkam, sich in verschiedenen Gruppen zu verschiedenen Themen unterschiedlich einig. In einem fort war in allen möglichen Zusammenhängen von Energie die Rede, Energie weniger, Energie mehr, jedenfalls viel öfter vom Mehr als vom Weniger, so daß er manchmal nicht wußte, ob er sich dabei ängstigen oder langweilen sollte. Zu seinem Trost führten Frauen dieses Wort kaum im Munde, da horchte er genau, die hörten dieses Wort mindestens so oft wie er, aber sie gaben es nicht wieder, behielten es einfach für sich, schienen es zu schlucken.

Das beruhigte ihn, daß Frauen nicht nachsagten, was energiebekümmerte Industrieantreiber mit oder ohne Geschick, aber auf alle Fälle mit hohen Kosten denkbar vielen Existenzen in die Gehirne oder noch lieber in die Bäuche pflanzen wollten. Er selber, wenngleich ihm vorm Manipuliertwerden nicht bangte und er das Medium als solches nicht ablehnte, lebte da wie dort fernsehlos und war somit in seiner Behausung visuell nicht unmittelbar erreichbar und auch der Beeinflussung nicht direkt ausgesetzt, höchstens, daß er manchmal als Autor selber vor der Kamera saß, aber das sah er zum Glück ja nicht, und es dauerte, da nur von kulturellem Belang, zumeist ohnehin nur wenige Minuten. Er war jedenfalls immer heilfroh, wenn er diese starken Lampen, das Mikrophon und Kameragefuchtel hinter sich hatte. Von diesen Dingen hielt er nicht viel, sie verwirrten ihn mehr, als sie ihm nützten, brachten ihn zum Schwitzen, und die eigentliche Arbeit, nämlich diese Fernsehteamgesichter — Männer ganz wichtig ernst, Frauen tröstend lieblich lächelnd — möglichst bald aus seinem Gedächtnis zu verfrachten, hatte er dann wieder mit sich allein zu erledigen.
Aber Fremuth, der Verleger, die schöne Literaturpflegerin, ja sogar Wirtinnen und im Gefolge zwangsläufig so mancher Gastwirt, Literaturprofessoren und Autoren, natürlich, maßen derlei medialen Auftritten viel Bedeutung zu. Allen voran freilich der Verleger und Fritz Fremuth, beide meinten es gut, der eine geschäftlich, der andere geschäftlich und gedanklich, wobei Fremuth, was Medienwirksamkeit anging, tatsächlich ziemlich genau Bescheid wußte. Er las nicht nur eine Menge Bücher, er kannte auch neueste Errungenschaften technischer Art, kam immer wieder von irgendwelchen diesbezüglichen Messen bestens informiert und fasziniert zurück, und später wurden ihm Geräte nachgeschickt.
Ein Stückl Brot, einen Käs und einen Apfel, und das gebt dann schon, sagte der Steinmetz. Er trank meistens zwei, ganz selten

drei Krügel Bier mit Artner im Gasthof Eigenherr. Er war gleich zu Beginn ihrer Bekanntschaft, für diese Gegend ungewöhnlich, von sich aus und obwohl es daneben nicht an freien Plätzen mangelte, an den Tisch des ihm fremden und viel jüngeren Artner gekommen, hatte sich um- und dann Artner angeschaut und ganz einfach für sich entschieden, sich zu Artner zu setzen. Der Regelfall für einen solchen Vorgang in dieser Gegend war jedoch, sich mindestens ein Viertel- bis halbes Jahr einmal allein an einen Nebentisch zu setzen, um dann allmählich über Blicke und Wetter- oder Baustellenbemerkungen an den eigentlichen Zieltisch zu gelangen. Da für gewöhnlich er es war, der Anbahnungsverfahren abkürzte, freute sich Artner natürlich über die Bekanntschaft mit dem Steinmetz. Ein Stückl Brot, einen Käs und einen Apfel, und das geht dann schon, fing er seine Unterhaltungen immer wieder an, er redete jedoch insgesamt nicht viel und mit seinem Sohn, der ebenfalls Steinmetz war und in seinem Betrieb arbeitete, überhaupt nicht, auch nicht, wenn er weiter drüben, im wesentlich kleineren Feldwegstüberl, aus Platzgründen am Nebentisch zu sitzen kam, obwohl der Sohn schon seit Jahren gern mit ihm gesprochen hätte, nein, mit Artner redete er, doch nicht einmal mit Artner über den Sohn, dieser wiederum sehr wohl mit Artner über den Vater. Aber daß sie in ihrer arbeitsfreien Zeit in ein und demselben Gastraum zusammentrafen, ergab sich ja nur aus Gründen der sogenannten Ruhetage, wenn der Eigenherr zu und das Feldwegstüberl offen hatte und umgekehrt, was für Artner wiederum ohne Belang war. Er konnte auch an Ruhetagen durch die nie abgesperrte Hinterhaustür, sofern ihm danach war, mit Erlaubnis der Wirtin in den Eigenherr hinein und zu Thom in den ersten Stock hinauf. Thom bewohnte dort seit einem halben Jahrzehnt ein Zimmer, zahlte dank der Großzügigkeit der Wirtin nicht den üblichen Fremdenzimmertarif, sondern ein für ihn gerade noch erschwingliches, bescheidenes monatliches Fixum und das, wenn es sich nicht ausging, nicht einmal pünktlich jeden Monat. Artner, der nur wenige Gehminuten von ihm entfernt wohnte, suchte ihn gelegentlich am Nachmittag oder auch am Abend auf, selten hingegen kam Thom zu ihm. An die fünf oder sechs Bücher existierten von ihm, aber nun, nach einer knapp dreijährigen Krise, war er seines Agenten in New York verlustig gegangen, und er versuchte schon seit über einem Jahr, Ursache und Gründe der Krise aufzuspüren, ein einsames und mühsames Unterfangen. Aber wegziehen wollte er auch nicht, nach England, Irland oder überhaupt zurück in die Vereinigten Staaten. Da stand er lieber in aller Früh auf, stellte für wenig Lohn Zeitungen zu und schlug sich mit Schäferhunden herum. Alles hing irgendwie mit der Frau zusammen, die ihn verlassen hatte, oder, wie Artner zu vermuten anfing, mit seinem Hang zum Katholischen, was Artner aber nicht interessierte. Da schwieg er einfach, wann immer Thom auf das Katholische zu reden kam, da sah er beim besten Willen keinen anderen Ausweg, als sich davonzumachen.

Ansonsten war der Ort, wo er wohnte, eigentlich nicht einmal ein Ort, mehr Stadtrandsiedlung als Dorf, mit keiner Kirche und auch keiner Kapelle ausgestattet. Auch ein Postamt war nicht anzutreffen, was Artner tatsächlich vermißte, aber eine Krämerin hatte er gleich ums Eck und nicht weit davon eine Metzgerei. Und viel Luft, viel autolärmlose Luft hatte er in der Nähe, kaum fünf Minuten ging er, zuerst noch da und dort vergeblich freundlich grüßend, an Einfamilienhäusern mit kleinen Gärten entlang, danach nur noch vorbei und entlang, nur fünf Gehminuten, und schon hatte er die Grußmißverständnisse hinter und nichts als ein weitläufiges Moor mit notdürftig angelegten Feldwegen vor sich. Über dieses Moor mit den Feldwegen freute er sich ganz besonders. Es gehörte den Bauern, diente der Nutzung und war eben nur Moor, alle übrigen Stadtrandgebiete, sofern überhaupt noch begehbar, waren ja längst auf Schritt und Tritt verniedlicht und asphaltiert. Aber hier

gab's Frösche, Vögel und Hochspannungsleitungen natürlich, von und nach Deutschland, die hörte er manchmal surren. Dennoch war ihm immer noch um sein früheres Quartier bei der zumeist mürrischen Musikprofessorswitwe leid. Obwohl es nur ein Mansardenzimmer mit Balkon und Kochnischenmitbenützung und, nach dem haarelassenden Pudel, Badezimmermitbenützung gewesen war, trauerte er aus irgendwelchen Gründen jener Behausung nach. Wahrscheinlich weil er wußte, daß der Musikprofessor in diesem Mansardenzimmer seine Bücher geschrieben hatte, und nicht zuletzt wegen der Sicht vom Balkon aus, nur Baumwipfel und die unbebaute Rückseite eines Berges, so daß er jederzeit die Illusion haben konnte, sich gar nicht in der Nähe der Festspielstadt zu befinden. Aber bereits nach einigen Monaten war das gesamte Haus im Handumdrehen verkauft worden, und Artner hatte ausziehen müssen.
In der neuen Behausung wohnte er ebenerdig und hatte jetzt keinen Pianisten mehr unter sich, dafür aber einen autowaschenden Pensionisten als Nachbar. Hatte sich der französische Pianist fast immer pünktlich um zehn Uhr ans Klavier gesetzt, holte jetzt der Pensionist ebenso pünktlich um acht in der Früh den Wasserschlauch aus der Garage und schrie wichtige Mitteilungen ins Haus.
Vor allem das Ebenerdige störte Artner, da er aber nicht beliebig mit Geld um sich werfen konnte und den Kulturstammtischeinladungen nicht Folge leistete, war die Angelegenheit ohnehin entschieden, und wenn er sich die Mühe machte, sich daran zu erinnern, welche Behausungszumutungen er schon besichtigt hatte, fand er die Ebenerdigkeit und den autowaschenden Pensionisten sogar erträglich, wenn nicht überhaupt unterhaltsam. Und erfreulich, wenn er alle Wohnungen und Häuser, in denen er gewesen war, durchdachte; bei genauerer Betrachtung hatte er mit Ausnahme des einen oder anderen Artisten kaum jemand angetroffen. Aber schließlich war es

nicht seine Aufgabe, sich zufrieden und glücklich zu fühlen und nirgends mehr hinzugehen.
Ein Stückl Brot, einen Käs und einen Apfel, und das geht dann schon.
Und also der Markt, dachte er, nie wollte er dieses Marktgerede und Marktgetue wahrhaben, aber er ging ja mindestens einmal am Tag am Eigenherr und an Thom vorbei und mußte an diese sonderbare Marktgesetzmäßigkeit denken, und sofort verlangsamte er seinen Schritt, wandelte regelrecht und rief sich mit Genuß Pirolo, Conte Pirolo in Erinnerung, einen kleinen, liebenswürdigen, konsequenten Nichtarbeiter, dennoch vom späteren Vormittag an auf seine Weise beschäftigt und von gar nicht so wenigen Leuten geachtet. Dort, in Urbs Vetus, war es ihm überlassen, fand niemand etwas daran, wie langsam und zu welcher Zeit er seiner Wege ging, wogegen hier insgesamt schon grundlos schnell gegangen wurde, außer bei Beerdigungen. Da gingen sie auch hier auffallend verhalten, langsam, als wäre im nachhinein noch etwas an Lebenssinn zu gewinnen, während dort von vornherein langsam und lebensbejahend gegangen wurde. Das fiel Artner jetzt bei seinen Piroloübungen immer deutlicher auf, aber er mußte sich zusammennehmen, um sich nicht zu vergessen und nicht mit sich davonzuschreiten.
Ist doch einfallslos, der Markt, doch nur Geschäft, verfügt über keine Ideen, geht doch nur ums Mehr und Mehr und ringsherum tiefer und tiefer ins Elend. Wie's ginge, wie's marktmäßig ginge, hätte er ja gewußt, aber stur und eigensinnig, wie Artner nun einmal war, grinste er oft inmitten von Lärm dem glänzenden Autoglück entgegen und dachte, ein Hoch dem Don Quichotte!
Ja und Pirolo oder Pirolino, scheu und schüchtern kam er zwischen halb elf und elf die Via Albani herunter zum Corso und betrat dort die Bar Rossi, immer mit Krawatte und gewaschenem und gebügeltem weißem Hemd, Anzug und geputzten

Schuhen. Rossi senior, groß und mit viel Bauch schon seit der Früh hinter seinem Pult, langte automatisch hinter sich und fischte zwei Schachteln *Super senza filtro* aus dem Regal, und Pirolo legte wie schon seit Jahren einen 5000-Lire-Schein auf das Pult und steckte Wechselgeld und Zigaretten ein. Die Bar an sich interessierte ihn nicht, da schaute er nicht einmal hin, egal ob dort zufällig Artner oder um diese Zeit für gewöhnlich Tino Trenta stand, lediglich wegen der Zigaretten waren die Bars für ihn von Belang, nicht wegen der Getränke, da hielt er sich ganz und gar an Osterien, Trattorien und *Circoli,* an Plätze, wo der Wein halbwegs gut und erschwinglich war, desgleichen auch sein jüngerer, körperlich größerer und massiger Bruder, im Nichtarbeiten nicht ganz so konsequent und tüchtig und deswegen auch nur Marcello und nicht Conte wie Pirolo.

Sie sprachen auch kaum miteinander, frequentierten lediglich durch den Weinausschank bedingt zu bestimmten Zeiten gezwungenermaßen dieselben Lokalitäten. Erst nach zwei Jahren, nachdem Artner sowohl mit Marcello als auch mit Pirolo Umgang gehabt hatte, war er von einem aus der Marcellogruppe über beider Verwandtschaftsverhältnis aufgeklärt worden, Pirolo selber hätte ihm diesen Zusammenhang nie verraten und Marcello auch nicht, bezüglich dieser Verschwörung waren sich beide fast einig. Pirolo aber, der wie Marcello über eine stationäre Anhängerschaft verfügte, war doch so was wie ein Capo oder Vorarbeiter, zumal er die Distanzen von Standort zu Standort meist ohne Begleitung, ganz für sich allein bewältigte und als letzter den Heimweg antrat, und im Nichtessen und Rauchen übertrumpfte er Marcello ohnehin bei weitem.

Kreuz und quer und labyrinthisch verliefen Gassen und Straßen in Urbs Vetus. Gleich zu Beginn hatte Artner, ganz in nördlicher Manier, geglaubt, er könne sie einfach Stück für Stück abgehen, mit erhobenem Haupt durchschreiten, aber

das wurde ihm Stück für Stück und mit viel Geduld abgewöhnt, nicht immer in seinem Sinne.
Darüber war er nun froh.
Leicht und von alleine, sagte er sich, kannst du hinfallen, aber sonst nichts.
Und also Fabriken nicht mehr, Arbeiter nicht mehr, das ging ihm nicht aus dem Kopf. Das Gegenteil hatten ihm Arbeiter in Urbs Vetus beigebracht und ihn dafür gefeiert, nur auf Vertrauen, daß er mit seiner Gesinnung einer von ihnen bleiben würde. Er war nicht der einzige, nicht der erste, den sie förderten, und sie wußten, daß so mancher, sobald es klappte, sich elegant als Signore von ihnen davonmachte; Artner war aber der erste Fremde, der aus ihm völlig unverständlichen Gründen und auf gut Glück in die Gunst einer solchen Förderung kam, wobei sie nie sagten, er solle als Gegenleistung sie und ihre Geschichte zu Papier bringen.

In der Festspielstadt war das freilich anders, da war es fast schon ein Kunststück, in ihrer Nichtarbeitszeit Arbeiter aufzuspüren, höchstens an Tankstellen, weil sie dort in Kleingruppen unter sich sein konnten und das Bier um einiges billiger war. Aber nur um ihr Nichtreden mit ihnen zu teilen und danach erst recht verdrossen davonzutorkeln, war er sich doch etwas zu schade. Damit vergehe nur unsinnig Zeit, und bestenfalls steigere es den Bierkonsum, aber den, Touristen hin, Touristen her, wollte er doch nach wie vor in Wirtshäusern betreiben. Eine Kellnerin ist eine Kellnerin, und ein Tankwart ist ein Tankwart. Davon ließ er sich nicht abbringen, auch nicht von einem engagierten Betriebsrat, der ihm diese Art von Arbeiterausweichkultur schmackhaft machen wollte. Tankstellen gebe es eben, weil es Autos gebe. Über das Weitere schüttelte er nur verständnislos den Kopf und liebäugelte boshaft mit der Idee, die schöne Literaturliebhaberin zu einer abendlichen Tankstellentour einzuladen, um mit ihr den Nichtfortbestand des

Erhabenen zu bedauern. Aber von einer sogenannten Arbeiterausweichkultur hielt er nichts, vielmehr meinte er, daß es sich wohl mehr um eine Arbeiterverschweigkultur handle. Anstatt sie nun vereinzelt suchen zu gehen, schien ihm wichtiger, sich mit dem Warum und dem Wie ihrer Situation zu befassen.

Österreicher, ein an sich noch von der Monarchie her bequemer, sich überschätzender Menschenschlag, fügten sich gerne in das Untertanmäßige und waren dafür im Urteilen über Menschen angrenzender Länder gar nicht zimperlich. Für jeden Blödsinn brauchten sie Leiter und Vorgesetzte, um sich vor ihnen fürchten und hinter ihrem Rücken über sie herziehen zu können, und zu guter Letzt wußte erst recht niemand, wer nun feiger und dümmer war. Aber es ging halt irgendwie. Arbeitsmäßig, mußte er immer wieder von neuem mit Erstaunen feststellen, ging es. Menschlich freilich hielten es nicht alle durch. Aber das waren einzelne, die sich umbrachten oder in der Psychiatrie verschwanden, die zählten nicht.

Arbeitsmäßig jedoch fand er immer alles in Takt und Schwung.

Kein Streik der Busfahrer.

Kein Streik der Lokführer.

Kein Streik der Fernfahrer.

Kein Telefonistinnen-Postler-Verkäuferinnen-Krankenschwestern-Friseurinnen-Kellner- und Kellnerinnen-Schulwarte-Dachdecker-Pfarrer-Gewerkschafterstreik.

Und Industriearbeiter wiederum, die es probierten, durften nicht.

Nur Ärzte und Zahnärzte waren so frei, daß sie sich von Zeit zu Zeit zu einem Streik herabließen, aber das machte das Kraut auch nicht fett.

Von dieser geschickt aufrechterhaltenen Ruhe wußte er ja, aber Fremuth, und nicht nur Fremuth, sprach viel ausführlicher darüber. Er schien der anderen, Artners mitgebrachter Südruhe zu mißtrauen. Bedingt durch Artners häufige und von Mal zu Mal längere Abwesenheit, durch Artners noch häufigeres Nichtfernsehen und nichteifriges Zeitungs- und Wochenmagazinstudium, hielt er es wahrscheinlich für notwendig, ihm bestimmte Ereignisse und Zusammenhänge genauer vor Augen zu führen, was Artner wiederum durchaus zu schätzen wußte. Das-nur-allein-nur-mit-eigenen-Augen-Sehen erachtete auch er als überholt, selbstgebastelte Einsamkeit strebte er jedenfalls nicht an. Da Fremuth alle Jahreszeiten, die in der Festpielstadt aber mehr und mehr von Festspielen überschattet wurden, aus Studien- und Berufsgründen eben in dieser Stadt zubrachte und sich eifrig bemühte, sie möglichst wenig wahrzunehmen, wußte er natürlich österreichweit über viele Vorgänge Bescheid, von denen Artner nichts wissen konnte. Italienische Zeitungen hatten weder Zeit noch Platz, über hausmeisterhafte Überrumpelungstaktiken zu berichten.

Und viel mehr als eine Hausmeistergeschichte war es für Artner nicht. Nicht nur daß er wochentags viele Stunden auf akademischem Boden umherging und eine Menge Universitätsbeschäftigte kannte, Fritz Fremuth hatte auch Zugang zur Arbeiterkammer und über diese wiederum vereinzelt zu Gewerkschaftern. Er entdeckte immer wieder Veränderungswillige, behielt langjährige Bekannte bezüglich ihrer Ausdauer und Zuverlässigkeit genau im Auge und überwarf sich nie ganz mit Leuten aus einer katholischen Kleingruppe. Das Adeligenhotel kannte er vom unterirdischen Großküchenbetrieb bis hinauf zum Schreibtisch des Direktors, wußte von der geheimen Namensliste, mit deren Hilfe sich erstklassige Hotels solidarisch vor unbequemem Personal schützen, ebenso wie ihm neben den beliebig zugemuteten, nichtbezahlten Lehrlingsüberstunden auch lehrlingsohrfeigende Köche kein Geheimnis waren. Und natürlich kannte er sich in der Handhabe des Handels mit Festspielkarten aus, denn er war selber oft genug, wenn der Herbert-von-Karajan-Tip danebengegangen war, nach den ersten schlechten Kritiken von den Hauptportiers blitzartig mit einem Bündel Karten als Gassenhändler ausgeschickt worden und hatte freie Hand im Unterbieten anderer Schwarzmarkthändler gehabt. Über derlei Dinge sprach er jedoch selten, ließ aber den Kontakt zu zwei Lohndienern nie ganz abreißen. Nur wenn er besonders gut aufgelegt war und alle übrigen bei einer abendlichen Runde längst ins Geschichtenerzählen verfallen waren, gab auch er, um dem zumeist harmlosen und gar nicht lustigen Kunterbunt einen Riegel vorzuschieben, Adeligengeschichten zum besten. Diese übertrafen den üblichen Alltag mit Leichtigkeit. Wenn Fremuth die Garagenausfahrtsgeschichte vom Prinzen Sitzviel-Immerdeutsch erzählte, wartete Artner, bevor er richtig loslachte, auf den Satz: *Aber Greterl, schließlich bin ich Rennen gefahren!* Er, Sitzviel-Immerdeutsch, bereits einiges über achtzig an Jahren, und das Auto, eine Spezialanfertigung, das Doppelte an PS, stieg, nachdem die Lohndiener alles in den Kofferraum gepackt hatten, furchtlos ein, startete den Motor und raste Sekunden später quietschend von seinem Standplatz los, ungeachtet dessen, ob er nun sechs oder acht oder sieben andere bestpolierte Gefährte leichter oder schwerer rammte. Sobald er einmal im Wagen saß, war er ganz einfach der frühere Rennfahrer und sonst nichts. Auch Verkehrsampeln kümmerten ihn nicht, bis zur Autobahnauffahrt hatte der Prinz Sitzviel-Immerdeutsch mit seiner stillen Margareth daneben so gut wie freie Fahrt — dank der dafür abkommandierten Polizisten, die ihm außer Sichtweite vorauszufahren und den übrigen Verkehr rechtzeitig zur Seite zu regeln beziehungsweise anzuhalten hatten, mit etwas Zugeld natürlich. Artner gegenüber verriet Fremuth freilich auch, daß die von Sitzviel-Immerdeutsch in der Garage hinterlassenen Lack- und Blechschäden, die seine Versicherung stillschweigend zu bezahlen hatte, nicht immer seinem Geschick und Willen und dem Zufall überlassen waren. Selbstverständlich stellte der Garagenmeister eine Stunde früher schon alles nach Rang und Wichtigkeit um, Limousinen hochgestellter Adeliger und Großindustrieller nach hinten, Autos unbedeutender Gäste in den Gefahrenbereich nach vorn, wobei auch je nach Beziehung zum Garagenmeister an besonders gefährdeter Position hin und wieder ein Hotelangestellter seinen Wagen dazwischenschob, um kostenlos zu einer Neulackierung oder sonst einer längst fälligen Reparatur zu kommen. Ansonsten war die Abreise des Prinzen Sitzviel-Immerdeutsch jedesmal mit einem regelrechten Aufatmen verbunden, da er, geistig immer noch ganz rege, seine körperlichen Alterserscheinungen konsequent ignorierte. Hatte er sich einmal etwas in den Kopf gesetzt, war es ihm egal, welche Gerüche von seinen Windeln ausgingen. Bis zu einer Stunde oft mußten sogar die Hauptportiers unauffällig weiterwirken und durften sich nichts anmerken lassen. Je nach Erzähllaune und Zuhörerschaft unterschlug Fremuth, wahrscheinlich weil er ihr selber oft unmittelbar ausgesetzt war, die Geruchsversion.

Artner jedoch, von dem die schöne Literaturliebhaberin zu wissen glaubte, daß er in seinem innersten Wesen einen Hang zum bösartig Gewalttätigen habe, ließ die Geruchsversion nie weg, wenn er ihr vom Prinzen Sitzviel-Immerdeutsch Geschichten erzählte. Nur ihr erzählte er sie stets ganz vollständig. Sie wollte die Sitzviel-Immerdeutsch-Geschichten nicht hören, wollte lieber unbefangen an der Seite ihres Mannes ins Adeligenhotel gehen. Oft ging sie ja nicht hinein, vielleicht zweimal oder dreimal im Jahr, aber womöglich untertrieb sie Artner zuliebe. Es gab da einige Ungereimtheiten, denen er auf die Schliche kommen wollte. Ziemlich sicher wußte er ja nur, daß sie das Adeligenhotel mit Ehrfurcht betrat und namensmäßig gewiß die richtigen Voraussetzungen hatte. Aber was zum Teufel, fragte er sich, hat Thomas Münzer mit der Geschichte zu tun, warum stand in der kleinen Hand-

bibliothek neben dem Glastisch so auffällig das Thomas-Münzer-Buch? Das war es ja, was ihm, als er zum ersten Mal vor ihr das Wohnzimmer betreten und am Glastisch Platz genommen hatte, sofort aufgefallen war, erinnerte er sich. Sie kennt Thomas Münzer, hatte er erleichtert gedacht, erinnerte er sich.
Sie hörte zu, aber Kommentar gab sie zu den Sitzviel-Immerdeutsch-Geschichten keinen ab, doch Artner ließ nicht locker, probierte dann eben andere Adeligengeschichten aus. Je nach Stimmung wählte er rasch die passende Geschichte. Bat sie ihn, mit ihr ins Bügelzimmer zu kommen, fiel ihm natürlich, noch während sie sich an der Wäsche zu schaffen machte, sofort die Tennishosenbügelgeschichte ein.
Wenn schon keine Arbeitergeschichten, so Artner im Bügelzimmer, *dann halt Tennishosengeschichten.*
Man brauche sich ja nur vorzustellen, der Bundeskanzler übernachte im Adeligenhotel und merke erst in der Früh beim Zuendeauspacken, daß er eine zerknitterte Tennishose im Koffer habe. Und er lasse also einen Liftboy oder Lohndiener kommen, damit er dafür sorge, daß die Tennishose in Schuß gebracht werde. Und gesetzt den Fall, eine Wäscherin, neu aufgenommen und von Tennis keine Ahnung, bügle die Tennishose falsch, was dann wohl sein werde? ließ Artner die Literaturliebhaberin rätseln.
Und nachdem sie zaudernd und widerwillig zurückgerätselt hatte, die Wäscherin werde vielleicht in die Direktion gebeten oder werde wegen dieses kleinen Mißgeschickes, fiel ihr dann noch erleichtert ein, dem Bundeskanzler persönlich vorgestellt, verneinte Artner kopfschüttelnd. Der Bundeskanzler spiele überhaupt nicht Tennis, und er sei nicht einmal sicher, ob er je im Adeligenhotel übernachtet habe.
Wahr und gewiß jedoch sei die Geschichte mit den falsch gebügelten Tennishosen. Und die habe einen sonst eher unauffälligen Stammgast, einen Adeligen, getroffen, der schon viele

Sommer hindurch seine Tennishosen der Hotelputzerei anvertraut hatte.

Und eines Tages gibt er Order, ihm die Tennishose zu bringen, und sie wird auch rasch gebracht, aber wie er in sie hineinschlüpft, bemerkt er plötzlich, daß sie falsch gebügelt ist. Sie müsse sich vorstellen, der Adelige Maier Vonbeck, für Tennis eher zu klein und zu beleibt, mitten im Raum in einer völlig falsch gebügelten Tennishose. In all den Jahren immer richtig und auf einmal die Bügelfalte seitlich.

Wäre es der Kreisky gewesen, abgesehen davon, daß der nicht spielte, hätte er vielleicht gebrummt und wäre womöglich zum Spaß in der falsch gebügelten Tennishose ausgerückt, aber es war der für gewöhnlich zurückhaltende Maier Vonbeck. Und der ließ nicht etwa stante pede die tennisunkundige Büglerin ausheben, um sie für sich zur Sau zu machen, sondern fing zunächst einmal, die falsch gebügelte Tennishose erst gar nicht ausziehend, ganz einfach und allgemein zu toben an. Nein, nicht die tennisunkundige Büglerin mußte geholt werden, um von Maier Vonbeck an Ort und Stelle niedergedonnert zu werden, sondern Liftboy und Lohndiener mußen zuerst einmal still vor ihm stehen und sich anhören, was mit seiner Tennishose passiert war, und das natürlich auch sehen, denn er hatte sie ja an. Aber nicht genug, die zwei uniformierten Hotelangestellten reichten ihm nur für den allerersten lauten Unmut, danach tobte er ihnen davon und noch lauter das Stiegenhaus hinunter und im Foyer erst richtig auf Sausgruber los. Alles so schnell, daß Sausgruber, der normalerweise schon lange keinen Finger mehr zu rühren brauchte, nicht vorgewarnt werden konnte. Aber selbst Sausgruber, der ja nicht irgendwer, ließ Artner die schöne Literaturliebhaberin wissen, sondern immerhin leitender Hauptportier sei und dementsprechend ruhig und gezielt regle, habe versagt, sei außerstande gewesen, Maier Vonbeck von der Portierloge wegzubringen.

Fritz Fremuth, der an diesem Tag Dienst gehabt hatte und

mehrmals angeschrien worden war und sich dazu auch noch von Sausgruber eine Zurechtweisung eingehandelt hatte, vergaß diesen Tennishosentag nicht, erzählte die Geschichte wesentlich ausführlicher, als Artner sie im Bügelzimmer stehend oder sitzend wiedergab. Von der Hotelbediensteten-Hierarchie von Sausgruber abwärts wollte seine Zuhörerin nichts wissen, aber Artner, zwischendurch auf eine Themenkrise anspielend, erwähnte Sausgrubers Untergeordnete sogar mit vollem Namen. In der Literatur, bei diesem Wort merkte sie jedesmal auf, sei ja schon die Darstellung von tatsächlich vergangener Zeit schwierig, der Unterschied zwischen gelebter Zeitdauer und Wiedergabe einer gelebten Geschichte stets ein Kompromiß, sagte Artner. Immer noch sei da zwischen der Mitteilung, daß Maier Vonbeck volle zwei Stunden in der falsch gebügelten Tennishose getobt habe, und den tatsächlichen zwei Stunden, die Sausgruber, der Direktor, Unter- und Hauptportiers und Gehilfen gebraucht hätten, um andere Hotelgäste von Maier Vonbeck wegzumotivieren, ein Unterschied wie zwischen Kartoffelnausgraben und leichtfertig in einem Puff auf einen vorgespielten Orgasmus hereinzufallen. Wirklich beruhigt habe sich Maier Vonbeck ja erst, nachdem er sich erschöpft und bemerkt hatte, daß außer Sausgruber und ihm niemand mehr im Foyer war.
Mit Fremuth, der sich weniger um das Tragen von Hosen oder, wie sie, sogar von figurbetonenden Hosen als um wissenschaftliche Erkenntnisse bemühte, hätte er natürlich anders geredet, aber die schöne Literaturliebhaberin, wie sie da vor ihm und in seiner Nähe herumhantierte, einmal mit dem Bügeleisen, dann wieder über den Wäschekorb gebeugt, brachte ihn beinahe aus dem Konzept. Das wollte er, und das wollte er wieder nicht. Aber wie würde er dann vor sich dastehen? Nur deshalb, weil er mit ihr im Bügelzimmer war, sich gehen lassen, alle Prinzipien über Bord werfen und womöglich von ihr sanft und langsam langsam in einen Liebeslangstreckenläufer verwan-

delt zu werden? Nur wegen eines eventuellen späteren Bügelzimmerabenteuers? Nein, liebe Literaturliebhaberin, wir bleiben beim Thema, sicherte Artner sich ab. Zu viele Ungereimtheiten, sagte er sich, die gehen wegen eines nachmittäglichen Bügelzimmerabenteuers nicht weg. Auch an Henry Miller, von dem las er gerade wieder einmal die Orgasmustrilogie, mußte er denken und war sich nicht mehr sicher, wieviel er ihm glauben sollte. Die schöne Literaturliebhaberin lehnte Miller ja ab, vielleicht sogar aus Treue zu ihrem Mann. Aber für Millerunternehmungen schien sie Artner insgesamt zu sanft, zu sehr mit ihrer Harmonie und Suche nach anscheinend verlorengegangener Ganzheit beschäftigt. Aber wenigstens keinen Hund, hielt er ihr zugute. Immer öfter waren es ja Hunde, mit denen er sich bei seinen Besuchen herumzuschlagen hatte, aber bei ihr knurrte kein Hund. Nicht einmal eine Katze bemerkte er. Vielfach nur Pflanzen und Bücher und Bilder und kleinere Skulpturen natürlich! Manchmal blieb er, bis der Ehemann kam, dann wieder gab er sich frühzeitig einen Ruck, stand auf und ging und saß später beim Steinmetz oder vorher noch im Feldwegstüberl mit dem Steinmetzsohn und anderen Arbeitern zusammen, im Feldwegstüberl waren ja noch Arbeiter anzutreffen. Lieber jedoch saß er beim alten Steinmetz und überließ es ihm, ob er redete oder nicht.
Fritz Fremuth gegenüber, der das Gedankengut der schönen Literaturliebhaberin vom Studium her genauer kannte, erwähnte er die Besuche bei ihr so gut wie nicht und noch weniger, daß sie Briefe gewechselt hatten, Fremuth ihr gegenüber wiederum schon, nicht zu ihrem Vergnügen, zumal sogar die Professoren, die Fremuths kritische Äußerungen ihr gegenüber nicht zu laut werden lassen wollten, zu ihren Wortmeldungen oft verständnislos den Kopf schüttelten. Nur ihrem Aussehen zuliebe wollten sie ihre Ansichten zu und über Literatur doch nicht beliebig weit in die Vergangenheit zurück verlegen, da ließen sie lieber Fremuth vorübergehend freie Hand.

Artner hingegen, wenn Fremuth sich wieder einmal wegen ihrer standhaft nach rückwärts gekehrten und den Zufriedenen, Glücklichen zugewandten Nörgelei sich ihm gegenüber lautstark Luft machte, hegte leichte Zweifel, ob sie nicht des Auffallens willen absichtlich dumme Dinge sagte. Wieso sie sich nicht wie andere mit dem Innehaben von sogenanntem Schöngeist begnügte und zu dem Hin und Her von Meinungen erhaben schmunzelte, wieso sie sich laut Fremuth so eifrig mit immer den gleichen Fragen einmischte und dies nicht nur sanft, wie Fremuth Artner aufzuklären versuchte. Zu Artner war sie ja sanft und ganz und gar besorgt, Fremuth aber schob sie sofort ab ins Brutale, und der Revolutionsdichter wiederum, der bei ihr aus und ein ging, war willkommen und durfte in einem fort von Revolution reden. Artner beneidete ihn wegen dieser Freizügigkeit und um sein beständiges Revolutionsdichterdasein nicht, es machte ihn nur stutzig, daß der Revolutionsdichter bei ihr alles behaupten durfte, ohne daß sie sagte, der Revolutionsdichter sei ein Schwein oder eine raffinierte Sau oder nicht zum Aushalten. Nur über Artners Freund sagte sie ganz schnell, der sei ihr zu brutal, und aus. Dabei sagten der Revolutionsdichter und Fremuth dem Inhalt nach oft das gleiche, und er selber, obwohl in seinem innersten Wesen ein Hang zum bösartig Gewalttätigen, wurde von ihr sogar ins Bügelzimmer mitgenommen.

Das geht auf keine Kuhhaut, dachte er oft.

Irgendwer, irgend etwas bleibt da auf der Strecke. Entweder macht sie sich über den Revolutionsdichter lustig oder will ihn, Artner, beseelen und sänftigen, oder sie ist überhaupt auf den brutalen Fremuth aus. Eine Direktfrau war die schöne Literaturliebhaberin ganz bestimmt nicht. Dafür war sie viel zu sehr belesen, kannte viel zu gut Romane über verwegene Liebschaften in höchster und weniger hoher Gesellschaft früherer Jahrhunderte, wo wahre und echte Liebe nur heimlich und versteckt und lebensgefährdend ausgeübt wurde, ohne daß deshalb gleich lautstark bis ins kleinste jede Verzückung preisgegeben wurde. Zwar lese sie, sofern Literatur, nach Möglichkeit vorbehaltlos viel Neues und Neuestes, gestand sie Artner bald zu Beginn ihrer Bekanntschaft, aber von Büchern *verbaler Orgasmuswüstlinge* halte sie sich lieber fern. Solche Bücher lese sie, um sich ein Urteil zu bilden, aber sie lese sie schnell und nicht wieder und wieder. Artner hingegen freute sich, daß derartige Bücher existierten, daß nicht nur geistige und seelische, sondern auch körperliche Verzückungen, egal ob nun im Finstern, bei eingeschaltetem Licht oder bei Tag, ziemlich eingehend beschrieben wurden; so brauchte er, wenn ihm danach war, sich nur zu erinnern, brauchte nur etwas nachzusagen und mußte sich selber nicht gleich in Verdacht bringen, womöglich auch ein solcher Wüstling zu sein. Für gewöhnlich zitierte er nicht, setzte nicht Buchwissen voraus und berief sich nicht auf andere, wie es auf den Hoch- und Niederschulen üblich war, sondern ging von etwas Bestimmtem und Bekanntem aus, zum Beispiel Straßengraben, betraf es jedoch den Intimbereich, redete er professorenhaft, sagte Miller und hängte eine Millergeschichte an, obwohl er beim Lesen von dessen Schriften nicht mehr so richtig weiterkam. Immer Orgasmus, immer sexuelle List und Lust, immer mit seinem steifen Glied beschäftigt sein müssen, dachte Artner, könne mit der Zeit und wegen der vielen Wiederholungen ja auch zu einer anstrengenden Routine werden, schien ihm jedenfalls von einer arbeitsmäßigen Schinderei nicht weit entfernt, aber dies war meistens zugemutet und zwangsbedingt, und die nackte Schinderei war letztlich nichts anderes als ein eigensinnig betriebenes Alleinunternehmen, eine Art Allein-Ges. m. b. H. — wenn auch mit Gespielin, aber diese hatte sich dem Stöhnen und dem Ohnmächtigwerden hinzugeben, und der Unternehmer Miller explodierte und wurde zum Kosmos. Halt auch ein Religionswahnwitz. Großamerika und Religion, und das geht dann schon, witzelte er manchmal. Natürlich gefiel ihm, daß Miller sich nicht mit

Leberknödelsuppe begnügte. Zum Essen wurde bei der schönen Literaturliebhaberin ja oft Leberknödelsuppe, mehrfach untertellert, aufgetischt. Miller dagegen klaubte auch weggeworfene Reste aus dem Müllkübel oder fuhr mit dem Taxi auf Kosten eines Freundes großzügig und fein speisen. Da Leberknödelsuppe und Doderer, dachte Artner, dort herumliegende Unterhosen und vor lauter Hektik oft nichts zu essen, da saubere Wohnung und sauberer Geist, dort kaum Möbel und Chaos, was Artner freilich lieber war als immer Doderer und Doderer, den der Ehemann sehr verehrte und leider nur wenig Ahnung hatte, wie oft der knödelzerlegende Artner schon von Doderer gehört hatte, obwohl er mindestens so oft gesagt hatte, daß er weder Monarchist noch Wiener sei und seine Zeit nicht unbedingt mit etwas Verlorenem verbringen müsse. Diese ganze wienerische Nachgeistergeschichte ging ja, ob's ihm paßte oder nicht, flott und mumienhaft weiter, verstummte einfach nicht. Waren sie allein, verschonte ihn die schöne Literaturliebhaberin mit Dodererzitaten und erwähnte höchstens hin und wieder einen seiner Nachkömmlinge, aber stets lieblich und sanft. Und launisch oder aufgebracht, egal ob er nun angemeldet oder auf gut Glück aufkreuzte, traf er sie überhaupt nie an, immer lächelte sie oder schwieg und lächelte wieder, bevor sie sanft und ernsthaft darangging, Artner von einem allzu lästigen Thema abzubringen. Verdruß und Ärger jedenfalls zeigte sie nie.

Nie wäre Artner in Urbs Vetus in den Sinn gekommen zu sagen, etwas sei besser als nichts, aber in der Festspielstadt, in der alle in und um sie schon lange ein Nischendasein oder überhaupt nur ein Arbeitsdasein und oft noch weniger führten, sagte er spaßhalber zu allem möglichen denkbar oft, das sei besser als nichts. So tanze er, glaubte er, wenigstens nicht ganz aus der Reihe. *Aber hart*, so der Verleger öfter zu seinen Schriften. *Hart und riskant*, so der Autor dann wieder zum Verleger,

sei auch das andere — er meinte das Nichtniedergeschriebene, das Gelebte und Nochzulebende; sich Tag für Tag leblos zu stellen, um nicht aufzufallen, um mit anderen ums Nichtauffallen Bemühten vielleicht in Kontakt zu treten, betrachtete Artner als ein zu riskantes Unterfangen.
Der Verleger wiederum, von früh bis abends von seinem großen Schreibtisch aus mit Telefonieren beschäftigt: *Fühlen Sie sich wohl, schreiben Sie?*
Artner, im Danebenantworten nicht mehr ungeübt, rauchte einige Zigaretten und trank ebenso viele Gläser rötlichen Wein, nützte seinen Stellenwert als Autor und ging doch immer schwitzend und gedankentaumelnd die Holzstiege hinunter und den Gang hinaus.
Wieso zum Teufel, fragte er sich, immer das gleiche Theater? Trotz Vorsatz, nicht ins Schwitzen zu kommen, doch aus dem Lot, der Verlegernähe, dem Verlegerbüro nicht gewachsen. Dabei wäre es ja einfach gewesen, der Sache auf den Grund zu gehen, er hätte sich ja nur zu erinnern brauchen, daß er auch einmal zu einem Untertan erzogen worden war. Diese Untertanenaufzucht meinte er vergessen und hinter sich zu haben, aber sie war noch in ihm. Zwar hatte er es an Spießrutenläufen und Gedankenübungen dagegen nicht fehlen lassen, aber sobald er, womöglich beim Durchqueren der Stadt angesteckt, in das unscheinbare Verlagsgebäude hinein und die ächzende Stiege hinaufging, schien sich das Untertanenluder in ihm zu regen. Dabei schrie der Verleger, Fremden gegenüber eher scheu und ohne Telefonhörer fast hilflos, ihn beileibe nicht an, aber er war auf einmal nicht mehr der Artner, sondern nur noch der Autor, und als solchem war ihm sofort um einen Rock kühler. In Urbs Vetus existierte er von Anfang an als Artner, aber in der Festspielstadt und insbesondere im Verlag war er plötzlich der Autor, von einem Glanz umgeben, als hätte man ihn poliert oder besprüht, was aber anscheinend unterschiedliche Auswirkungen hatte. Schienen die einen nur noch

freundlich, nett und bekümmert mit ihm umzugehen, übten sich andere in Gehässigkeiten und Neid. Jedenfalls auch eine Art Spießrutenlaufen, in das Artner sich nicht unbedingt fügen wollte. Das hatte ihm nicht vorgeschwebt. Wenn er auch als halber Urbs-Vetus-Mensch nicht gleich mit lechzender Zunge aufs Glatteis springen und selbstbetrieben sich drehen und taumeln mußte, so fiel ihm doch auf, daß die Wege irgendwie sonderbar auseinandergingen. Zum einen schienen Türen aufzugehen oder wurden einladend offengehalten, über deren Schwelle zu treten er nie vorgehabt hatte, zum andern begegnete er vereisten und erbosten Gesichtern und genoß zudem, Gegenstand einer beträchtlichen Menge von Mißverständnissen zu sein. Vor allem schwamm er, was ihm immer öfter auffällig zu Ohren kam, angeblich im Geld. Selbst langjährige Bekannte und Freunde, mit Ausnahme von Fritz Fremuth, errechneten und kalkulierten um ihn herum mit ihm unbekannten ansehnlichen Summen und unterschlugen gleichzeitig seine eigentlichen Anliegen. Wahrscheinlich lasen sie ohnehin nur, was zu und über ihn in Zeitungen geschrieben und gemutmaßt wurde, und tauchte er manchmal überraschend auf dem Fernsehbildschirm auf, war die Wirkung um so größer, da ging's gleich überhaupt mit Sack und Pack unaufhaltsam hinauf mit ihm und weit weg in die Zukunft. Und Artner wiederum, der am liebsten den Straßengraben als Gewerkschaftspräsidenten nominiert gewußt hätte, ließ nach jedem kompromißbedingten, schwitzenden Fernsehsitzen oder spaßhalber Vor-der-Fernsehkamera-arbeitsmäßig-Herumfuchteln eine gehörige Zeit verstreichen, ging nicht in die Stadt, meldete sich nicht bei der schönen Literaturliebhaberin und nicht einmal bei Fremuth, sondern blieb in der gruß-, kirchen- und kapellenlosen Siedlung, ging am autowaschenden Pensionisten vorbei ums Eck, kaufte bei der stets bleichen, dümmlichen, vielleicht ungewollt mißtrauischen Gemischtwarenhandelbetreiberin ein, bei der auch Insassen eines nahen

Lebenshilfeheimes einkauften und zuvorkommendst und hilfsbereit miteinander umgingen. Da ließ er sich absichtlich viel Zeit, zögerte und zauderte in dem meist leeren Geschäft herum, so daß sie vor ihm die Kasse passierten und er ihnen danach, wie sie sich gegenseitig vom Gehsteig aus heimwärts halfen, vor dem Geschäft nachschauen konnte.

Urbs Vetus

Wieso Müller?
Wieso begegnete ich genau zu diesem Zeitpunkt dem mürrischen Müller? fragte er sich oft. Warum er ganz entschieden Siena oder Urbs Vetus gesagt hatte, wollte er von ihm wissen. Aber er war nie da, wenn er in der Hexenstube nach ihm fragte. Möglich war natürlich auch, daß er sich zerstritten hatte und nicht mehr hinging oder daß er nur für eine Weile verreist war. In der Hexenstube erfuhr er jedenfalls nichts, auch nicht seine Telefonnummer, nur die Straße und die ungefähre Hausnummer. Aber da stand nirgends ein Müller, und auch im Telefonbuch fand er nichts, was unter Müller zu diesem Straßenstück gepaßt hätte. Also überließ er es dem Zufall. Irgendwann würde er den mürrischen Müller in der Hexenstube antreffen oder ihm in der Stadt über den Weg laufen. Aber ein Rätsel war es ihm dennoch, warum er damals dem mürrischen Müller begegnet war. Vorgehabt hatte er ja, mit Franziska und Fritz Fremuth nach Schottland zu fahren. Er hatte schon in die Bank gehen und englische Pfund kaufen wollen, erinnerte er sich. Und auch, daß er gehofft hatte, die zwei würden sich endgültig zerstreiten und plötzlich nicht fahren, erinnerte er sich. Und statt dessen war auf einmal wie gerufen der mürrische Müller da, kam auf einmal der mürrische Müller daher, von dem er

wußte, daß er sich in Italien auskannte. Artner vergaß nicht, wie froh er gewesen war, nur er wußte, was in diesem Augenblick der mürrische Müller für ihn bedeutete.
Das vergaß er nicht.
Aber warum der mürrische Müller zu Siena lediglich den einen Namen Urbs Vetus nannte und sofort weiterging, hatte er nicht verstanden, erinnerte er sich. Der mürrische Müller kannte das Land ja bis Sizilien, und es wäre gewiß nicht zuviel gewesen, wenn er noch den einen oder anderen Ort genannt und kurz, wie Artner gehofft hatte, mit ihm gesprochen hätte. Doch der mürrische Müller blieb nicht einmal richtig stehen, erinnerte er sich.
Aber in dem Zustand, gehetzt und unzufrieden mit sich selbst, in dem Artner sich seit Monaten befunden hatte, hatte er ja schon die Blitzbegegnung mit dem mürrischen Müller als einen günstigen Umstand erachtet.
In der Hexenstube bei der stets lächelnden Frau Akiz, in deren Nähe Müller wohnte und wo er am Abend oft eine Kleinigkeit aß, Wein trank wie die ewig gleichen Stammgäste und stillen Anhänger des Großdeutschen Reiches, war Müller nicht immer mürrisch. Da gab er sich zwischendurch auch leutselig, spielte den Verzweifelten und redete vom Friedhof, Tod und Sterben und sang ihnen auch manchmal eines ihrer Lieder vor, und sobald sie glücklich strahlten und meinten, auch er sei nun einer von ihnen, lehnte er sich weit zurück und tat, als onaniere er, so daß ihm stotternd von Herzen gewünscht wurde, er solle sich aufhängen.
Ihm jedenfalls, dem zeitlebens mit Kultur befaßten und nach der Heimkehr in die Festspielstadt nur noch mürrischen Müller, verdankte Artner Urbs Vetus, und nicht anderen Italienabenteurern, die Artner kaum kannte und die nun in Umlauf brachten, sie hätten an seinem Geschick mitgewirkt. Nur vom mürrischen Müller hatte er den Namen und von sonst niemandem, und das fand er auch ganz richtig, daß der mürrische Mül-

ler als sein Glückspate fungierte. Und dabei, wenn er sich genau erinnerte, wäre das Vorhaben wegen eines verdammten Taxifahrers, der ihn viermal im Kreis herumgefahren und nicht einmal zweihundert Meter vom Bahnhof weg vor dem lautesten Hotel großzügig kassierend mitsamt Gepäck ausgeladen hatte, beinahe in Arezzo gescheitert. Da er aber eine Fahrkarte bis ans Ziel hatte und weil gerade kein schneller Zug in den Norden fuhr, zwängte er sich zu einer Menge Soldaten in einen überfüllten Lokalzug, der bis knapp hinter die Waggontür, ja selbst in der Toilette, mit Pappkoffern und Militärgepäck vollgestapelt war. An dieses letzte, sehr langsame Stück Zugfahrt, die Soldatengesichter alle überhaupt nicht italienisch lustig, erinnerte er sich oft, denn außer daß er sich hundsübel fühlte und daß er unausgeschlafen und wütend auf die Mopedfahrer war, die vergnügt bis in die frühen Morgenstunden vor dem Hotel ihre Runden drehten, hatte er nur noch eine gekränkte Poetenseele und erwartete sich von der Ankunft nichts. Arezzo war wegen eines nichthilfsbereiten Taxifahrers weit unten durch und die Landschaft wegen des vielen Gepäcks nicht sichtbar; so zählte er nur noch Bahnhöfe und dachte ans Umkehren. Er vergaß dabei ganz, daß er sich eigensinnigerweise zum Ziel gesetzt hatte, nur bei Tageslicht zu reisen, um ja kein Stück Landschaft ungesehen hinter sich zu lassen. Für solchen Eigensinn hatte die italienische Eisenbahngesellschaft freilich nichts vorgesehen. Vielmehr hieß es warten, umgeben von anderen lustlos Wartenden.
In diesem zerzausten Zustand ging ihm natürlich die Warnung der schönen Literaturliebhaberin durch den Kopf. Sie hatte sich ja Meran als idealen Ort für ihn ausgedacht, und er darauf, da seien zu viele Äpfel, zu viele Adelige und alles viel zu kurmäßig nett, nicht italienisch und nicht deutsch, und außerdem habe er keine Lust, um Schlösser herumzuschleichen. Aber Siena, zur Not Siena, wenn alle Stricke reißen, zur Not Siena, erinnerte er sich, daß er sich im nichtwohlriechenden Solda-

tenwaggon zum Trost gedacht hatte. Zur Not noch am selben Tag nach Siena und dann auf eigene Faust weiter, hatte er sich gedacht, während von Bahnhof zu Bahnhof niemand ausstieg, sondern nur immer welche zuzusteigen versuchten.
Aber einmal auf dem Bahnsteig draußen und Luft, sogar frische Luft, und kein Gelaufe und kein Gewimmel und der Bahnhof nicht einmal verkommen und sogar mit einer nicht zu übersehenden Gepäcksaufbewahrung ausgestattet und diese auch noch mit zwei freundlichen Witzbolden besetzt, atmete Artner auf und ging auch schon erleichtert durch die kleine Bahnhofshalle und sah einen gerundeten Berghang bis zu einem Felsen hinauf, nicht allzu hoch. Da oben muß es also sein, dachte er und vergaß auch bald seinen Ärger und seine Bedenken. Und als er knapp eine halbe Stunde später mit dem Bus durch die Stadt und den gerundeten Berg entlang hinunter fuhr, um eiligst das Gepäck auszulösen, wagte er nicht einmal richtig in die Landschaft hinauszuschauen. Alles, was er sah, schien ihm im günstigsten Sinn noch einmal zu seinen Gunsten auf den Kopf gestellt. Jedenfalls fühlte er sich ganz und gar erleichtert und gewiß, endlich an einem Ort angekommen zu sein, mit dem er lange auskommen würde. Eine Art Ruhe-Lern-und-Arbeitsstätte, nach der er schon lange gesucht hatte.

Tatsächlich erinnerte ihn nichts an etwas vorher Gesehenes, vor allem nichts an den Norden. Siena hätte ihn ja in vieler Hinsicht oftmals am Tag an die Festspielstadt erinnert, aber Urbs Vetus verschonte ihn mit Erinnerungen. Darüber freute er sich bis in die Knochen. Endlich ein Ort, der nicht einem anderen nachgemacht ist, endlich ein Ort, den man betreten kann, ohne rasch von Erinnerung zu Erinnerung zu stolpern, ohne daß zum Schluß alles so vermischt ist, daß du nicht mehr sagen kannst, wo du überhaupt gewesen bist. Nicht sofort schon eine anhängige Erinnerungsschweinerei. Vor einigen Tagen noch von Touristen- und Festspielgewimmel und Einheimischengrant umgeben und hier auf einmal so ruhig, daß er inmitten der Stadt das Auftreten der eigenen Schuhsohlen hörte. Autos gar nicht oder kaum und Fußgänger auch nur wenige, weil früher Nachmittag. Und überall uraltes Gemäuer, rötlich braun. Aber dann noch der Irrwitz: Er steigt zuerst ohne Gepäck aus dem Bus aus, sieht den Dom und spaziert einige hundert Meter eine Geschäftsstraße hinunter und sieht in einer unscheinbaren, tatsächlich nichtssagenden Seitengasse ein verrostetes Schild, er geht hin und erspäht, noch bevor er überhaupt an Quartiersuche denkt, augenblicklich durch die Glastür das für ihn ideale Hotel. Ganz als ob er einfach hingeführt worden wäre, als ob es das Dringendste gewesen wäre, Artner sofort mit einer idealen Unterkunft zu überrumpeln. Das mindestens vor einem halben Jahrhundert angefertigte schmiedeeiserne Schild war an seinem Hotelfinden sicherlich am wenigsten schuld, zumal es nur dem Zurschaustellen von Rost diente. Genaugenommen war es fast ein Nichthotel oder ein Fastnichtmehrhotel. Der um zwei niedrige, ausgetretene Steinstufen erhöhte, breite Eingang und die geräumige Halle ließen an frühere Betriebsamkeiten denken. Dem Hotelinneren, einem Kunterbunt von unpassendsten Farben, sparsamster Beleuchtung und vereinzelt wertvollem antikem Mobiliar, erging es jedenfalls um einiges besser als dem Schild draußen. Aber ganz hinten in dieser düsteren Stille sah Artner eine blonde Frau ohne die übliche ernste Maske und von einer Würde und wohlwollenden Hilfsbereitschaft. Gewiß keine Angestellte, hatte er sofort gedacht, aber auch nicht die Verantwortliche für die Inneneinrichtung und schon gar nicht die alleinige Chefin, das schien auch nicht zu ihr zu passen, da war sie ihm für diesen Platz viel zu höflich, mit keinem einzigen Wort auf ein Geschäft aus. Vielmehr kam ihm vor, als wäre ihr eigentliches Gewerbe, Ruhe und freundliches Miteinander-Auskommen zu vermitteln. Das übliche Hotelgetue stellte sie jedenfalls angenehm in den Schatten.

Artner, bereits seit langem nicht immer geschickt auf Ruhe aus und auch oft mit unruhigen Geistern zusammen, im improvisierten Übersiedeln geübt, hatte, wenn er schon einmal mit sich allein war, bei der Quartiernahme ganz eigenwillige Ansprüche. Der üblichen Touristeninformationen, die in der Regel im Nichtbehilflichsein tüchtiger waren als im Auskunftgeben, bediente er sich hauptsächlich wegen der Hoteladressen, die in Form einer Liste oft ziemlich verblaßt existierten oder überhaupt nicht vorhanden waren. Wonach er aber suchte, war eine bestimmte Atmosphäre. Und hier im Albergo Benalzato, inmitten der Stadt, uralt und größtenteils vom Verkehrslärm abgeschirmt, schien ihm alles auf einen idealen Punkt gebracht, um vieles besser jedenfalls, als er es sich hätte ausdenken können. Und als er nach einigen Tagen vom Zimmer 4 im ersten Stock in das renovierte Zimmer 12 in den viel helleren zweiten Stock aufrückte, fühlte er sich gleich überhaupt auf einen Thron gesetzt. Hoch vor sich hatte er den Torre del Moro, von früh bis abends von Vögeln umschwärmt. Jede Viertel- und jede volle Stunde schlug in abwechselnden Tönen die Turmuhr, manchmal, wie ihm vorkam, um nicht alles nur der Stille zu überlassen. Die Hinterhofgärten oder Terrassen und Lauben, die er vom Fenster aus sah, dienten vielfach der Zierde, nie irgendwelchen Gelagen, nur Katzen und Blumengießerinnen schienen sie zu betreten, selten, daß er mehrere Stimmen vernahm, dafür ging es im Hotelinneren von zehn Uhr an unter den Aufräumerinnen um so lauter zu. Besonders eine, die Anführerin, verfügte über ein schrilles Organ, das mit Leichtigkeit auch drei dicke Mauern durchdrang. Das betraf ihn aber nicht sonderlich, da er um diese Zeit fast immer längst auf und draußen war, und wurde er tatsächlich einmal aus dem Schlaf geschreckt, überkam ihn deshalb noch lange kein Ärger.

Für schlechte Laune war die ganze Gegend und das Tag für Tag schöne Herbstwetter ohnehin äußerst ungünstig, da mußte

man schon dazu veranlagt und Eingeborener sein oder Kultur und viele Annehmlichkeiten von Geburt an als Selbstverständlichkeiten erlebt haben.
Der Padrone, Signor Vannini, anscheinend schon langjähriger Anwärter auf das Doktorat für *Distanz und Nichtgrüßen*, meist mit dünner Zigarre im Mund, gehörte zu den wenigen Leuten, denen nie ein Schmunzeln und noch seltener ein überflüssiges Wort über die Lippen kam. Alles an freundlicher und vermittelnder Kommunikation überließ er seiner Frau, nur das Rechnen und das rasche Wegwerfen der *Unita* und anderer linksgerichteter Zeitungen, die Gäste öfter im Foyer zurückließen, besorgte er selber. Da Artner von den akademischen Bestrebungen des Signor Vannini zuerst natürlich nichts wissen konnte, verlief sein morgendliches Herunterkommen so, daß er zum großen Schreibtisch und zu Vannini hin grüßte und dieser dann kurz den Blick hob und schnell wieder senkte, zu einer akustischen Antwort ließ sich der Padrone jedenfalls nur ganz selten hinreißen. Das war jedoch nur eine Sache der Übung. Artner brauchte sich bloß, wenn er die obere, steile, und die breitere, untere, weniger steile Marmorstiege hinunterging, rechtzeitig in Erinnerung rufen: *Heute nicht! Heute grüßt du Vannini erst, wenn du schon draußen bist.* Auf diese Weise verständigten sie sich von Tag zu Tag besser.
In vier Richtungen konnte Artner nach Belieben über das ausgetretene Pflaster davongehen. Obwohl eigentlich kein Morgenmensch, genoß er dieses In-der-Früh-durch-Gassen-Gehen. Die Steine kühl und die Luft frisch. Die Eingangstüren zu den Magazinen, Geschäften und Trattorien erst halb offen. Die Gesichter der Leute noch verschlafen und schweigsam. Der Himmel klar und das Licht hell. Über hohen und quadratischen und zum Teil schon in Zerfall befindlichen Aussichtstürmen sah er Schwärme kreisender und miteinander spielender Vögel. Dann wieder ganz enge und halb verdeckte Durchgänge und danach ein großer, von Palästen und Hotels

umgebener Platz, auf dem Marktleute ihre Stände aufbauten. Die waren natürlich schon länger auf, schrien und lachten, darunter auch ganz ruhige mit nur wenigen Sachen, von denen er vermutete, daß sie irgendwo weit draußen ein kleines Stück Land bebauten und wahrscheinlich ein äußerst bescheidenes Leben führten. Hatte er vom Markt genug, wandte er sich einer eher unscheinbaren Gasse zu und ging rasch stadtauswärts zu einem Park, näherte sich langsam einer Mauer, ging einige Schritte auf und ab und stand dann wie gebannt da und stellte mit Zufriedenheit fest, daß es ihm selbst im Augenblick des Betrachtens nicht gelang, diese Landschaft in all ihren Farben und Hügeln zu erfassen. Es war jeden Tag dieselbe Stelle, auf der er verweilte und von der aus er über die im Wachsen begriffene Unterstadt hinweg in das weit ausgebauchte Tal hinunterschaute und dann langsam im Zickzack das flache und sich krümmende Tal entlang, das sich auch an diesem Morgen irgendwo unter einem kaum erkennbaren Dunstschleier verlor. Und danach blickte er abermals über die Dächer neuerrichteter oder noch im Bau befindlicher und irgendwie zur Unterstadt gehörender Häuser hinweg gegen einen sanft auf der Talsohle ruhenden und ringsum von bleichen und braunen Äckern überzogenen Hügel, auf dessen Kuppe einsam ein niedriges uraltes Gehöft thronte. Und dahinter wiederum zunächst beinahe flache und allmählich ganz leicht ansteigende und von schmalen, in der Morgensonne glitzernden Wegen durchschnittene Äcker, Weinberge, Olivenplantagen, tiefgrünes Weideland oder überhaupt nur Gestrüpp. Und wieder weiter weg auf einem steilen und gewölbten Hang eine kleine, nicht auf den ersten Blick erkennbare Siedlung, über die sich hoch und senkrecht ein rotbrauner Felsen erhob. Und dahinter eine Mulde. Und noch weiter hinten ein jäher Hang mit Gestrüpp, Gestein und Wald. Und darüber und dahinter vielleicht wieder flaches fruchtbares Land. Und dann wieder Hügel und Hügel und Hügel und schließlich nur noch der

Himmel, so daß er wieder von vorn anfing und abermals über irgendwelche Dächer der sich ausdehnenden Unterstadt hinweg zur Talsohle hinunterschaute, jedoch nicht mehr zu dem Hügel mit den Äckern und dem einsamen Gehöft auf der Kuppe, sondern ein Stück daneben auf andere Äcker, andere Olivenplantagen und Weingärten, andere sich den Hang hinaufschlängelnde Wege und Pfade und andere voneinander getrennte Gehöfte ... Und irgendwann hatte er wieder das weit ausgebauchte Tal vor sich und konnte sich dem östlichen Teil zuwenden, mit dem er es aber schon weniger genau nahm. Nicht etwa weil ihm der östliche Teil mißfiel, sondern weil er ihn sich für später aufsparen wollte und weil er es ohnehin nicht schaffte, diese Landschaft in ihrer Buntheit und Vielfalt in einem zu sehen.

Freilich fiel ihm auch auf, daß sich etwas in ihm gegen diese Faszination wehrte, war er doch alles eher als ein Landschaftsnarr; vor allem ging er Leuten, die von Landschaften schwärmten, nach Möglichkeit aus dem Weg, und noch weniger hielt er von einem Zurück-zur-Natur, aber solche Begegnungen blieben ihm in Urbs Vetus ja ohnehin erspart. Dafür machte er ohne sein Zutun die wunderlichsten Bekanntschaften.

Als Tourist und Bewohner der Festspielstadt war Artner für das lange Nichtkennenlernen von Menschen bestens geschult und schon vollauf damit zufrieden, daß nicht nur die Signora Vannini ihn jedesmal wohlwollend freundlich grüßte, sondern daß auch der dickbäuchige Zigarettenmensch in der Bar Rossi am Corso Cavour, in der Regel ernst und wortkarg, ihn bereits in der Früh lächelnd willkommen hieß. Noch besser gefiel ihm natürlich, wenn auch noch die blonde und viermal schlankere Serviererin hinter der Bar lächelte, wobei sie aber nicht wußte, wieviel ihm die Musicbox und der stets freie Plastiktisch dahinter bedeuteten. Von dem aus konnte er je nach Belieben durch den weit offenen Eingang auf den Corso hinaus sehen oder auch ungesehen für sich allein bleiben, lesen und nachdenken oder irgendwelche Einfälle notieren. Er hatte ja immer Bücher, verschiedene Notizblöcke und Schreibzeug bei sich und war recht erstaunt, daß so gut wie kein Konsumationszwang herrschte. Oft sah er nämlich Leute zu keinem anderen Zweck in die Bar kommen, als um sich zu unterhalten oder einfach da zu sein, ohne daß der Betreiber aus geschäftlichen Überlebensgründen dagegen zu einem Aufstand ansetzte und sich hinterher mit Beruhigungsmitteln ins Lot bringen mußte. Derartige Gepflogenheiten wußte Artner natürlich wie kein anderer zu schätzen, und sie wirkten sich sogar auf seine Arbeit günstig aus, die sich mit etwas ganz anderem, überhaupt nicht Menschlichem, befassen sollte.

Besonders ein Gast, um den sich im Laufe des Tages abwechselnd mehrere Baraufsucher scharten und den sie Tino oder Tino Trenta nannten, faszinierte ihn. Allein seinetwegen fand sich Artner nach jedem Morgenspaziergang in der Bar Rossi ein, um nur ja seine Ankunft nicht zu verpassen. Sie verlief meistens ohne Gruß und nichtredend, nicht zu früh, näher bei elf als bei zehn Uhr, und immer stand oder lehnte er dann an der Bar, war bleich und still und schien alle und alles von sich zu weisen. Manchmal probierte er sogar in aufrechter Haltung und stets von derselben Stelle aus den anscheinend zu früh abgebrochenen Schlaf zu verlängern, und niemand, wie Artner bald fasziniert feststellte, hätte Tino Trenta dabei zu stören gewagt. Solchem Erhabensein einerseits und solcher Rücksichtnahme andrerseits war Artner zuvor noch nirgends begegnet. Um diese Zeit herrschten auf dem Corso ja schon fleißiges Gehen und Eilen, und auch sonstige Unternehmungen schienen laut in Schwung zu kommen, aber Tino Trenta wich deshalb keine Sekunde und keinen Millimeter von sich und seinem Verständnis vom Leben ab. Ja, je betriebsamer sie sich draußen gebärdeten, um so auffallender und vertiefter schien er sich einem gänzlichen Nichtgeschehen hinzugeben, aber ansonsten, was Kleidung,

Haarschnitt und Schuhe anging, unterschied er sich in nichts von den üblichen Corsobegehern, so daß Artner eine Weile sogar meinte, er sei auch einer von diesen Geschäftsleuten, von denen es am Corso genug gab, halt einer mit Sinn für Witz und Komik, aber da verkalkulierte er sich gründlich. Genausogut hätte er Tino Trenta für einen beurlaubten Schilehrer halten können.

Aber der eigentliche Komiker, der Oberwitzbold und der Schlüssel zu allem, ohne dessen Bekanntschaft Artners Aufenthalt in Urbs Vetus bestimmt ganz anders, jedenfalls touristenmäßig normal verlaufen wäre, kam ja erst. Er hieß Tenore und sang auch, und daß Artner ihn nicht nach Wochen, sondern bereits nach vier Tagen Urbs Vetus kennenlernen sollte, war ebenfalls Tenore zuzuschreiben und in jeder Hinsicht ein günstiger Zufall. Da er nicht in der Oberstadt wohnte und auch nicht jeden Abend heraufkam, wäre es ein leichtes gewesen, ihm nicht zu begegnen, aber Artner, mit sich und mit dem ganzen Tag mehr als zufrieden, hatte eben das Glück, an diesem Abend genau zum richtigen Zeitpunkt zurückgezogen in der Bar Rossi zu sein, und das auch nur, weil eine Gruppe lärmender Soldaten plötzlich gegangen war, alle in Uniform und die Haare verdammt gleichmäßig kurzgestutzt und über ihren Pflichtaufenthalt in Urbs Vetus natürlich nicht begeistert. Diese verfluchten Uniformen, dachte er verärgert, sind ja tatsächlich schon eine halbe Entleibung. Ausgerechnet in Urbs Vetus müssen so viele Soldaten sein. Tagsüber sah er sie ja nicht, aber am Abend wimmelte es von Uniformierten, nicht nur auf Plätzen, in den Bars, Trattorien, Kinos und Telefonzellen, sondern in den Telefonleitungen selbst mußten auch noch welche stecken, da in den frühen Abendstunden Telefonieren aussichtslos schien. Mit der Ruhe von Urbs Vetus hatte der uniformierte und organisierte Mutterentzug jedenfalls nichts zu tun, hier galt der Geist der Vereinzelung, des Sich-möglichst-von-

einander-Unterscheidens und Sich-gegenseitig-leben-Lassens. Das Kleine, Stille stand hier in großer Gunst.
Da war auch Tenore Scattoni mit seinem Stolz und seiner Stimme, mindestens so laut wie fünfzig Bankiers zusammen leise sein konnten, keine Ausnahme. Trotz des Singens und Unterhaltens entging seinen Augen nichts, er ließ niemanden aus, brachte die unterschiedlichsten Charaktere zusammen und kümmerte sich wenig darum, ob einer Akademiker oder schon bald Akademiker oder Spezialist fürs Nichtstun war. Vor allem schaute und überlegte er nicht lange, ob er nun einen Fremden, ja sogar einen *Nordista,* wie er Artner spaßhalber von der Bar aus nannte, zu der Runde dazuholen sollte, unter der sich auch Tino Trenta befand. Was er nun genau mit *Nordista* meinte, verstand Artner erst viel später, etwas mit Norden jedenfalls und hier anscheinend etwas zum Lachen.
Für den Augenblick fiel ihm nur ein, er sei ein Ista. Ah, Linguista!, kam ihm einer zu Hilfe. Nein, schlimmer, Österreicher!, korrigierte Artner, aber der Witzbold Tenore machte sofort ein Imperium daraus. Über das übriggebliebene, spätere, viel kleinere Österreich wußte er, außer daß es existierte, zu wenig oder so gut wie nichts. Und Artner wiederum, der außer einer Menge Unrichtigem über sein Land auch nichts wußte, kam bald nicht mehr aus dem Staunen heraus. In einer Bar auf ein oder zwei Getränke eingeladen zu werden, verstand er ja, aber daß Tenore Scattoni es nicht dabei bewenden lassen wollte, schien ihm doch etwas zu plötzlich, und noch weniger wollte er wahrhaben, daß er der Anlaß für eine weitere Einladung sein sollte, bei der gleich alle zusammen zu Tenore nach Hause kommen sollten, gefolgt von der mehrmaligen Versicherung, daß er wieder zurückgebracht werden würde. Wenn er auch nicht an eine Entführung dachte, so zauderte er doch, für einen nächtlichen Ausflug schien es ihm einfach zu spät und zu plötzlich. Und das nur des Weines wegen, die Rede war ja von einem besonderen Wein, das verstand Artner schon überhaupt

nicht, ich bin ja zum Arbeiten da, diese Spaßvögel verwechseln mich mit einem Urlauber, haben nur ihren verdammten Wein im Kopf, und er hatte es eilig, glaubte an die Wichtigkeit seiner Arbeit und bangte um seine Gedanken und Einfälle, die einen erheblichen Teil seines Glückes ausmachten.

Aber dann vertraute er doch einem jungen Advokaten, der ein wenig bleich und beim Lachen zurückhaltend war und auch das Autofahren übernahm. Als er von diesem auch noch erfuhr, daß sein vermeintlicher Geschäftsmann Tino Trenta nicht mit Geld, sondern mit dem Verfassen von Gedichten beschäftigt war, und er sich somit in Gesellschaft eines Poeten befand, schwanden augenblicklich alle seine Bedenken, auch wenn der Advokat gleich einschränkte, daß Tino Trenta kein großer Poet sei.

Tenore, der Gastgeber und den Buchstaben Entfernteste, gab sich da viel großzügiger, er ließ ihn ohne Zusatz Poet sein und erklärte ihn lediglich spaßhalber zum Anarchisten.

Hingefunden hätte Artner da freilich nie. Zuerst steil durch einen Stadtteil hinunter und durch ein Tor hinaus und auf einer schmalen und noch steileren Straße weiter hinunter und dann, schon nahe der Unterstadt, unverhofft, als führen sie in irgendwelche Stauden oder Büsche gleich direkt die Böschung hinunter, auf einem ausgefahrenen, schmalen, holprigen Feldweg, und dann plötzlich doch ein Haus und noch ein Haus und noch einige niedrige Gebäude, bestimmt keine Fattoria oder Gutshof, aber wenigstens das Ende der rätselhaften Autofahrt. Nein, nie hätte er da hingefunden.

Er wäre natürlich froh gewesen, hätte er irgend etwas entdeckt, um mit einem Kompliment aufwarten zu können, aber Tenore Scattoni war nicht auf Komplimente aus, auf Äußerlichkeiten gab er nichts, und er hielt sich auch gar nicht draußen auf, sondern führte gleich alle von den Autos weg über ein Stück Kiesweg an Fässern und anderem Leergut vorbei auf das hintere Haus zu und dort über die Stiege hinauf und hinein in die

Küche, ließ sie um einen massiven Tisch mit einer dicken Marmorplatte Platz nehmen und verschwand, um nachzusehen, ob seine Frau schon schlafe. Es war schließlich schon spät, gesittete Gäste verließen um diese Zeit das Haus, aber Tenore sah das nicht so. Er sagte, die Zeit gebe es immer, die laufe ihm nicht davon. Doch mit den Gästen sei das anders, die könne er nur einladen, wenn er welche antreffe. Und Tenore sich dazu entschließe, gab der Advokat Artner augenzwinkernd zu verstehen. Er sprach etwas Englisch und auch Deutsch, hatte manchmal beruflich in Innsbruck und München zu tun und meinte wahrscheinlich, Artner würde nicht alles richtig verstehen. Tatsächlich wunderte sich Artner aber am meisten über *ihn*, weil ihm vorkam, dieser Giorgio passe nicht in diese Runde, und daß dieser bleiche Mensch laut Tenore Studentenrevolutionär gewesen sei, beeindruckte ihn noch weniger. Wesentlich leichter tat er sich mit Tino Trenta, der machte keine Anstalten, holte sich von der Anrichte ein Glas, stellte es demonstrativ vor sich auf den Tisch und fragte, ob es auch Wein gebe.
Nur wenn er wirklich Durst habe, antwortete Tenore. Nicht einen, achtzig Dürste habe er, so Trenta, worauf ihm Tenore sofort einmal eine Flasche hinstellte.
Inzwischen kam auch die Hausfrau, schlank und groß und mit respekteinflößendem Blick, aber keineswegs abweisend, ja durchaus herzlich grüßte sie jeden einzelnen mit Händedruck und hieß Artner noch einmal gesondert willkommen und nahm sich selber seiner als Gast an, obwohl sie gleich zu Beginn ankündigte, daß sie nur kurz bleiben werde und die Bewirtung ja ohnehin von Tenore arbeitsteilig organisiert wurde, einer Brot schneiden, einer Gläser herräumen und einer mit ihm aus der Kantine Wein und Schinken holen. Aber das schien ihr wahrscheinlich für einen Gast aus dem Ausland, noch dazu aus einer Stadt, deren Namen sie oft im Radio gehört hatte, doch zu männerhaft, zu weit ab von einer Bewirtung in ihrem Sinn,

jedenfalls kam sie mit einem Tischtuch und Servietten und korrigierte Tenore beim Schinkenschneiden, der wiederum konterte, daß er kein Delikatessengeschäft betreibe. Er schneide den Schinken eben so, daß man beim Zusehen nicht verhungere.

Von Hungern oder Verhungern konnte tatsächlich keine Rede sein, nicht nur daß er einen riesigen Teller mit beliebig dick und dünner geschnittenem Schinken auf den Tisch stellte, von dem er mit Stolz sagte, daß er nichts mit Parma zu tun habe, von dem tropfe kein Wasser mehr, der sei fest und die Farbe echt, sondern auch andere Sachen brachte er daher, verschiedene Würste und einen Laib Käse, alles von Bauern aus der Gegend oder überhaupt selbstgemacht, und von allem so viel, daß Artner, hätte er den Tisch allein leerzuessen gehabt, eine ganze Woche dazu gebraucht hätte. Nur bei einem homosexuellen Prälaten, erinnerte er sich, war er einmal bei einer ähnlich üppigen nächtlichen Bewirtung dabeigewesen, aber dort, wo es darum gegangen war, rechtzeitig mit vollgeschlagenem Bauch vor dem letzten Vielfraß zu entwischen, war es ein für das Leibliche gut eingerichtetes Kloster gewesen, wogegen es sich hier um einen durchschnittlichen Haushalt handelte, um einen von zehn Millionen, wie Tenore sich selber stolz einstufte. Hatte Artner zuvor in der Bar noch geglaubt, es gehe um das Verkosten eines bestimmten Weines, so dachte er jetzt, er träume oder sitze womöglich in einem Kino; so plötzlich inmitten einer fremden Runde in der Küche eines fremden Hauses und nur von Wohlwollen bedrängt zu sein, war ihm einfach zu viel auf einmal. Vor allem wollte er nicht wahrhaben, daß der ganze Aufwand hauptsächlich ihm galt. Und Tenore, der nicht wie der Advokat ein fünfminütiges Künstlerkonzept hören wollte, wußte wahrscheinlich auch nicht, warum er sich um Artner soviel Mühe machte, ihn nicht einfach wie einen staunenden Narren sitzen ließ, sondern ihm bestimmte Dialektausdrücke genau auf italienisch erklärte

und überhaupt dafür sorgte, daß die Unterhaltung nicht achtlos an ihm vorbeiging. Zwischen dem, was er, und dem, was ein Fremder wissen konnte, unterschied er genau. Als Gastgeber war er ganz auf der Seite des Eingeladenen. Das verblüffte und beeindruckte Artner noch weit mehr als der Käse, der Schinken, das Brot und die luftgetrockneten Würste, die Salsicce, die seinen Appetit von Teller zu Teller vermehrten. Dieser Tenore, dieser laute Witzbold, ist nicht einer, dem es nur ums Essen und Trinken geht, dachte Artner trinkend und essend, dem geht's um mehr, der will sich ja über die Länder hinweg verständigen. Der betreibt vielleicht seine eigene Geschichte, kam es Artner trotz Wein und Wein in den Sinn, wobei der Wein ihm zuerst gar nicht schmeckte. Angeblich ein lebender Wein, wie ihm mehrmals eindringlich erklärt wurde. Vom Geschmack her trocken, aber der Farbe nach hellbraun und leicht trüb, mutete er ihn für einen Weißwein recht befremdend an. Aber alle aßen und tranken und lobten diesen lebenden Wein, redeten von der Richtigkeit der Farbe und langten nach der dickbäuchigen Karaffe, die drei Liter faßte. Natürlich wurden alle immer witziger und gescheiter. Ab wann Artner allen übrigen Dingen zuliebe nicht mehr kleinschluckig vom hellbraunen Wein trank, sondern sich schließlich mutig Glas um Glas darüber hermachte, wußte er nicht, und auch nicht, wieviel ihm Tenore nachgeschenkt hatte, nur daß der lebende Wein alle berauschte und besiegte, war eindeutig.
Kommenden Samstag und Trattoria del Orso, sagte Tenore. Ja, Samstag und Trattoria del Orso, wiederholte Artner. Gleich dreimal oder viermal mußte er nachsagen, daß er am drauffolgenden Samstag um sieben in die Trattoria del Orso kommen werde. Wahrscheinlich lachte er zuviel, oder Tenore hielt ihn für beschwipster, als er es war. Ganz zum Schluß, vor dem endgültigen Aufbruch, war Tenore nämlich eingefallen, ihn zu einem Essen in der Trattoria del Orso einzuladen, was Artner natürlich der Wirkung des lebenden Weines zuschrieb. Schie-

nen ihm dieser Abend und die halbe Nacht dazu schon wunderlich genug verlaufen zu sein, allein die Tatsache, daß da völlig unbefangen ein Poet unter ihnen saß, war eine Neuheit für ihn, aber nun gleich selber so mir nichts dir nichts zum Ehrengast zu werden, war ihm doch zu verwegen, zu phantastisch. Da war er zu sehr Realist, vertraute eher einem Hitler-Stalin-Trotzki-Abmurkspaktprojekt, als daß er sich ernsthaft vor seinem eigenen Selbstverständnis blamieren wollte. Der lebende Wein ist es, sagte er sich.

Ihr Dichter mit der feuchten Hand, dichtet zugrund das Vaterland. Schon in aller Früh, er schlief bei offenem Fenster und wurde von Licht und Vogelschwärmen geweckt, fiel ihm manchmal dieser Satz ein, den Fritz Fremuth, in der Annahme, ihn zu ärgern, so gern verwendete.
Der Satz gefiel ihm ja, aber warum so deutsch, warum so verdammt deutsch, dachte er. Aber hier zwischen all dem uralten Gemäuer kam ihm dieser gereimte Satz ohnehin wie ein einsamer Witz vor. Müssen halt immer etwas zum Anschaffen haben, die Deutschen.
Einmal kein Gedicht mehr!
Einmal keinen Roman mehr!
So wichtig war das dann schon nicht mehr, was Windmacher zur *feuchten Hand* dazureimte, es klang jedenfalls deutsch, reimte sich, blieb Artner leicht im Gedächtnis und veranlaßte ihn sogar zu einem genauen und ausführlichen Rundgang. Wenn andere schon deutsch sind und ihr Deutschsein justament nicht verlernen wollen, meinte er, so müsse er im Nichtdeutschseinwollen wenigstens gründlich sein. Er schaute genau, zuerst bei den großen Geschäften am Corso und dann bei den Kiosken, wo auf jeden Fall immer Touristen vorbeikamen, dann fuhr er sogar extra hinunter zum Bahnhof und fand auch da nichts. Nicht daß er hätte sagen können, sie wären ausländerfeindlich oder auslandsunkundig gewesen, englische

und französische Zeitungen gab es ja in ziemlich reicher Auswahl, aber wer eine deutschsprachige Zeitung wollte, suchte in Urbs Vetus vergeblich. Das erfüllte Artner natürlich mit Stolz für Urbs Vetus. Endlich ein Ort, der es sich gestattet, sich deutschfrei zu präsentieren.
Geld schien hier nicht unbedingt das Wichtigste zu sein. Allein daß er sich bei manchen durch bloßes Länger-Bleiben, als sie es von den üblichen Touristen gewohnt waren, schon irgendwelche Verdienste zu erwerben schien, wie beispielsweise beim stillen Roberto, der jeden zweiten oder dritten Morgen für das Frühstück kein Geld annahm, verstand er überhaupt nicht, und es ergab auch kaufmännisch keinen Sinn. Aber der stille Roberto, einer der wenigen, dem er bei seiner Aussichtsmauer draußen begegnete, nahm oft einfach kein Geld, wenn er in der Früh ohne Frau allein in der Bar war. Auch andere Gäste fingen an, ihn einzuladen und lehnten mit mehrfachen Entschuldigungen eine Einladung seinerseits ab, gaben ihm aber durchaus das Gefühl, als meinten sie es ehrlich und hätten nur sein Wohlergehen im Sinn. Umgekehrt, im Nichtwahrnehmen von Menschen, kannte er sich ja aus, aber diesen Umgang miteinander, wie er ihn in Urbs Vetus beobachtete, hatte er zuvor noch nicht erlebt. Selbst die Nichtredner oder Wenigredner, die es natürlich gab, waren nicht einfach unfreundlich, wie Artner bei Rossi junior feststellen mußte. Was er mit Nichtreden für sich behielt, machte er durch großzügiges Einschenken wett, oder er stellte gleich überhaupt eine Runde gratis hin, was dem gesprächigeren Vater wiederum nicht oder höchst selten passierte. Für sein Alter zu streng und unzugänglich wirkte Muzio nur nach außen hin, er redete halt kaum oder nur in halben Sätzen, aber ansonsten gehörte er ganz zum alten gutherzigen Schlag von Urbs Vetus.
Daß Artner und die Kellnerin öfter als notwendig Blicke tauschten und daß sie manchmal eine Begebenheit mit einem Lächeln kommentierte, fiel Muzio freilich bald auf, und

prompt brachte er Artner in Verlegenheit, indem er ihn gleich in ihrer Anwesenheit fragte, ob sie ihm gefalle.
So unverhofft direkt angesprochen, gab er errötend zu, was sie ohnehin schon wußte, nur Muzio selber, der die schlanke, schweigsame, vollippige Gehilfin ebenso attraktiv fand wie der zurückhaltende Artner, hätte sich natürlich nie von Angesicht zu Angesicht zu einem derartigen Geständnis durchringen können, eher hätte er eine Woche geschwiegen oder sein Lieblingsauto mit einem Kratzer versehen. Aber so schlimm war es dann auch wieder nicht, Artner fühlte sich ertappt, und die Angesprochene hüllte sich in nicht ganz distanziertes Schweigen und behielt ihre Gedanken dann auch weiterhin für sich. Außer Haus und ohne Schutz und Begleitung ließen sich Italienerinnen ohnehin nirgends anreden, da nahm er auch nicht an, daß sie eine Ausnahme sein sollte, aber zum Ansehen gefiel sie ihm.
Genaueres über Gepflogenheiten und Sitten im speziell örtlichen Umgang mit Frauen erfuhr er erst nach und nach durch Tino Trenta, den er seit der nächtlichen Bewirtung bei Tenore natürlich nicht mehr mit einem Geschäftsmann verwechselte. Ein unpassenderes Etikett hätte er ihm wahrscheinlich nicht anhängen können, Geschäftsmann als Berufsbezeichnung rangierte bei Trenta so ziemlich an letzter Stelle und bedeutete auf jeden Fall Ignorant, aber nach Möglichkeit vermied er das Wort überhaupt, fertigte es jedenfalls noch im Aussprechen kommentarlos ab, wogegen er eine berufsmäßig nicht erfaßbare Existenz mit viel Aufmerksamkeit bedachte. Da nahm er sich Zeit und scheute keine Mühe, um Artner vorübergehend von seiner mitgebrachten Nordüberheblichkeit abzulenken. Dieser lachte nämlich manchmal schon, bevor er überhaupt wissen konnte, welchen Menschen ihm Tino Trenta als wichtige Existenz vorzustellen gedachte. Artner war da viel zu beschäftigt, viel zu sehr auf Vernunft und Nützlichkeit aus, um in einem Menschen wie Pirolo eine Wichtigkeit zu erblicken.

Ein kleiner Mann, mit krächzender Stimme, der in der Trattoria del Orso sitzt, Wein trinkt, raucht und Karten spielt, soll bedeutend sein? Das verstand Artner nicht, warum auf einmal eine kartenspielende Kreatur wichtig sein sollte, aber Tino Trenta führte ihn durch den lärmerfüllten Raum zum Tisch von Pirolo hin und stellte ihm diesen als bedeutenden Menschen, als Persönlichkeit mit besonderen Verdiensten vor. Ein Graf, ein wirklicher Conte, sagte Tino Trenta mehrmals ganz ernst und bestimmt, so daß Artner sich zunächst tatsächlich nicht zu lachen getraute. Wegen dieses kleinen Mannes im Anzug mit Krawatte und weißem Hemd wollte er sich schließlich nicht leichtfertig den Zugang zu Tino Trenta verscherzen; sich zu verschiedenen Tageszeiten und am Abend ihm hinzugesellen zu können, wog natürlich mehr, als kurz über einen Conte Pirolo zu lachen. Mehr als ein offengelassener Zugang war es nämlich nicht, was Trenta ihm nach der Bekanntschaft durch Tenore zunächst gewährte, wobei ihm zugute kam, daß er sich ruhigen Gewissens mit keinem Buch als Poet ausweisen konnte.

Über diesen Punkt, das nahm er ganz genau, mußte Klarheit herrschen. Da Artner jedoch nicht nur kein Buch mit Gedichten, sondern auch sonst kein Buch vorweisen und eigentlich nur sich als Person und seine Behauptungen präsentieren konnte, tat er sich im Umgang mit Trenta um so leichter. *Poesie ist die Küche der Kunst,* darauf bestand er. Zuallererst ist die Poesie, und Musik und Malerei kommen erst danach, stellte er gleich zu Beginn ihrer Bekanntschaft mit gebührendem Respekt als unumstößliche Tatsache hin. Meist am Nachmittag, wenn Straßen und Plätze leer waren, schienen ihm im Gehen seine wesentlichen Anliegen in den Sinn zu kommen. Da sprach er dann noch leiser und langsamer als gewöhnlich und achtete genau darauf, daß Artner auch wirklich zuhörte und nicht einfach eigene Gedanken weiterspann oder sein Interesse einer banalen Nebensächlichkeit widmete. Dabei

hörte Artner ihm ja zu, aber anscheinend nicht immer konzentriert genug, so daß er sich manchmal seiner Aufmerksamkeit vergewisserte. Wahrscheinlich mißtraute er Artners Eile, wenn nicht sogar Hektik, denn es kam vor, daß Artner in der Bar Rossi blitzartig seinen Denk- und Beobachtungsposten verließ und sich raschest davonmachte. Jedenfalls hatten sie völlig verschiedene Gehgewohnheiten, jene Artners paßte gewiß nicht in die Gegend und zu der von Tino Trenta schon überhaupt nicht. Der ging ausgesprochen langsam und zum Nachmittag hin je nach Temperatur noch langsamer und mit Pausen, wogegen Artners Gangart allzu leicht an die frühere Anwesenheit von Wehrmachtsangehörigen erinnerte. Tino Trenta, der nach Möglichkeit jedem Soldaten aus dem Weg ging, verschonte ihn natürlich mit solchen Vergleichen, das taten andere, er aber verweigerte sich Kriegszeitenerinnerungen elegant und begnügte sich damit, Artner dieses rasche Schreiten auf ein Ziel hin manchmal komödiantisch vorzuführen. Sein Gehen wirkte dagegen freilich sinnvoller und natürlicher, hatte mehr mit Poesie und Philosophie als mit Fortbewegung zu tun.
Nur am Vormittag nicht, da beeilte auch er sich und versuchte, möglichst rasch dem üblichen Gewimmel zu entrinnen. Geschäftigkeit und nichtssagendes Gerede waren ihm zuwider, da beschränkte er sich ganz auf sich selber, mimte den Abwesenden und Tauben und machte auch Artner gegenüber keine Ausnahme.
Immer schönstes Herbstwetter. In der Früh Nebelschwaden über der Landschaft, aber zum Nachmittag hin lösten sie sich auf, und Artner konnte weit über die Hügel in die Landschaft hinausschauen. Er war ganz vernarrt in die Farben und in die Ruhe dieser Landschaft. Später einmal würde er sich Zeit nehmen und sie in verschiedene Richtungen abwandern. Nur kurz, nur wenige Minuten sah er hinaus, um festzustellen, ob sich der Eindruck nicht verflüchtigt haben könnte, aber die

Landschaft gab nicht nach, hielt allen Gemütszuständen stand.
Und sie, allen voran Tenore, als wären sie Boten aus dieser Landschaft, kümmerten sich nicht um Mißtrauen und Kleinmut, langten in ihren Kantinen nach besten Stücken und rückten einfach an, trafen sich zu verabredeter Stunde in der Trattoria del Orso, wo der Wirt, Sor Domenico, eine große knochige Gestalt mit tief krächzender Stimme, von hinten aus der Küche schritt und die mitgebrachten Sachen in Empfang nahm. Nicht nur Tauben, Hasen und Hühner hatten sie mit, auch mehrere Flaschen Wein und Käse überreichten sie ihm. Es stammte vorwiegend von Tenore und seinem Freund Tizionero, beide dem Wirt bestens bekannt.
Im Speisesaal hatten die Kellner schon Tische zu einer langen Tafel zusammengeschoben und weiß gedeckt, ganz nach Wunsch und Anweisung von Tenore, von dem ja alles ausging. Für insgesamt acht Leute hatte er reservieren lassen und mit Sor Domenico, der selber in der Küche stand und kochte, das Essen besprochen.
Die Kellner brachten Wein, Brot und Wasser und fingen auch schon mit dem Aufzählen der möglichen Speisen an und kritzelten Wünsche auf ihre Blöcke, sollten aber mit dem Auftragen noch etwas warten. Als nach mehr als einer Stunde auf dem Stuhl neben Tenore noch immer kein Artner saß, reichte es dem Advokaten Giorgio allmählich. Das sei ja ungeheuerlich, machte er sich Luft, und auch der dunkelhäutige Tizionero, der lieber im vorderen Raum, in der Osteria, Karten gespielt hätte, meinte trocken zu Tenore, daß es mit der Pünktlichkeit seines Gastes nicht weit her sei. Unverständiges Kopfschütteln und Unmutsäußerungen jedenfalls. Einzig und allein Tino Trenta hielt sich heraus und sagte auch nicht, daß er Artner noch am Vormittag getroffen und diese Einladung ganz nebensächlich als eine belanglose allgemeine Zusammenkunft erwähnt hatte, zu der er eher nicht hingehen werde. Allzuviel

Aufmerksamkeit wollte er doch nicht auf Tenore lenken, in seiner Gesellschaft fühlte er sich wahrscheinlich zu eingeschränkt und ihm zu ebenbürtig, wußte nie im voraus, was dem anderen an Schlagfertigem einfallen würde.

Freilich durchzuckte es Artner, als es ihm dann doch keine Ruhe ließ und er, um ganz sicher zu sein, daß er sich nicht getäuscht hatte, an der Trattoria del Orso vorbeiging und durch das große Glasfenster in den Speisesaal schaute und sie da um die lange Tafel herum sitzen sah.

Was er sich einbilde, ob er keine Kultur habe? fuhr ihn der Advokat, mit dem Zeigefinger auf seine Armbanduhr pochend, an. Die anderen meinten es weniger streng mit ihm, lachten sogar und beschwichtigten den aufgebrachten Advokaten. Einige von ihnen kannte er noch gar nicht. Tenore stellte sie ihm der Reihe nach mit Namen oder mit Namen und Spitznamen und einmal mit Tätigkeit oder sonst einer Eigenschaft oder nur mit Namen und Gesinnung vor, jedenfalls nie mit Betonung auf Beruf. Irgendein Alfredo, der anscheinend etwas von Ökonomie verstehen hätte sollen und nett lächelte, weil Tenore ihn als Denker etikettierte, saß jedenfalls auch da und ein gewitzter Autobahnstationskellner, den Tenore flüchtig kannte und auf der Hinfahrt kurzerhand in einer Bar aufgelesen hatte und der über die lange Tafel hinweg über Deutschland zu reden versuchte, deutsche Städte und Lokale aufzählte, in denen er gearbeitet hatte, alles schön und bestens und natürlich in der wohlwollenden Meinung, alle Österreicher seien längst Deutsche. Artner kannte dies und verzichtete auf eine Korrektur. War ja auch nur ein höflich gemeintes Mißverständnis.

Wesentlich anders Tizionero, der langjährige Freund von Tenore, der komplimentierte nicht, sagte Artner gleich zu Beginn ins Gesicht, er würde sich zum Essen einladen lassen und hinterher schlecht über sie schreiben. Diesen Ton verstand Artner weit besser, er kam von einem, der nie einen Schritt aus der Gegend weggetan hatte. Der ist mehrbeinig und hat mehrfach Hüllen um sich, dachte Artner sofort. Das ist einer aus dieser Landschaft, der hat die Ruhe dieser Landschaft in sich. Vor allem sein listiger Blick faszinierte ihn.

Ein anderer, ebenfalls langjähriger Freund von Tenore hatte einen Spitznamen, er hieß Vita Lunga und gab sich Mühe, gelegentlich zu lachen, schien aber ein ernster, bekümmerter Mensch zu sein. Seine Augen blickten traurig und mehr zurück als um sich und wurden auch kaum lebendiger, wenn er von seiner und Tenores Gesinnung redete. Tenore gab sich ja großzügig, sagte vom Advokaten, daß er Kommunist sei, nannte Vita Lunga einen eisernen Kommunisten und den nett lächelnden Alfredo einen Beinahe-Kommunisten, und der Autobahnstationskellner sei halt etwas deutsch, aber hier doch Kommunist. Und sein Freund Tizionero habe Mussolini vergessen und sei jetzt auch Kommunist und habe dazu auch noch Geld. Nur Tino Trenta habe keines und sei kein Kommunist, worauf sogar Trenta, der zu Tenores Witzen meist nur innerlich schmunzelte, laut lachen mußte. Zu guter Letzt tat Tenore seine Gesinnungszuweisungen ohnehin wieder damit ab, daß er alle zu Freunden erklärte.

Derlei Gesten fanden bei Vita Lunga wenig Widerhall, obwohl er oft und oft mit Tenore zusammengewesen war. Da lachte er nur kurz mit und klärte danach Artner ernsthaft darüber auf, daß er tatsächlich Kommunist sei. Worauf sich auch Giorgio, der Advokat, zu Wort meldete und Vita Lunga mit Lob unterstützte. Allein schon wegen seiner Verspätung hielt er Artner für eine leichtsinnige Kreatur und traute ihm wahrscheinlich zu, er würde gleich alles mit einer beliebigen Belustigung verwechseln.

Er sei hier nicht in Innsbruck, hier regiere kein Bischof, klärte er Artner auf, hier würden Köpfe bestimmen, und das seien die Kommunisten. Hier hätten sich die Kommunisten durchgesetzt und würden sich behaupten. Er befinde sich unter Kommunisten und nicht in Innsbruck. Ein Bischof beeinflusse hier

schon lange keine Wahl mehr, obwohl Urbs Vetus eine Papststadt sei.
In Urbs Vetus entscheide die Bevölkerung, wer regiere, und das seien bei weitem die Kommunisten, und das sei hier kein Geheimbund und kein Geheimnis wie in Österreich und Deutschland, klärte der Advokat den etwas verwunderten Artner auf, dem natürlich nie eingefallen wäre, in Innsbruck an den Kommunismus zu denken, eher schon an Kirche und Kommunismus, aber Innsbruck und Kommunismus schien ihm schon wegen der vielen Tiroler und Täler unmöglich. Auch Advokat und Kommunist war für Artner ungewohnt. Advokat und Geld ja. Aber Advokat und Kommunist und Innsbruck war neu für ihn, nicht aber für Giorgio, der war anscheinend auch in Innsbruck Kommunist und machte ihn nun insgeheim für seine Innsbruckerlebnisse verantwortlich. Die Innsbruckerbahnhofsgeschichte, von der er ihm schon am anderen Abend entsetzt erzählt hatte, behielt er diesmal für sich, aber sie geisterte gewiß noch immer in seinem Kopf herum.
Dieser Giorgio war wahrscheinlich doch ein Studentenrevolutionär, dachte Artner nun, ist vielleicht doch nicht nur Advokat. Aber erstaunt war er dennoch, so unverhofft inmitten einer Runde von Kommunisten oder *Beinahe*-Kommunisten zu sein. Noch dazu lebenden Kommunisten, dachte er, ganz normalen lebenden Kommunisten. Bisher hatte er ja nur heimliche und verheimlichte Kommunisten getroffen, aber in der Trattoria del Orso lärmten und lachten lebende Kommunisten, sowohl im vorderen Lokalteil, in der Osteria, als auch drinnen im eigentlichen Ristorante saßen offenkundig lebende Kommunisten und ließen es sich gut gehen. An solche Möglichkeiten hatte Artner zuvor ja nur gedacht als etwas, das er erfinden wollte. Wenn er sich bis zum Überdruß mit dem Untertanenwesen beschäftigt haben würde, hatte er sich gedacht, würde er zum Untertan einen Menschen mit Kopf

erfinden, aber in der Trattoria del Orso brauchte er nichts zu erfinden, sich keinen möglichen Kopf ausdenken.
In der Trattoria del Orso hieß es zuallererst einmal essen und trinken. Erfinden brauchte er da nichts. Hier gab es alles schon viel besser und lebendiger, als er es sich hätte ausdenken können. Kaum daß er sich gesetzt hatte, wurde mit dem Essen begonnen. Noch während Giorgio ihn verärgert der Kulturlosigkeit bezichtigte, brachten die Kellner mehrere große Tabletts mit Schinken, Salami und anderen Würsten, ging alles gleichzeitig, essen und reden, trinken und reden, zuhören und trinken und essen und reden oder nur essen und trinken und zwischendurch Flüche von sich geben. Statt Komplimenten Flüche und Gelächter. Nicht nur eine, sondern gleich mehrere Arten von Pasta wurden aufgetragen, und danach brachten die Kellner noch größere Schüsseln mit gebratenen Tauben und Hühnern und Hasen. Und ich Narr, dachte Artner, halte die Einladung für einen Witz. Er sagte natürlich nichts, behielt für sich, daß er beinahe nicht hergekommen wäre, und schämte sich insgeheim seines läppischen Mißtrauens. Es werde ohnehin nichts oder bestenfalls ein belustigendes Weintrinken sein, hatte er leichtfertig angenommen, und nun war er mit nichts anderem als mit Essen und Trinken beschäftigt, hieß es ja in einem fort, *iß von dem, probier das!* Es schmeckte ihm ja alles bestens, aber so viel wie Tenore und Vita Lunga und andere ihm günstig waren, brachte er doch nicht weg, und er wollte auch nicht, nur weil von allem so viel auf dem Tisch war, sich in einen Vieleßmenschen verwandeln. Wenn er schon andere Dinge nicht verstehen würde, wollte er wenigstens nicht durch Vielessen auffallen. Da schaute er genau und orientierte sich heimlich an Tino Trenta, der zwar die Pasta in einer ungeheuren Geschwindigkeit in sich hineinschaufelte, danach aber kleinste ausgesuchte Stücke auf dem Teller hatte und zwischendurch immer wieder aufstand und für kürzere Zeit überhaupt verschwand, um nach seinem Onkel zu sehen. Aber er schaute

auch gern zu Tizionero hin, der in aller Ruhe und mit viel Appetit in saftige Fleischstücke biß und höchstwahrscheinlich nicht darüber nachdachte, wie viele abgenagte Knochen er weglegte. So unbefangen wie Tizionero hätte sich Artner natürlich nicht zu geben getraut, er zählte ja die abgenagten Knochen, dachte, die halten dich für eine ausgehungerte Existenz, für eine zugelaufene ausgehungerte Existenz. Eine gewisse Reserve, meinte er, dürfe er nicht gleich aufgeben. Geist ist Geist, und Gaudi ist Gaudi, dachte Artner.

Tenore aber unterschied da weit weniger streng oder weigerte sich, Essen, Witze und ernsteres Denken nach Rang voneinander zu trennen. Artners Unternehmung, über das Denken zum eigentlichen Leben zu kommen, war ihm fremd. Er glaubte nicht an die Notwendigkeit, zwischen geistig Beschäftigten und seinesgleichen unterscheiden zu müssen. Gewiß war er diesbezüglich der Unbekümmertste in der ganzen Runde, an intellektueller Überheblichkeit spähte er einfach stillschweigend vorbei und ließ sich auch von Tino Trenta, der natürlich überhaupt eine Ausnahmestellung beanspruchte, nicht beirren und nicht verniedlichen. Wirklich genau nahm er es nur mit der Geschichte. Ging es ihm um Geschichte, verzichtete er auf Späße und wurde zwischendurch ernst. Gelebte Geschichte und ihm nähere Geschichte mußte es natürlich sein, über die ferne, in Büchern vorausgedachte Geschichte machte er sich ja wieder lustig.

Erhob Vita Lunga das Glas zu einem *Viva Marx!* kam von Tenore prompt ein mindestens so ermunterndes *Viva Aprile!* Für Kundgebungsformeln und Ideologiepropaganda war er jedenfalls nicht zu gebrauchen. Parteinachsageübungen betrieb er keine oder fertigte sie kurz ab und besann sich lieber auf sich und seine Möglichkeiten. Die ihm und seinesgleichen zugängliche Geschichte interessierte ihn, mit ihr beschäftigte er sich eingehend und betrieb auch selber ihre Deutung.

Er habe viel zu lange, sagte er, in der Illusion gelebt, daß der

Teller vor ihm sein Teller sei. Viel sei ohnehin nicht drauf gewesen, aber er habe eben geglaubt, daß der Teller und das Wenige darauf für ihn allein seien. Aber er habe immer schon Mitesser und Vorausesser gehabt. Staat und Kirche hätten längst vor ihm gegessen. Die seien ihm beim Essen immer zuvorgekommen. Aus Hunger habe er sich mit dem wenigen Sichtbaren begnügt und nicht daran gedacht, daß er nur einen Teilteller vor sich gehabt habe. Das Weggegessene habe er nicht gesehen, und von den staatlichen Vorausessern habe sich auch keiner blicken lassen, um Bohnen und Erbsen von einem Teilteller zu essen und sich das Fehlende dazuzudenken. Von dem, was er oft nicht auf dem Teller gehabt habe, hätte er schon damals gut leben und schon damals Gäste einladen können. Viel zu lange habe er nicht verstanden, warum der Teller nicht voller geworden sei. Auch wenn er mehr gearbeitet habe, sei der Teller nicht um das voller geworden, um das er dann hungriger gewesen sei.

Und dabei sei alles nur staatlich gewesen, von vornherein sei es nichts als ein staatliches Hungern gewesen, alle hätten sie staatlich gehungert.

Und geholfen habe es niemandem. Der Staat habe gegessen und gegessen und sei dabei immer hungriger geworden.

Der Staat esse immer mit, sei immer zu Gast und kenne ihn nicht. Nur wenn's ums Zahlen gehe, wisse der Staat von ihm und komme ihm mit einer Nummer und behaupte, diese Nummer bedeute Tenore Scattoni, aber für den Hunger habe er kein Gedächtnis.

Hungerzeiten seien für den Staat kein nennenswerter Posten, Hunger habe er selber. Also hungere er eben mit, aber unabhängig vom Staat und aus vollen Schüsseln.

Seit er wisse, daß der Staat nur Hunger und kein Gedächtnis habe, esse er mit Freunden aus vollen Schüsseln und lebe zwischen gut und besser, sagte er und rief ein lautes *Viva la vita* durch das Lokal. *Viva la vita!* galt für ihn zuallererst und im

großzügigsten Sinn. Das Leben gönnte er allen, auch Leuten, von denen er wußte, daß sie keineswegs seiner Meinung waren. Seien lauter Freunde, sagte er immer wieder.
Alles Freunde, rundete er zum Schluß immer wieder alles ab. Sie seien stark, sagte er auch und lachte.
Via della Misericordia stand am Anfang der zur Trattoria del Orso führenden Gasse bescheiden in hellblauer Schrift auf einem Keramikschild. Eine der wenigen schmucklosen und unscheinbaren Gassen, in der es mehr herzhaft als barmherzig zuging, aber früher, lange vor Tenores Zeiten, muß es wohl etwas mit Barmherzigkeit zu tun gehabt haben, dachte Artner und stellte sich vor, wie es wohl gewesen wäre, wenn er allein, wenn er ohne Tenore, ohne Tino Trenta, ohne sie alle, allein und ohne Wohlwollen und Gunst dieser bekümmerten Schutzengel zu dieser Gasse gekommen wäre, und er hätte dieses Schild gelesen und wäre bis zur Trattoria del Orso gegangen und wäre dort eingetreten, in den ersten Teil, in die Osteria. Da wären ja Pirolo und andere Vereinzelte unter Pensionisten und Aktiven gesessen, wie sie immer dort saßen, ohne ausgestoßen zu werden. Bestimmt hätte er gedacht, da ist noch etwas von der Misericordia, da wird sie tatsächlich noch praktiziert.
Artner war ja ein Schildernarr, las überall Straßennamen und versuchte, Sinn und Bedeutung herauszufinden. Über diese Benennung freute er sich ganz besonders.
Die Teilhaber und Ausübenden der Misericordia wußten natürlich nicht, durch welche Gasse sie täglich gingen. Nicht einmal Tino Trenta, dem vieles auffiel, was andere nicht sahen, hatte gewußt, daß er Tag für Tag durch die Via della Misericordia gegangen war. Erst als Artner ihn darauf aufmerksam machte, sah er zu der Mauer hinauf und fand es merkwürdig, daß ausgerechnet diese dunkle Gasse zur Trattoria del Orso einen solchen Namen haben mußte. Viel eher schon, meinte er, würde *Via delle bestemmie,* also Fluchweg oder Gottesläste-

rungsgasse passen. *Dio maiale, Dio cane* und *porca Madonna* waren in der Via della Misericordia die am häufigsten gebrauchten Ausdrücke, sowohl als Satzeinleitung als auch als Satzanhang, kamen manchmal als Kompliment von Herzen oder dienten dazu, einen momentanen Ärger rasch loszuwerden, und waren bei jedem Kartenspiel als fixer Bestandteil mit von der Partie. Zu Mittag weniger, aber am frühen Nachmittag und je mehr es mit Wein in den Abend ging, egal ob irrtümlich oder dem Ruf der guten Küche folgend im Speisesaal ein Priester in Uniform saß und tief über den Teller gebeugt sich lautlos über eine Mahlzeit hermachte, draußen in der Osteria wurde nach Lust und Laune geflucht.
Aber nicht alle beteiligten sich aktiv, auch Stumme, Ruhige und Zufriedene mit dem Viertel oder nur mit einem einzelnen Glas vor sich fielen Artner auf, stille Fluchverweigerer, die nur mit sich beschäftigt herumsaßen und in ihrer Eigenheit belassen wurden. Sie wurden nicht etwa zum Mithalten ermuntert. Casarelli, der Hunderte von Jahreszahlen von Kriegen und Schlachten aus dem Gedächtnis hersagen konnte, mußte nicht mitfluchen, und Pirolo, wenn ihm danach war, durfte es jederzeit ohne Einschränkung. Niemand wäre es in den Sinn gekommen, ihm seine aktive Nichtteilnahme am Arbeitsprozeß vorzuwerfen. Nur Außenstehende, vorwiegend Leute aus dem Norden, hegten solche Gedanken, meinten immer gleich ordnen und aufräumen zu müssen.
Auch Artner war da nicht anders, gehörte zu diesen kurzangebundenen Kurzsichtdenkern. Er verstand nicht recht, warum die Nichtpassiven mit ihren kräftigen Armen und ihrem Stolz keine Ablehnung zeigten, ja sogar mit Pirolo wie mit ihresgleichen Karten spielten. Aber Artners nördlich nützliche Gedankengänge kannte Conte Pirolo zu seinem Glück nicht. Das Wehrmachtsgebrüll während der Besatzungszeit hatte ihm schon vollauf gereicht, und Artners Auftauchen setzte, nicht zu dessen Vergnügen, immer wieder Kriegszeiterinne-

rungen frei. Fast alle anderen behielten Artner gegenüber Wehrmachtserlebnisse für sich, aber Conte Pirolo brachte Artners Anwesenheit zum Reden. War er gut gelaunt, meist zum späteren Teil des Abends hin, erinnerte er sich auch an vergnügliche Momente mit der Wehrmachtspräsenz und sang laut: *jaja trinkes Wein! trinkes Wein!*
Aber direkter Groll oder Haß wurde ihm von niemandem wegen der damaligen Erlebnisse entgegengebracht. Schon allein, weil er oft in Begleitung von Tino Trenta war und über dessen Autorität hinaus vom Anfang an von Tenore an vielen in der Osteria sich Behauptenden vorbeigelotst worden war. Aber Schweigen, standhaftes Schweigen, kam er allein, trat ihm aus so manchem Gesicht schon entgegen. Deswegen wahrscheinlich Tenores lautes *Viva la vita.*
Deswegen wahrscheinlich seine eifrige Fürsorge.
Allein, ohne Tino Trenta, ohne Tenore, war vieles anders, nicht wie Gesicht und Arsch, aber doch spürbar anders.
Tino Trenta sah ihn manchmal von der Seite an und sagte, er habe Glück.
Der hatte ja lang genug in Urbs Vetus und nicht nur in Urbs Vetus gelebt, um zu wissen, wovon er redete. Ihm konnten sie nichts mehr vormachen. Er wußte über so ziemlich alles Bescheid, kannte die Bewohner von Urbs Vetus von klein auf und schaute durch sie hindurch. Mit vielem und vielen befand er sich bereits im Kriegszustand, hatte schon ein Gegenleben im Sinn und verriet es niemandem. Keinem seiner langjährigen Freunde und Förderer und natürlich auch nicht Artner, den er herumführte, seinen Freunden vorstellte und immer wieder mit interessanten Leuten bekanntmachte. Journalisten, Maler, Poeten, Schauspieler und auch belesene Industrielle suchten ihn auf, kamen aus Rom, Terni, Perugia und Mailand, und es gab immer lange und tolle Essen, und Tino Trenta lebte auf, war über alles erhaben und brillant, dezent zurückhaltend im Mittelpunkt, sagte weise Dinge und ließ Zeilen anderer Poeten

zu Gehör kommen, und am Tag darauf, wenn Artner schon an seinem Platz in der Bar Rossi auf ihn wartete und dachte, der Poet in ihm komme wieder in Schwung, trat er ein, als wäre niemand dagewesen, als würde er sich an keine Abendgesellschaft erinnern, trat einfach in seiner alle und alles von sich weisenden Art ein und widmete sich seinem Gegenleben, redete eben nicht oder stellte sich überhaupt demonstrativ vor der Tür fast schlafend dem Corsolärm entgegen, betrieb dort irgendwie seine Übungen und setzte einmal das Tagesanfangstempo fest. Das Tagesanfangstempo bestand meist in einem möglichst auffälligen Sich-nicht-Bewegen und fing immer erst nach Ankunft und Betreten der Bar an. Den Weg hin legte er unauffällig in normaler Geschwindigkeit zurück, aber tatsächlich gültig und in seinem Sinn hob der Tag erst drinnen oder vor der Bar Rossi an, erst von da an ging er in sich und lebte den Gewohnheiten entgegen. Herrschte auf dem Corso emsige, fröhliche Betriebsamkeit, agierte er draußen gleich einer Statue, war es früher und noch ruhiger, werkte er im Barinnenraum und wurde weder vom meist schlecht gelaunten hochgewachsenen Muzio noch von der schmunzelnden Serviererin noch vom dickbäuchigen Rossi senior oder dessen über ihre starken Brillen hinwegschielenden Frau nach Konsumationswünschen gefragt. Es gefiel ihnen natürlich nicht. Dem beleibten Severo und seiner Ermenegilda bestimmt nicht, aber auch sie fügten sich und warteten ab.
Und Artner tat eben auch, als würde er abwarten, sagte nichts und amüsierte sich damit, Tino Trentas Tagesanfänge in die Festspielstadt zu verlegen, ihn dort ins Tomaselli oder nur in eine namhaft unbekannte Zuckerbäckerei eintreten und sich dort nach seinem Gutdünken behaupten zu lassen. Trenta unterschied ja zwischen Lokal als Besitz und Eigentum und Gast als Inanspruchnehmer und Konsumationsbetreiber. Der Gast als Person gehörte sich selbst, niemals dem Lokalbetreiber, und war niemals Bestandteil irgendwelcher Gepflogen-

heiten zugunsten rascher Mehreinnahme. Auch mit liebenswürdigem Lächeln war ihm nicht beizukommen, darauf fiel er nicht herein und wich deswegen nicht von sich ab. Als Person gehörte er sich, über Tagestempo und Tagesanfang bestimmte er.

Tino Trenta war eine durchaus noble Existenz, er schwieg zu vielem und sah, sofern sie nicht in seiner Nähe passierten, über Ärgernisse großzügig hinweg, sobald er jedoch mit Artner allein war, sprach er vom Alleinsein und von der Schwierigkeit, sich zu verständigen. Er sei ein *Clown philosophique*, vertraute er Artner einmal während einer kurzen und langsamen nachmittäglichen Corsobegehung an, und Artner nickte und glaubte ihm fast. Sein Blick war listig und schelmisch genug, ließ ohne weiteres vermuten, daß er mit sich ausgeklügelte Vorhaben betrieb. Aber wie und worauf er tatsächlich hinauswollte, verriet er wiederum nicht.

Artner profitierte natürlich von der Bekanntschaft und Freundschaft mit ihm. Sein Umgang in Urbs Venus war immer ein ausgesuchter, war immer mehrfach von Annehmlichkeiten begleitet, garantierte durch seine Anwesenheit immer ein Mindestmaß an Qualität und Sinn für bewußt eigenständiges Existieren. Mit Komplimenten rückte er äußerst selten heraus, kaum dem Wirt gegenüber, nur unhörbar und hinter seinem Rücken empfahl er Gelungenes weiter. Unmögliche Stätten, sei es, daß sie sich beim Kochen nicht auskannten, vom Wein nichts verstanden und auch sonst nichts mit Kultur anzufangen wußten, suchte er gar nicht erst auf. Nur zu sicheren Adressen, und sei es, daß es sich bloß um eine ganz bestimmte Pasta handelte, führte er Artner. Kochkunst- und Weinneuigkeiten wurden ihm ständig zugetragen, und er probierte sie dann aus einer Laune heraus. Schmeckte es ihm und verlangte er sogar nach, hatte das schon etwas von einer Gnade und bedeutete, daß aus seinem Bekannten- und Freundeskreis mehrere nachkommen würden.

Am beständigsten und häufigsten aber ging er in die Via della Misericordia in die Trattoria del Orso und nahm draußen unter den Einheimischen, unter den weniger Bemittelten, in der Osteria Platz und bestellte bescheiden das hinterste Ende von einem Huhn oder einen kleinen Teller mit Knochen und etwas Fleisch daran. Bei diesem Wirt, bei Sor Domenico, war alles möglich, viel und gut essen, Sonderwünsche oder nur Brot und ein Stück Käse oder nichts essen und nur Wein trinken. Jeder wie er möchte, pflegte er zu sagen. Sein Auftreten war barsch und kurz, und auch sein Äußeres hatte nichts Italienisches, ließ mehr an Gebirge und Zupacken als an Kochtöpfe und Gewürze denken, das gab natürlich Anlaß, über ihn zu witzeln, aber was den Humor anging, war er anderen weit voraus. Gern und mehrmals erzählte Trenta von den Problemen eines Gastes, dem der Kellner das ganze Mittagsangebot mit Geduld und Wiederholungen in allen Einzelheiten vorsagte, und der einfach nichts Richtiges fand, bis schließlich Sor Domenico selber aus der Küche dem Kellner zu Hilfe schritt und nach einem knappen *er habe schon verstanden* kurzerhand das Menü diktierte:

Nämlich *einen halben Liter für den Anfang,*
einen Liter als Hauptgang und ein *Viertel zum Aufhören.*

Anderen Wirten wäre diese Lösung nie eingefallen, sie hätten sich auf Gesetz und Rücksichtnahme ihrer Gäste berufen, aber der stets strenge Sor Domenico hatte Verständnis und war laut Tino Trentas anspruchsvollen Kriterien auch einer der wenigen *wahren* und *echten* und *wirklichen Wirte.* Immerhin ging er schon mindestens fünfzehn Jahre zu ihm hin und schob auch manchmal diskret den Teller oder den Wein von sich, zahlte, stand auf und ging, aber zu einem gröberen Streit und endgültigen Bruch oder einem Davongehen mit Anzeige — gegen manch unverfrorenen Wirt bediente er sich der Exekutive — ließ er es mit Sor Domenico und der Trattoria del Orso nie kommen. Einzelne Mißgeschicke passierten ja, und der lebende Wein gab sich manchmal auch launisch, so daß alle mühsam an ihm würgten und deutlich mehr und mehr davon stehenließen, da bestellte er eben Flaschenwein oder blieb bis zum Weinwechsel überhaupt fern, aber zu einem endgültigen Aus und Bruch ließ er es mit der Trattoria del Orso nie kommen.

Das Essen an sich war ihm eigentlich unwichtig.

Mehr als an einer kulturellen und gesellschaftlichen Einrichtung als an einer Ernährungsnotwendigkeit hielt er am Essen und an Essensgängen fest, zu Unterhaltungszwecken diente es ihm hauptsächlich. Oft bestellte er nur zwei Gabeln Spaghetti und die ohne Sugo, nie Salat oder sonst Vitaminhaltiges, und war tatsächlich einmal mehr auf dem Teller, entschuldigte er sich und schaufelte alles stöhnend und mit einer ungeheuren Geschwindigkeit in sich hinein. Allen üblichen Gepflogenheiten und medizinischem Wissen entgegen, immer mehr Spiel als Notwendigkeit oder überhaupt Experiment als Wille und Eigensinn gegen den Rat der Mediziner. Entsprechend behauptete er auch, schon viele Leben hinter sich zu haben und auch einmal einer der Etrusker gewesen zu sein, was freilich auch sein Freund Zampa ernst blickend und in aller Bescheidenheit von sich sagte, aber der bewegte sich schneller und ernährte sich allumfassend und fand die Grammatik zu kompliziert. Trenta aber gab sich manchmal nur geistig und tat, als sei er eine uralte Geschichte und würde den Körper nur beiläufig und der Materie zuliebe mit sich führen, sprach von immenser Müdigkeit und Überdruß unsinniger Wiederholungen. Gedankenlos Dahergesagtes und Familiengeplapper ließen ihn oft die Flucht ergreifen.

Nur wegen der Namenszusammensetzung, bestehend aus *umbringen* und der Zahl *acht*, trank er flaschenweise ein bittersüßes Industriegesöff und fiel zum Erstaunen anderer nicht um. Nur weil dessen Konstrukteure an achtfaches Niederhauen oder Töten dachten, mußte er natürlich vorführen, daß ein Tino Trenta nicht so leicht zur Strecke zu bringen sei.

Von der Zeit, in der er bloßfüßig und in Lumpen in den Gassen von Urbs Vetus gegangen war, sprach er nicht. Die Erinnerung an eine armselige Kindheit überließ er anderen. Nur in Gedichten beschäftigte er sich mit der Armut im allgemeinen, mit der Armut anderer, über seine eigene schrieb und sprach er nicht. Da war er zu nobel, verstand sich zu sehr als Philosoph und Clown und hatte andere Schelmereien und Heimzahlungen im Sinn. Ihnen den Poeten abgeben, damit Urbs Vetus jederzeit zu irgendwelchen Anlässen einen Poeten präsentieren konnte, gefiel ihm nicht mehr, war ihm zu nett und zu heimatlich. Niedlich und heimatlich waren seine Gedichte nicht, sie wurden von anderen Poeten hoch geschätzt und von kritischen Geistern wegen ihres politischen Inhalts gelobt, und nicht zu vergessen die Bewunderung, die er von kulturbeflissenen Frauen einkassierte. Selbstbewußte und belesene Frauen hielten immer zu ihm, und junge Poetinnen und Poeten brachten ihm ihre Gedichte und warteten mit Geduld auf sein Urteil. Für sie galt und stand er im Ruf einer ehrwürdigen Institution. Auch aktive Kämpfer aus dem linken politischen Lager kamen zu ihm, sagten ihm, er solle unbedingt weitermachen.
Der Umgang mit Kultur, vor allem mit lebender Kultur, verlief da wesentlich anders, als Artner es vom Norden her kannte. Der Lebende mußte sich nicht schämen und sich in seinem Innersten damit trösten, daß es den anderen, den Toten und im nachhinein zu Künstlern Gemachten, zu Lebzeiten auch miserabel ergangen war. Tote Artisten hatten sie auch da, aber deswegen brauchte der Lebende nicht so zu tun, als wäre er gar nicht vorhanden, mußte sich nicht verschweigen oder sich wegen seiner Absichten stellen und rechtfertigen. Diesen Unsinn kannte Tino Trenta, außer von seinem Onkel, überhaupt nicht. Hinterm Berg halten hatte er mit seinen Neigun-

gen von allem Anfang an nie müssen, gleichgültig wo er sich aufhielt oder herumtrieb, Interesse und Aufmerksamkeit begegnete er überall. Auch Leute, die keine Gedichte lasen, machten sich nicht einfach schweigend davon oder muteten sich zu, ihr Nichtwissen für einen ausreichenden Daseinsgrund zu halten, sondern hörten zu und freuten sich, einen Gescheiten und Talentierten unter sich zu haben. Sein Umgang bestand bei weitem nicht aus Bücherwürmern. Auch Professoren waren nur wenige darunter und wenn, wurden sie erst aufmerksam, nachdem andere in Umlauf gebracht hatten, daß Tino Gedichte schreibe. Einfache und nur mit der notwendigsten Schulbildung Ausgestattete waren es vorwiegend, die ihm applaudierten, ihn hochleben ließen und seine Bemühungen nicht als Scherz oder Verrücktheit abtaten. Das Wort Spinner, mit dem in nördlichen Landschaften sofort aufgewartet wurde, um kreative Existenzen als nicht ganz richtig im Kopf abzutun, gab es da in dieser Bedeutung von vornherein nicht, und es wäre auch dem bestrebtesten Kunstignoranten nie in den Sinn gekommen. Phantasie und Denken und Kunst hatten hier immer schon mit Kultur zu tun gehabt, und diese wiederum war hochgeschätzt, mußte nicht extra begründet und erläutert werden, wie es Artner leider kannte und es auch schon als einen unveränderbaren Zustand hingenommen hatte, entgegen den fürsorglichen Versuchen der schönen Literaturliebhaberin, ihm eine leichtere Sehensweise zu suggerieren. Kunstaustilgen und Kunst in Verruf bringen und Kunst der Unnützlichkeit verdächtigen war hier nicht üblich, erfreute sich keiner Anhängerschaft. Im Kunst-gar-nicht-erst-Entstehenlassen schienen sie ungeschickt, hatten zu sehr das Leben als solches im Sinn und sahen in der Kunst nicht Lebensbedrohendes.

Sprach Tino Trenta wieder einmal ausführlich und eingehend vom Desinteresse an Kultur und von der Ausweglosigkeit der Kunst und von seiner Einsamkeit, der er Tag für Tag in Urbs Vetus ausgesetzt sei, hatte Artner es leicht, ihm zu widerspre-

chen, konnte er doch kaum jemanden Namhaften benennen, rasch befragt ergab es eine eher magere Liste. Artner hingegen konnte bezüglich Kulturlosigkeit mit Städten und ganzen Landstrichen auftrumpfen.
In Ried im Innkreis wärst du niemand.
In Zell am Ziller und Zell am See niemand.
Im Pustertal und in Innsbruck niemand.
In Nürnberg, Steyr und Salzburg niemand.
Tino Trenta, der ja immer gleich abwinkte, weder von Ried im Innkreis noch vom Pustertal etwas wissen wollte, kam mit seiner Aufzählung kaum über Bergamo hinaus, geschweige daß er sonst hätte mithalten können, dachte Artner nur an die vielen kulturnichtinteressierten Gewerkschafter und Betriebsräte, an die viele Zeit, an die Jahrzehnte, die sie mit Nichtlesen zugebracht hatten. Mit solcher Art von Kulturausdemweggehern hätte Tino Trenta kaum aufwarten können. Mit farblosen Kulturunterschlagern, wie Artner sie jederzeit in großer Menge hätte aufzählen können, hätte Trenta nie im gleichen Maß mithalten können. Ein *Krawattenabschneidezimmer*, wie Artner es im Keller einer Sozialakademie gesehen hatte, gab es in ganz Italien nicht. Aus ganz Österreich ausgesuchte Betriebsräte sitzen im Keller und schneiden sich gegenseitig die Krawatten ab, während einige Stockwerke darüber einer in einem leeren Saal die Existenzbedingungen von Arbeitenden schildert.
Solcher Interesselosigkeit wußte Tino Trenta nichts zu entgegnen. Er habe schon verstanden, winkte er immer gleich ab, wenn Artner vom Umgang mit Kultur im Norden redete und ihn ein wenig von seinem absoluten Anspruch abzubringen versuchte. Sein Anspruch war ja ein althergebrachter. Sinn für Kultur setzte er als etwas Selbstverständliches und an sich schon Normales voraus und registrierte einfach das Wenigerwerden ringsum. Zeitungen wies er immer mehr Ungenauigkeiten und sprachliches Verkommen nach, und der Tourismus

brachte freilich auch gewisse Grobheiten und Schlampereien mit sich. Urbs Vetus wurde ja durchlaufen, Tag für Tag rannten Touristen verschiedenster Nationen bestimmte Plätze und Straßen ab und störten wahrscheinlich seine geheimen Pläne. Auch Auswärtige, die den Touristenzulauf schon lange verfolgt hatten, pirschten sich an und lauerten auf eine Gelegenheit, mit nichts als mit weit aufgehaltenen Taschen in dem Labyrinth einen Platz einzunehmen. Diese geldgesinnten Neulinge standen freilich den Krawattenabschneidern im Kulturnichtwahrnehmen kaum nach. Die umschlich er und prüfte sie und spielte ihnen einen Einwohner im ursprünglichsten Sinne in aller Unbekümmertheit vor. Da nahm er sich viel Zeit, redete ausgesprochen höflich, ließ Boden und Pflaster unter sich wirken, unternahm langsamste Toilettengänge öfter als notwendig und beendete das Richten von Hose und Hemd nicht immer hinter der geschlossenen Tür. Dem frischen Wind, wie manche Neulinge ihn in Urbs Vetus einzuführen gedachten, arbeitete er beharrlich und komödiantisch entgegen. Aber der hatte es auch ohne Trenta schwer. Urbs Vetus war nicht der Boden für rasches Geschäftemachen.

Artner sah das ja ohnehin nicht, wunderte sich höchstens, warum sie da und dort nicht zuschlugen und ein Batzengeschäft daraus machten. Von den Gesetzmäßigkeiten dahinter, und solche waren es, hatte er keine Ahnung. Ein althergebrachter Geist wohnte ihnen inne und hielt von vornherein an einer Überlieferung in Hinblick auf Weiterführung fest. Tino Trenta war nicht der einzige, der auf lange Sicht ein bestimmtes Programm verfolgte, auch unscheinbare, oft überhaupt nicht gesprächige Geschäftsleute haushalteten beharrlich und hatten für sich und ihre Familie das allen verständliche Notwendige im Sinn, kapselten sich deswegen aber nicht ab oder gingen eigene Wege. Selbst Vannini, von dem er annahm, er würde seine Distanzgeschäfte nur im Hotelfoyer betreiben, sah er

manchmal eine dünne Zigarre rauchend in lautem Gewimmel gehen. Geldeiligen und kurzfristigen Geschäftssinn konnte er ihm schon überhaupt nicht unterstellen. Eine Sicht für kleinste Dinge schienen sie alle sich bewahrt zu haben. Nicht aus Geiz, aus Freude am langen Existieren zögerten sie das Wegwerfen hinaus, nannten immer die Zeit als wesentlichen Faktor. Wie lange jemand etwas habe, wie lange eine Bekanntschaft oder Freundschaft andauere, zählte, auch Gehabt-Haben hatte seine Gültigkeit. Das Zubringen von Zeit an sich hatte schon seinen bestimmten Wert und fand mehr Beachtung als das Nennen von Besitz und Liegenschaften, wovon manche ziemlich viel hatten. Aber deswegen waren sie noch immer nicht so hoch hinaus, daß sie nicht gewußt hätten, wer Conte Pirolo ist. Für Artner, der ja aus einer touristisch und geschäftlich bestens organisierten Stadt kam, war dies natürlich ein Fressen. In eine Art Ruhe-Lern-und-Arbeitsstätte war er da auf gut Glück gestolpert, nach der er schon lange gesucht hatte. Immer schon hatte er gedacht, *es muß ja irgendwo etwas sein, die vielen Bücher, die Musik, die Philosophie müssen doch irgendwo etwas hinterlassen haben,* das nicht einfach ein Wohnungswitz ist. In der Festspielstadt, die sich weit in die Welt hinaus ihrer Nockerl und Schokoladekugeln rühmte, sah er die Kultur ja längst von der Straße verbannt und hinter Toren und Mauern ein wichtiges Gelddasein fristen, was sich auf das Leben draußen freilich nicht günstig auswirkte.
Mauern hatte Urbs Vetus ja auch, viel mehr und ältere sogar, aber deswegen wäre ihnen nie eingefallen, Kultur und Leben voneinander zu trennen. Geld und Kultur drinnen und Leben oder Überleben draußen. In Urbs Vetus war es undenkbar, sofort auf Geld-Haben oder Kaum-Geld-Haben eingeschätzt und kurzerhand auf einen Platz verwiesen zu werden. Und natürlich nie ein *Verdrück dich, hau ab, du Stinker!* oder gar eine blutige Schlägerei um eine Flasche Bier, wie es der Advokat Giorgio auf dem Innsbrucker Bahnhof erlebt und nicht ver-

standen hatte. Das oftmalige Verwenden des Wortes *müssen* fiel hier schon als etwas Ungewohntes auf. *Ich habe keinen Willen* oder *ich habe heute keinen Willen,* hörte er oft jemanden freimütig sagen. Beinahe alles schien sich um das Wort *wollen* zu drehen, wogegen ihm in einem fort das Wort *müssen* auf der Zunge lag. Viel zu oft sagte er *müssen,* anstatt es einfach wegzulassen. Als wäre er nicht er selbst, nur Zubehör von etwas, so klang das immer und wurde ihm erst hinterher bewußt. Etwas *wollen* oder *nicht wollen,* gefiel ihm natürlich viel besser als *müssen.* Diesen Unfug hatte er unbedacht übernommen, und er übte nun, wenigstens zehn Sätze pro Tag ohne *müssen* zusammenzubringen.

Aber um Kultur brauchte er sich in Urbs Vetus nicht zu kümmern. Hier hatte er sie unbekümmert und ungeniert um sich.

Diese eigenartigen Trennungen, dieses bewußte Kultur-von-den-Leuten-Weghalten fehlte und war vielleicht nie ernsthaft angestrebt worden. Das brachte ihn natürlich auf abwegige Gedanken, ob er nicht womöglich aus einem Land komme, in dem so ziemlich alle nicht richtig im Kopf seien.

Er hatte eine Geschichte, die Lebensgeschichte einer Frau, auf Tonbändern erzählt, mitgenommen, die freilich arg und schlimm genug war. Zwischendurch bereute er es ja oft, daß er sich auf die Geschichte, die Maimachergeschichte, eingelassen hatte, und er ärgerte sich insgeheim über den Journalisten, der diese Geschichte aufgespürt hatte. Einfach so gar keine erfreuliche Geschichte. Er ging mit dieser Geschichte umher, dachte nach, wie er sie aufs Papier bringen könnte. Die Maimachergeschichte begleitete ihn, hatte sogar mit seinem zufälligen Auftauchen in Urbs Vetus zu tun. Die vertraulich ausgehändigten Tonbänder hatte er ja schon übernommen gehabt, vor der beabsichtigten Schottlandreise und bevor er im letzten Moment dem mürrischen Müller vor der Bank über den Weg gelaufen war. Er hatte vergessen, daß er zu diesem Zeitpunkt

die Maimachergeschichte schon angenommen gehabt hatte und den mürrischen Müller eigentlich wegen der Geschichte hatte anreden wollen.
Und nun würgte er an der Maimachergeschichte und wünschte sich zwischendurch, mit dem engagierten Journalisten nicht in den Moserschen Weinstuben arbeitsgegessen zu haben. Aber so nahe des Festspielkomplexes, in den Moserschen Weinstuben arbeitsessend, von deutscher Seite einen Auftrag vermittelt zu bekommen, war natürlich auch verlockend gewesen, noch dazu mit Vorschuß und Aussichten auf weiteres Geld.
Aber ein Honiglecken, wie er es sich in den Moserschen Weinstuben leichtsinnig vorgestellt hatte, war die Geschichte der Frau Rosemarie Maimacher nicht. Obwohl nicht seine, sondern ihre und vieler anderer Geschichte, mußte er immer wieder aufstehen, Zimmer und Hotel verlassen, um nicht alles abzubrechen und sich des Auftrags zu entledigen. Gesehen hatte er die Frau ja noch nicht. Nur die besprochenen Tonbänder hatte er, ihre Stimme kannte er, und daß keines ihrer Kinder je zuvor von dieser Geschichte gehört hatte, wußte er, und daß Landschaften längst nicht so unschuldig sind, wie sie aussehen, wußte er auch.
Von dem Auftrag wußte außer dem Journalisten Stifter und Frau Maimacher und dem Theaterverleger, der auch den Vorschuß zahlte, niemand. Aber gesprochen hatte er nur mit Stifter, der wiederum von Frau Maimacher das schriftliche Einverständnis hatte, keine Auskunft und nichts aus der Hand zu geben, alles weitere ausschließlich ihm zu überlassen. Aber Stifter, der die Geschichte der Rosemarie Maimacher genau recherchiert hatte, war ein Irlandfan und sah die Ungeheuerlichkeit aus irischer Sicht. Artner hingegen ertappte sich, daß er immer wieder an Sibirien dachte. Eine ganze Landschaft mitsamt ihrer Mentalität wollte er abschieben oder sich ihrer gleich überhaupt entledigen. Die Tonbänder einpacken, auf die Post gehen, sie an Stifter zurück-

schicken und dem Verleger schreiben, daß er sich außerstande sehe, die Vereinbarung einzuhalten, war natürlich ein verlockender Gedanke.
Zu Tenore und Trenta sagte er natürlich kein Wort, worüber genau er sich den Kopf zerbrach; nicht nur in dem für eine solche Geschichte zu kleinen Zimmer, sondern auch draußen war er mit der Maimachergeschichte beschäftigt, ging allein durch entlegene Gassen und redete sich ein, passiert ist passiert, Geschichte ist Geschichte. Die Frau Maimacher hat alles überlebt, hat vom Anfang an von den Lagern gewußt, wie alle in der Gegend von den Lagern gewußt haben und nichts gesagt haben und auch danach nichts sagten und sich an nichts erinnerten. Aber er war wenigstens mit der Maimachergeschichte und den Büchern und Materialien dazu allein und doch nicht allein und konnte sich in Ruhe Satz für Satz damit auseinandersetzen, ohne immer wieder aufs neue mit alten Naziblödheiten konfrontiert zu werden. Hier hatte er die Stimme der Frau Maimacher, hörte ihre Geschichte und las Bücher und Studien und Statistiken dazu, konnte auf den langen Korridor oder auf die Terrasse hinausgehen, oder wenn es ihm zuviel wurde und er überhaupt nicht vom Fleck kam, konnte er die Marmorstiegen hinunter- und hinausgehen und abschalten, stille Gassen abwandern oder eine der vielen Bars aufsuchen. Diese Annehmlichkeiten und Vorzüge, die Urbs Vetus ihm zuhauf bot, bedachte er oft nicht, wenn er sich zu sehr in die Maimachergeschichte verbiß, sie hinter sich bringen wollte und nicht weiterkam. Aus Ungeduld bedachte er nicht, in welchem Ausmaß ihm der Aufenthalt in Urbs Vetus bei der Arbeit half. Führte es ihm doch Tag für Tag hundertfach in Einzelheiten den sorgsamsten Umgang mit Leben und Dingen vor, suggerierte in einem fort Leben und Ruhe. Manchmal erspähte er bei seinen Rundgängen einen Teil dieser Ruhe durch ein halboffenes Tor, eine Ruhe, wie sie von Pflanzen auf Menschen übergeht. Fasziniert verweilte er oft und ging in der Hoffnung weiter, dieser

erspähten Ruhe näherzukommen und später selber einmal etwas von ihr zu verspüren.

Aber später eben, viel später.

Er befand sich ja erst am Beginn, erst innerhalb der Stadtummauerung, und verstand noch gar nicht, daß es nur der Anfang, der Einstieg in ein Labyrinth war oder werden könnte. Klar und unverständlich war ihm ja nur, daß ihn das Glück begünstigte. Näheres erfuhr er aber weder von Tino Trenta noch von Tenore Scattoni, in dessen Wortschatz das Wort Glück ohnehin einen äußerst bescheidenen Platz einnahm. Der hielt sich lieber an das Realisierbare, verschanzte sich hinter Schinken und Wein und hatte es eilig, sich über wunderliche Dinge vergangener Zeiten Klarheit zu verschaffen. Betrachtete Artner die Bar Rossi wegen ihres zufälligen Zusammentreffens dort schon als einen glücksfördernden Platz, verlor Tenore darüber kein Wort. Eine Bar eben, sagte er und verriet nicht, daß es mit dieser Bar doch eine bestimmte Bewandtnis haben mußte, sonst wäre er ein anderes Mal nicht ausgerechnet mit Artner in die Bar Rossi gegangen und hätte den dickbäuchigen Severo hinterm Pult nicht plötzlich, ihm ins Gesicht lachend, einen Faschisten genannt. Wäre es nur um eine Bar gegangen, hätte es genügend andere gegeben. Aber der säuerlich lächelnde Severo gehörte wahrscheinlich zu seinem Unterrichtsprogramm. Zwischendurch betrieb er ja einen regelrechten Unterricht mit Artner, sorgte sich um die nicht niedergeschriebene Geschichte und kümmerte sich auch um kleinere nützliche Dinge. So führte er ihn beispielsweise auch in Bars und Geschäfte, in denen manche Betreiber dazu neigten, sich beim Herausgeben des Restgeldes zu ihren Gunsten zu irren. Derlei Hinweise gab er aber nicht öffentlich oder in Anwesenheit der vermeintlichen Praktikanten kund, sondern gab sie erst im Weggehen an Artner vertraulich weiter. Einzelpersonen, sofern sie nicht gewerbsmäßig und nur für sich Tag für Tag ihre Misere betrieben und in einem unwissenden

Fremden eine vorübergehende Einnahmequelle erspähten, erwähnte er vorerst gar nicht oder begnügte sich mit einem warnenden Blick. Er war nicht überall, wo er eintrat, willkommen und beliebt, und er wußte es auch. Vor allem seine Art, den Leuten unverblümt ins Gesicht zu sagen, was er dachte, berührte so manche unangenehm. Sie waren übertrieben freundlich und froh, wenn er ging, und nahmen danach zu Artner eine gewisse Distanz ein oder bemühten sich, gleich überhaupt einige Tage nicht mit ihm zu reden. Andere wiederum grüßten ihn von weitem und sprachen nur von Tenore.
Er war für seine Gastfreundschaft Fremden gegenüber ringsum bekannt und wurde wegen dieses Wohlwollens auch von Andersdenkenden geschätzt. Über das Essen redete er aber nicht. Andere hörte Artner ja oft genauestens über jede Einzelheit reden, darüber, was sie wo am Vortag gegessen hatten und wohin sie essen gehen würden. Tenore jedoch lud ein und gab zu essen, aber über das Essen verlor er kaum ein Wort. Höchstens den Weinverbrauch, wieviel Wein er in manchem Monat aus dem Keller geholt hatte, erwähnte er mit Stolz. Manchmal nahm er Artner auch mit und zeigte ihm, was er alles an Vorräten im Keller hatte.
Gegen die Krise, sagte er und lachte.
Viele von seinen Auseinandersetzungen beschäftigten sich mit dem Wort Krise. Die Journalisten wurden nicht müde, Tag für Tag in irgendeinem Zusammenhang im Fernsehen und in den Zeitungen das Wort Krise zu verwenden. Und natürlich wußte er auch, daß es in den nördlichen Ländern mit Italiens Ruf nicht zum besten stand.
Vor allem die dem Sommer vorauseilenden Artikel sparten nicht mit Angaben über Chaos, Diebstahl und wirtschaftlichen Ruin und sollten natürlich verängstigte Gemüter vor einem Urlaub in Italien abschrecken. Von Österreich aus, was aber dank der schwachen Presse und des kleinen Landes weniger zählte, hatten die Italiener freilich auch noch faul und

falsch und hungerleidende Drückeberger zu sein. Davon wußte er zum Glück nur, was der Advokat Giorgio manchmal von seinen Kurzaufenthalten in Innsbruck erzählte. Selber hatte er nie einen Schritt über die nördliche Staatsgrenze getan. Der Norden fing für ihn schon viel weiter unten, oberhalb von Bologna an.

Italien teilte er im wesentlichen in drei Teile ein, in den Süden, Norden und das Zentrum.

Das wirkliche Italien sei das Zentrum, schärfte er Artner immer wieder ein. Wenn er tatsächlich vorhabe, sich von Italien ein Bild zu machen, müsse er sich an das Zentrum halten, sagte er. Nur vom Zentrum aus könne er Italien wirklich verstehen. Und damit ja kein Zweifel blieb, worum es ihm ging, bediente er sich bei seinen Demonstrationen der verschiedensten Hilfsmittel. Fehlten ihm Papier und Bleistift, taten es auch Tischplatte und Messer oder ein Käselaib, auch wenn dieser nicht ihm, sondern Tizionero gehörte und für den Verkauf auf dem Markt bestimmt war. Er vergaß ganz einfach, womit und worauf er Italien skizzierte. Wichtig war ihm nur, daß ihn der Angesprochene verstand. Auch Leuten, deren Italienischkenntnisse über Wein und Essen kaum hinausreichten, konnte er sich verständlich machen. Freilich nur, wenn er wollte und ihm vorkam, er habe einen interessierten Menschen vor sich. Beliebig und aufs Geratewohl demonstrierte er nichts, gab er keine Vorstellung und setzte sich auch nicht irgendwo dazu. Wen er ansprach und mit wem er redete, bestimmte natürlich er.

Einmal saß er in der Trattoria del Orso und redete von seiner Schulzeit, und es waren wie immer Wein, Brot und Schinken auf dem Tisch, an dem außer ihm und Artner auch noch ein weststeirischer Maler saß und nicht viel verstand. *Wie in Schwanberg,* sagte er immer, worunter Artner sich wiederum nichts vorstellen konnte. Und Tenore ging es um den Betrug mit Landkarten. Er schenkte die Gläser immer wieder voll und redete laut in den Lärm. Die ganze Welt sei Italien gewesen. Man habe ihm in der Schule immer nur in aller Größe die Landkarte von Italien gezeigt, und er habe tatsächlich Jahre in dem Glauben zugebracht, die Welt bestünde aus Italien. Aber dann sei er einmal bei Verwandten zu Besuch gewesen, und die hätten gerade einen Globus gekauft gehabt. Und er sei sofort hin und habe gedreht und gedreht und geschaut und geschaut, sagte er und langte kurzerhand nach der metallenen Brotschüssel, kippte sie um und formte ein kleines Kügelchen aus Brot.

Nur so winzig sei auf einmal Italien gewesen, sagte er. Nicht mehr als dies, sagte er, das kleine Brotkügelchen zur Schüssel haltend, habe er von dem großen Italien auf dem Globus entdeckt. Zuerst habe er geglaubt, der Globus sei falsch. Man habe auf Italien vergessen. Aber dann habe er Italien doch gefunden und festgestellt, daß es auf dem Globus als Punkt vermerkt sei. In der Schule aber hätten sie mit den großen Landkarten weitergemacht. Bedenkenlos hätten die Lehrer die nationale Landkarte, riesig und beeindruckend, aufgehängt. Aber nicht nur Italien, auch andere Länder hätten von sich große Landkarten gehabt. Auf der ganzen Welt hätten Lehrer unzusammenhängend mit Landkarten jongliert und Kinder mit der Weite und Größe ihres Landes beeindruckt. Natürlich nur ein billiger Trick, aber den meisten bleibe der Unfug in den Köpfen. Sogar Hitler, sagte er und klaubte die Brotstücke wieder in die Schüssel, sei wahrscheinlich auf den Landkartentrick hereingefallen, habe viel zu spät einen Globus zu Gesicht bekommen und sich von der vorgegaukelten Größe nicht mehr lösen können. Einmal in den Köpfen drinnen, sei der Unsinn oft nicht mehr rückgängig zu machen.

Zuerst immer nur Italien und Italien, und dann stehe er vor dem Globus und finde nichts. Nur ein Punkt, ein winziger Punkt sei vermerkt gewesen.

Und dieser Unfug sei noch lange nicht vorbei. Egal was aus

Hitler geworden sei. Egal was aus Mussolini geworden sei. Noch immer würden längst nicht alle einsehen, sagte er, daß es kein anderes Italien mehr gibt. Immer noch würden sie suchen und suchen und nicht zugeben, daß es das andere Italien nicht mehr gibt. Nur in ihren Köpfen und in ihren Büchern existiere es. In ihren Köpfen gehe der Traum von Größe und Glorie weiter. Wenn er sich vorstelle, daß Hitler in der Schule, sagte er, sogar von einem Reich der nie untergehenden Sonne habe lernen müssen. Ja, ja, nie untergehende Sonne, wiederholte der Maler aus Schwanberg strahlend, nachdem Artner, der zwischendurch dolmetschte, ihm klargemacht hatte, daß nicht der späte, der große, sondern der kleine, der Schüler Hitler und die Habsburger im Schulunterricht gemeint seien. Die Lehrer, so Tenore, seien wahrscheinlich selbst dem Stoff nicht gewachsen. Vor lauter Landkarten würden sie oft immer nur eine einzige vorführen und die anderen weglassen. Die Heimat aufblähen und zur Welt machen.

Wenigstens soweit sind wir heute, sagte Tenore, ein anderes Mal mit Artner in der Stadt umhergehend, daß ich am Abend ausgehen kann, wie es mir paßt, und mich treffen kann, mit wem es mir paßt, ohne daran denken zu müssen, daß wir am anderen Tag womöglich aufeinander schießen werden. Das sei noch nicht so lange her, da hätten sie am Abend zusammen Wein getrunken und am nächsten Tag aufeinander geschossen. Das wenigstens sei vorbei. Egal ob Eskimo, Tiroler, Chinese, Sizilianer oder Afrikaner, egal wer herkomme, hier und heute wenigstens könne er sich treffen, mit wem er wolle, ohne denken zu müssen, daß sie womöglich über Nacht zu Feinden erklärt würden. Hier und heute wenigstens habe sich dieser Unsinn erledigt. Er habe nicht gezählt, wie viele Schlachten und Gemetzel es gebraucht habe, bis es wenigstens zu dieser kleinen Ruhe gekommen sei. Eine kleine Ruhe gebe es ja nun. Er könne nach Belieben umhergehen. Nur knapp eine Genera-

tion früher habe er nicht nach Belieben umhergehen können. Bis auf wenige sei ohnehin ein Großteil der Leute mehr mit Überlebensversuchen und mit Hungern als mit Leben beschäftigt gewesen, und dann seien auf einmal zu den heimischen Uniformierten auch noch haufenweise Männer in grauen Uniformen aufgetaucht. *Raußl Jawohl! Marsch! Hinlegen!* hätten sie geschrien, schrie er. Verstanden habe man sie nicht. Nur ihre vorgehaltenen Waffen habe man gefürchtet. Die harmlosesten Zivilisten seien mit vorgehaltener Waffe angeschrien worden. Wie mit Gesindel sei auf einmal mit ihnen umgegangen worden. Nicht nur einmal habe er sich mit dem Bauch auf den Boden legen müssen. Ein Verbrecher verstehe einen solchen Unsinn, aber nicht ein unbewaffneter Zivilist. Stell dir vor, sagte er, du glaubst, du bist in deinem Land und mußt dich plötzlich hinlegen. Wildfremde Leute zwingen dich auf einmal, dich vor ihnen hinzulegen. Auf einmal stehen sie über dir in deinem Land, und du auf dem Bauch, und darunter und darüber ist alles ungültig. Was in diesen Köpfen vorgegangen sei, verstehe er noch immer nicht. Ihr Geschrei allein sei schon ein Wahnwitz gewesen. Vielleicht sei auch gar nichts in den Köpfen gewesen. Oft denke er, daß womöglich nichts in ihren Köpfen gewesen sei. Womöglich seien sie nur gehorsam gewesen. Vielleicht haben sie sich nichts gedacht.
Vielleicht sind sie nur gehorsam gewesen und haben gedacht, sie brauchen nicht zu denken. Vielleicht seien sie nur gläubige Narren gewesen, denke er jetzt oft, wenn er zurückdenke und sich frage, was in ihren Köpfen gewesen sei.
Er glaube nicht an die vielgerühmte Gefährlichkeit der Deutschen. In ihrer körperlichen Größe, in ihrem zahlenmäßig überlegenen Auftreten und in ihrem einheitlichen Gebrüll hätten sie natürlich erschreckend gewirkt. Aber tatsächlich fürchten müsse man die Feigheit in ihnen. Ohne Kopf hätten sie Befehle ausgeführt. Aus Gehorsamkeit und Unterwürfigkeit seien sie ausgerückt, um ein Weltreich zu erobern, und

würden sich nun am liebsten an nichts mehr erinnern. Vor dem Gehorsam und der Unterwürfigkeit müsse man sich in acht nehmen. Ein zu Gehorsam und Unterwürfigkeit erzogener Mensch streckt dich auf einen vermeintlichen Befehl hin nieder. Habe er noch lernen müssen, daß die Deutschen Kultur hätten und vernünftig seien, so habe er, Tenore, während ihrer Anwesenheit nichts davon verspürt. Hätten alle tapfer zu ihren Uniformen gehalten und brav und laut Befehle befolgt. In der Schule habe er von den großartigen Leistungen der Deutschen und von ihren Genies gelernt, aber erlebt habe er schreiende Deutsche, die gemeint hätten, sie könnten den anderen Zucht und Ordnung beibringen.

Sie selbst hätten ja schon längst gegeneinander gekämpft.

Für den Duce, gegen den Duce, in fünf Parteien aufgeteilt, für die Befreiung und gegen die Rückkehr zur Monarchie und gegen den Einfluß von Vatikan und Kapital, während die Deutschen noch gehorchten und von Endsieg redeten.

Fast zwei Jahre früher hätten sie mit dem Krieg schon aufhören können. Mussolini habe sich im Sommer 1943 vor dem Parlament verhaften lassen, und der Krieg wäre für Italien aus gewesen.

Der Italiener, müsse er sich vorstellen, schärfte Tenore dem neben ihm hergehenden Artner ein, denke beim Kämpfen auch an sein Leben. Der kämpfe nicht nur für das Vaterland, dem sei auch sein eigenes Leben wichtig. Italiener könnten nie unter deutscher Aufsicht leben.

Dieser deutsche Führer war ja eine Kellerexistenz.

Der habe ja im Keller gelebt, wo normalerweise Vorräte gehalten werden. Von einer Kellerexistenz könne man sich nicht anführen lassen. Auch wenn er seine Ideen in den Keller hinunter mitgenommen haben sollte, könne er, Tenore, sich beim besten Willen nicht vorstellen, wie jemand ohne Tageslicht und Sicht der Dinge die Welt beherrschen wolle. Nur Landkarten, künstliches Licht und Telefon und Berichte von außen.

Das allein sei ja schon wider die Natur. Aber Natur hin, Natur her, die Deutschen hätten durchgehalten und gehorcht, hätten Befehle einer Kellerregierung ausgeführt.
Zu der Zeit, als der Duce schon abgesetzt worden war, seien die Deutschen vom Führerkeller aus kommandiert worden.
Er glaube nicht an die ursprüngliche Gefährlichkeit der Deutschen.
Ihre Unterwürfigkeit, ihr bedenkenloser Gehorsam habe sie gefährlich gemacht. Die Sache mit der Herrenrasse hätten sie sich einreden lassen. Aber ohne Befehl und Arbeit seien die Deutschen nichts. Der Großteil jedenfalls sei nichts und wisse im nachhinein, sagte Tenore, zu allem Geschehenen nur zu sagen, sie hätten ihre Pflicht getan.
Wie oft höre er, sagte Tenore, wenn wieder einmal ein damaliger Befehlsgeber vor Gericht stehe, er habe nur seine Pflicht getan. Selbst wenn ihm alles nachgewiesen sei und er wie ein Verbrecher dastehe, verschanze er sich zum Schluß hinter dem Wort Pflicht.
Die Deutschen sollten endlich einmal ihren Traum fahren lassen, sagte Tenore, sollten endlich einsehen, daß niemand verlange, daß sie mehr seien als andere. Sollten doch endlich einmal ihre Pflicht und ihren Eifer an den Nagel hängen. Niemand werfe ihnen etwas vor, kämen sie nicht und wollten alles kaufen. Hätten es ja eilig, sich in der Landschaft einzukaufen.
Jawohl! Raus! Marsch! Hinlegen! kommandierte er wieder, aber so laut, daß Artner neben ihm zusammenzuckte und nicht wußte, ob er so wie Tenore Scattoni dazu lachen sollte. Bei seiner Italiensuche auf dem Globus hatte er Tränen gelacht, aber das laute Kommandogeschrei ließ ihn zusammenzucken und war ihm peinlich. In Urbs Vetus genoß er die Stille, stand er vor uraltem Gemäuer und dachte an Etrusker, aber nicht an Wehrmacht und Geschrei. Auch wenn Tenore im nachhinein darüber lachte, es ihm komödiantisch vorführte, kam er sich

blöd vor und lachte nur gezwungen mit und war froh, daß er ihn nicht zu den Stellen führte, wo ihm und anderen das Hinlegen befohlen worden war.

Redete Tenore aber von ihrer, von Vita Lungas, Tizioneros, Mussolinis und seiner Geschichte, atmete Artner auf und hörte gern zu.

Daß jemand auch für sein Leben kämpfe, hörte er natürlich lieber, und es interessierte ihn mehr, als immer wieder zu erfahren, wann und wo und mit welcher Einheit einer in Rußland gewesen sei. Dreißig Jahre danach stritten sie sich immer noch darum, wer wann und wo mit wem im Krieg gewesen sei und suchten nach kleinen Fehlern, warum er letztlich doch nicht gewonnen worden sei. An die Wiederbetätiger, die Hitler hoch in Ehren hielten, wollte er erst gar nicht denken, da genügte ihm die stundenweise Beschäftigung mit der Maimachergeschichte.

Im Zusammenhang mit Feigheit, Hinterlist, Faulheit und Hungerleidertum hatte er viel über Italiener gehört, und das auch noch in verunstalteter Form. Dank der Kleinheit des Landes und uninteressanter Zeitungen gelangten diese Urteile kaum über die Köpfe der Österreicher hinaus.

In der italienischen Geschichte ging es natürlich wesentlich bunter zu. Die unterschieden zuerst einmal zwischen Norden und Süden und hielten da wiederum Regionen und Provinzen nach ihren Eigenheiten auseinander, betonten immer, von wo aus etwas gesehen werde. Ihr Denken kam aus der Vielfalt und dem Gegeneinander. Weitsichtige Denker stammten vorwiegend aus kleinen Ländern von außerhalb und wußten auch vom Leben in entlegenen Dörfern.

Unser Weg ist langsam, hieß es von einem von ihnen.

La nostra via è lenta.

Dieser Satz inmitten der vielen Fortschrittsversprechungen in Tausenden von Büchern und Hunderttausenden von Reden leuchtete Artner sofort ein.

Lediglich bei Regen fuhr der Pensionist das Auto nicht aus der Garage, wartete, bis es aufhörte, und machte sich dann erst ans Werk. War natürlich nicht immer anregend, diesen Menschen mit seinem Autogetue gleich in der Früh schon vor der Nase zu haben. Schaute Artner beim Küchenfenster hinaus, hatte er die Garage und das Auto vor sich. Saß er am Arbeitstisch vorm Zimmerfenster und schaute er vom Arbeitstisch auf und hinaus, hatte er ebenfalls, sofern es nicht regnete, Auto, Garage und den Pensionisten vor sich. Irgendein Stadtgewimmel davor oder wenigstens ein Stockwerk höher zu wohnen, wäre ihm natürlich lieber gewesen. Der Revolutionsdichter konnte jederzeit auf den Balkon hinaus und schaute über Dächer und Bäume. Um das von eingebildeten Leuten bewohnte Stadtviertel war ihm nicht leid, aber um den Balkon beneidete er den Revolutionsdichter tatsächlich manchmal. Dachte er aber an das Aufwachen des Kollegen Rechberger, hielt er sich vor Augen, daß Rechberger schon seit Jahren in der Früh immer die Felswand vor sich hatte, schien es ihm lächerlich, sich wegen eines autowaschenden Pensionisten unbehaglich zu fühlen. Jeden Tag in der Früh nur einige Meter vom Fenster weg immer diese Felswand, bis hoch hinauf nichts als Felswand. Nie Sonne, immer Schatten und manchmal kaum Tageslicht, was aber Rechberger nichts auszumachen schien. Den Solschenizyn schreib ich an die Wand, so Rechberger zu Fremuth und Fremuth zu Artner.

Erst seit einigen Wochen wußte er von ihm, obwohl Artner oft ganz in seiner Nähe eine der beiden Zuckerbäckereien aufsuchte und sich sogar einbildete, ihn in der einen mit dem Hinterraum, in die er wegen des ungestörten Lesens ging, schon mehrmals gesehen zu haben. Auch wenn Rechberger, der tatsächlich manchmal in diese Zuckerbäckerei ging, ihn dort nie gesehen zu haben behauptete, glaubte Artner ihm nur anfangs.

Er bedachte häufig nicht, daß er sich in der Festspielstadt befand und daß Rechberger eben in oder mit dieser Stadt lebte. Da ging's ja um Berühmtheiten und um Welt, das vergaß Artner zwischendurch immer wieder.
Mit Kleinigkeiten gab auch Rechberger sich nicht ab.
Den Solschenizyn schreib ich an die Wand, sagte er.
War ja nicht ungewöhnlich, sich an Vorbildern und Größen zu messen, aber das Ansinnen, gleich einen weltbekannten Russen übertrumpfen zu wollen, hatte Artner noch von niemandem vernommen. Auch nicht vom Revolutionsdichter, der gelegentlich mit Ankündigungen von Großvorhaben nicht zimperlich war. Mit Solschenizyn-an-die-Wand-Schreiben stand Rechberger tatsächlich weit und breit allein da.
Was genau Fremuth, der ihn während Artners Urbs-Vetus-Aufenthalt kennengelernt hatte, mit ihm gesprochen hatte, wußte Artner nicht. Nur daß er ihn kennenlernen sollte, legte Fremuth ihm nahe.
Es war freilich nicht unwitzig für Artner, Rechberger gegenüberzusitzen und ihm zuzuhören und nicht zu existieren. Sobald Rechberger redete, vergaß er den Zuhörer, trieb seinen Werdegang weit weg in das ferne Amerika und in die Zukunft. Von den üblichen Kleinanfängen wollte er nichts wissen.
Der Erfolg sei für ihn kein Hindernis, lediglich eine Tatsache, sagte er. Über das für das Schreiben Nachteilige und Störende des Erfolges setzte er sich im voraus hinweg. Mit dem Revolutionsdichter und anderen, die Zugang zu Zeitschriften und Rundfunk gehabt hätten, redete er erst gar nicht. Die waren ihm alle nicht ernsthaft genug. Bevor er sich leichtfertig mit ihnen einließ, schlug er sich lieber allein durch und trug manchmal die Schreibmaschine ins Dorotheum, um sich für eine Weile mit Brot und Aktionsbutter einzudecken. Im Entbehren und Verzichten kannte er sich bestens aus und konnte ohne weiteres mit der durchlebten Misere mancher Großer mithalten.

An Zähigkeit und Härte gegen sich selbst mangelte es ihm gewiß nicht.
Aber die Festspielstadt, in der er mit sich allein sein Großvorhaben betrieb, kannte er nicht. Die Festspielstadt und ihren Glanz unterschätzte er ganz sicher. Die Festspielstadt kannte niemand. Keiner von den ständig in der Festspielstadt Lebenden wußte wirklich von ihren andauernden Tücken. Waren alle, wie Artner sie kannte, damit beschäftigt, in ihr nicht den Kopf zu verlieren. Ihr tagtäglicher Glanz raffte jeden Tag alles Geistige und Bewußte hinweg. Auch jene, die glaubten, sie ignorieren zu können, kamen auf Dauer nicht selten unter ihrem Glanz lieblich lächelnd zum Erliegen.
Die vielen schönen Fotos von Berühmtheiten, die sie überall in Schaufenstern, Passagen, Fußgängerunterführungen, Hotelhallen und in vielen Gaststätten aufhängten, verführten von vornherein zu leichtfertigen Verwechslungen.
Die Künstler waren häufig schon in weiter Ferne und ihre Abbildungen immer noch bestens sichtbar.
Was war dagegen schon eine gewöhnliche Existenz?
Oft ging Artner ja nur zu Übungszwecken durch die Stadt. Dank Urbs Vetus konnte er jetzt üben, ohne daß er danach niedergeschlagen und sich nichtig fühlend heimkam.
Was für Fremuth die unterhosenlose Amerikanerin und seine Faszination für mediale Technologie waren, die ihm halfen, der Festspielstadt zu widerstehen, war für Artner Urbs Vetus.
Und wenn ihm zwischendurch einfiel, *Fabriken nicht mehr, Arbeiter nicht mehr,* dachte er ebenfalls an Urbs Vetus und sagte sich, Deutschland ist nicht die Welt, Literatur ist Literatur, und Leben ist Leben. Nur weil einige Großkritiker gewissen Themen den Hahn abdrehten, hieß das noch lange nicht, daß er hinter ihnen herschleichen und sich von ihren Fürzen behauchen lassen müsse. Im ersten Moment, voller Taumel und

Begeisterung für Urbs Vetus, war er natürlich auf die Verlegermitteilung hin perplex gewesen.
Inzwischen lachte er aber wieder. An die Sprache kommen die Themenabstecker ja doch nicht heran. Mit Scheinwerfern fuchteln und dort und da Glanz aufleuchten lassen können sie, aber selber leuchten sie nicht. Auch seine Mutter begann nun schon, in ihren Besprechungen an deutschen Großkritikern Maß zu nehmen. Gelegentlich säuselte sie hinter ihnen her und hatte wahrscheinlich vor, wichtig und groß zu werden. Zum Glück hatten sie nicht den gleichen Namen. Nur Fremuth wußte davon und liebäugelte manchmal im Schwips mit dem Gedanken, Artners Stillschweigen zu brechen. Ton und Wandel in ihren Beiträgen fielen ihm natürlich auf, und gelegentlich redete er auch davon, was Artner aber immer rasch damit abtat, daß er für die geistige Safari seiner Mutter nicht verantwortlich sei. Ihm genüge vollauf seine eigene.
Zur Zeit war es Nancy, die rings um sich unbekümmert alle Fäden zog. Eine furchtlose Liebesgöttin, die sich nicht um die Nettigkeiten einer Festspielstadt scherte.
I make love with men, women and animals, sagte sie.
Völlig außer sich tauchte Fremuth zu unerwarteten Zeiten bei Artner auf und verlor gegen seine Gewohnheit kein Wort über neueste Technologie oder eine sprachwissenschaftliche Spitzfindigkeit, sondern schwärmte nur von Nancy und trug ihre Briefe mit sich herum. Aber nicht nur ihn brachte sie aus dem Konzept, auch uralte Professoren ließ sie in ehrwürdigen Universitätshörsälen auf Gewohntes vergessen und erweckte in ihnen heimliche Neigungen zu Wüstlingen. Kostspielige und aufwendig organisierte Gastvorträge kürzte sie, wenn sie sie langweilten, ab, zerbrach kurzerhand ein Glas, schnitt sich in den Arm, und der Vortragende konnte einpacken.
Nichtbetroffene freuten sich, und betagte Honoratioren gaben sich besorgt und waren Stunden später nur schwer von ihr wegzubringen. Ganz und gar verwissenschaftlichte Existenzen,

wenn sie nur noch für ihre Abstraktionen lebten, waren ihr natürlich ausgeliefert und ergriffen nach Möglichkeit vor ihr die Flucht.
Wie auf den Kopf gestellt kam Artner sein Freund nun manchmal vor. Gar nicht mehr antiamerikanisch. Zumindest schien seine stets kritische Haltung Amerika gegenüber einer wohlwollenden Sicht zu weichen. Die Möglichkeiten eines großen Landes nahmen in seinen Betrachtungen mehr und mehr Gültigkeit an, stellte Artner mit Verwunderung fest und erinnerte sich an so manchen Streit, den sie bis in die frühen Morgenstunden wegen eben dieser Möglichkeiten ausgefochten hatten. Fremuth vergaß anscheinend, daß Artner letztlich immer Amerika verteidigt hatte, daß er immer daran festgehalten hatte, in Amerika wenigstens eigenmächtig verkommen zu können. Ihn hatte bei der anderen Großmacht immer das Kleinliche, das ständige Nichtssein und Nichtsdürfen geschreckt. Da Fritz Fremuth aber kaum mehr von den Lebensbedingungen in den sozialistischen Ländern redete, sagte auch Artner nichts und hörte zu. Er glaubte natürlich nicht, daß Nancy und ihr Schoß auf einmal all die von Büchern und Denken bestimmten Jahre in Fremuth zum Verschwinden bringen würden. Er war ja immer mehr Denker und konsequenter Theorienverfechter als Lebemensch gewesen, immer auf neue Einfälle und interessierte Menschen aus. Nancy hatte für solche Dinge nicht allzuviel Zeit. Bücher las auch sie und hatte daheim die Wände bis hoch hinauf voll damit, aber immer lesen und lesen und dann auch noch darüber reden war nicht mehr nach ihrem Geschmack und war es nie gewesen, wie sie nun laut lachend und lautstark behauptete. Da horchten natürlich alle rings um sie auf und klebten wegen ihres unbekümmerten Redens an ihren Lippen und brachten rasch in Umlauf, daß sie eine Nymphomanin sei, worüber sie erst recht laut lachte und behauptete, daß sie lediglich Angst hätten. Frauen und Männer gleichermaßen nannte sie oft Hinter-

wäldler im Kopf, die nichts von sich wüßten und vor sich selbst Angst hätten. Die äußerlich Progressiven, in deren Kreisen und Lokalen sie verkehrte und zu deren Parties sie ging, konnten da oft nicht mithalten, und sie waren ihr ohnehin meist zu zahm. Über einen Kurzversuch oder noch weniger ging's da kaum hinaus. Erst als sie über ihren Mann Fremuth kennenlernte, ging es ihr besser.

Ihr Herumsein und ihre Umtriebe, von denen er nicht nur von Fremuth hörte, gefielen natürlich auch Artner.

Eine einzige Menschin, dachte er, rückt aus und bringt nette Verschwörungen durcheinander.

Aber er dachte auch, daß es ihn hätte erwischen können. Statt Fremuth hätte es auch er sein können. Fremuth war nur früher zur Stelle gewesen. Das wäre für sie und vor allem für seinen Freund oft leichter gewesen. Es war nicht immer nur Liebesrausch, was Fremuth in der Nähe von Nancy empfand. Nicht immer waren es nur die erhabenen Erschöpfungszustände mit ihr, von denen er schwärmte und dazu Liebesbeteuerungen aus ihren Briefen vorlas. Nancy hielt sich nicht immer an vereinbarte Zeiteinteilungen, fand sie unsinnig und ergab sich dem Bedürfnis nach mehr Lust, was schon rein zeitlich oft eine Bedrängnis für Fremuth bedeutete.

Da stöhnte er dann und befürchtete, sie würde ihn umleben. Das wollte Artner ihm freilich nicht abnehmen, aber Gänge durch die Stadt, stellte Artner sich vor, hätte er ihm ersparen oder abnehmen können, zumal er keine Universitätskarriere spielen und wegen einer unterhosenlosen Begleiterin nicht um seinen Ruf bangen mußte.

Oft hatte sie ja kurze Röcke an und in wärmeren Jahreszeiten darunter hin und wieder nichts. Nicht daß sie von zu Hause ohne Unterhose weggegangen wäre. Das tat sie schon aus Rücksicht auf Mann und Familie nicht. War sie jedoch von zu Hause weg, passierte es durchaus, daß sie eine andere Behausung mit fehlender Unterhose verließ, sei es, daß sie sie anzu-

ziehen vergaß oder absichtlich zurückließ oder in einer Laune kurzerhand zum Fenster hinauswarf. Was ihr gerade einfiel, wußte man bei ihr nie, und sie selbst wußte es auch nicht im voraus. Mit lang ersonnenen Schlauheiten gab sie sich nicht ab, überlegtes Handeln interessierte sie ebenfalls nicht, und mit oder ohne Unterhose durch die Stadt zu gehen war für sie schon überhaupt kein Problem. Und Fritz Fremuth, von den Erlebnissen mit ihr in hoher und höchster Aufregung in Geist und Körper, achtete erst gar nicht auf ihren Umgang mit Unterwäsche. Erst über die Bevorzugung und auffallend aufmerksame Bedienung ihres Tisches auf einer stets vollbesetzten Caféterrasse bemerkte er und dämmerte ihm, was die Kellner zu der sonst nicht üblichen Freundlichkeit und zu ihrem Eifer motivierte. Erst auf dieser Caféterrasse wurde ihm klar, ließ er Artner nicht nur einmal wissen, daß ihm vorher nie aufgefallen war, daß Nancy sich nicht um Unterhosen kümmerte. Wären sie in irgendeiner anderen Stadt, nicht in der Festspielstadt und noch dazu auf dieser renommierten Caféterrasse gewesen, wo Kellner und Gäste ihn von seiner Tätigkeit vom Adeligenhotel her kannten, hätte es ihm wahrscheinlich nichts oder weit weniger ausgemacht. Aber in der Festspielstadt, wußte er natürlich, konnte einem aus dem Gesehenwerden mit einer unterhosenlosen Amerikanerin leicht ein Strick gedreht werden. Daran dachte Nancy freilich nicht.
Für sie war die Festspielstadt einfach eine Stadt, nicht einmal groß. Sie hatte mit ihrem Mann schon in wesentlich größeren Städten gelebt. Für nettes, katholisch gesittetes Wohlverhalten hatte sie keinen Sinn, und der Zugang zu kleinlichen Befürchtungen fehlte ihr gleich ganz. So sah Fremuth sich öfters auch in einem Dilemma: Rücksichten auf Familie und berufliches Weiterkommen einerseits und großzügiger Umgang mit der Freiheit andrerseits, wobei das Wandeln dazwischen weniger er als Nancy anführte. Ihr einsichtig darzulegen, bei ihren Ausgängen die Örtlichkeiten zu bedenken und gewisse Einschrän-

kungen in Kauf zu nehmen, gehörte zu den schwierigsten Unternehmungen. Schnell vorgebrachte Einwände zogen bei ihr nicht und konnten bewirken, daß sie darüber lachte und sich einen Spaß daraus machte, ihn mit zärtlichen Handgreiflichkeiten zu ängstigen. Einer angedeuteten Möglichkeit konnte, wenn sie wollte, rasch die Tat folgen.

Ihr nun in seiner Bedrängnis mit dem Argument einer privilegierten Herkunft zu kommen, versagte er sich, und es hätte auch nicht viel genützt und auf jeden Fall zu lange gedauert. Fremuth war gewiß kein einfallsloser Mensch und im Umgang mit Frauen erfahren, aber Nancy überbot alle vorangegangenen Erlebnisse bei weitem und lieferte jederzeit ohne Zaudern neuen Schwung hinzu. Ihr materiell unbekümmertes Aufwachsen in einer kapitalkräftigen Familie spielte, obwohl sie nicht davon redete oder sich damit brüstete, unterschwellig natürlich auch eine Rolle. Sie lebte nur nicht danach und kümmerte sich nicht darum. Sie unterwanderte oder überbot einfach übliche Erlebnisse oder die Vorstellung davon und kümmerte sich nicht darum, was um und über sie geredet wurde. Man kam ihr mit dem Hinter-ihr-Herreden ohnehin nie nach. Als Amerikanerin waren ihr natürlich außer einschlägigen Büchern über Frauenbefreiung und Sexbewegung auch alle Arten von *mooning* bestens vertraut. *Mooning* verteidigte sie als *tatsächlich echten Teil amerikanischer Kultur* im Gegensatz zu importierten Kulturen. Für *mooning* konnte sie sich sofort begeistern und lachte aus voller Lebenslust dazu. Es hatte irgendwie mit dem Mond und der Weite und der Menschenleere im Mittelwesten zu tun und hatte über Studenten größere Verbreitung gefunden. Der Engländer Virgil, den Fremuth zeitweilig mit etwas Geld und Lebensmitteln unterstützte, verstand *mooning* nicht, blieb Engländer und fing nichts damit an, aber der Hotelier aus Saalbach im Walkjanker im Weingartl, in dem allabendlich Rechberger saß, sprang auf *mooning* sehr wohl an. Zwar war er zuerst, weil die Serviererin Gerti nicht mehr da war und er seinen Ärger über den Nachtportier im Hotel Europa nicht loswerden konnte, außer sich und hatte mit seinem Ärger wegen der Vermessenheit des Nachtportiers im Hotel Europa zu tun und sah nur einige Tische weiter die geschlossene Runde lachender Sprachwissenschaftler. Aber später, nachdem er mit Artner und Fremuth, die beide Gespür für einzigartige Menschen hatten, angebandelt und sofort sichtbar ein Bündel Tausendernoten aus der Innentasche des Walkjankers gezogen und gezeigt hatte, erwies sich der Saalbacher Hotelier mit wenigen Englischkenntnissen bezüglich *mooning* durchaus aufgeschlossen. Hose hinunterlassen und den Arsch zeigen, leuchtete dem Saalbacher Hotelier nach seinem Erlebnis im Hotel Europa sofort ein. Die einfachste Variante von *mooning* fand bei ihm gleich Anklang.

Viel hätte nicht gefehlt und der stämmige Hotelier hätte wegen seines Ärgers im Hotel Europa, weil der Nachtportier ihn geringschätzig abgewiesen hatte, mit Nancy im Weingartl sein erstes *mooning* praktiziert. Aber froh, nicht mehr mit seiner Hoteleuropanachtportierschmach allein zu sein, machte er zuerst von seiner Finanzkraft Gebrauch, zeigte Fremuth und Artner noch einmal das Banknotenbündel und meinte, ein wenig Eigengeschichte müsse der Mensch wohl haben dürfen. Aus verschiedenen Gemütsgründen kam es dann aber doch zu keiner Hinternentblößung im Weingartl, statt dessen bot der Hotelier Fremuth und Artner ein Weintrinkduell an. Hinfahrt, Quartier und Essen nach Wunsch und Wein nach ihrer Bestimmung und Wahl, und unabhängig davon, ob sie verlieren oder gewinnen, ginge alles auf seine Kosten, lautete sein Angebot vor Zeugen. Mindestmaß jedoch fünf Liter Wein in der ersten Runde. Ein Pinzgauer, warnte Fremuth und dachte wahrscheinlich an Franziska, die ebenfalls aus diesem Teil des Gebirges stammte und stilles Behauptungsvermögen hatte. Nur ein einzelner Mensch, sagte Artner. Er glaubte nicht ganz an gebirgsvermittelte Kräfte. Eine einzelne Existenz, so Art-

ner, sei eine einzelne Existenz, da könne nichts passieren. Aber der Handschlag mit Händedruck mit dem Saalbacher Hotelier, der die Sprachwissenschaftlerrunde im Weingartl großzügig freihielt, gab Artner dann doch zu denken. So eine Pratze, dachte er und stellte sich unmittelbar eine Unterkellerung im Gebirge vor und versuchte, sich und seinen Freund mit dem Quantum von fünf Litern pro Beteiligtem vorzustellen.
An diesen Gedankengang erinnerte er sich noch, und auch ein verschwommenes Mooningprojekt von Nancy und dem Saalbacher Hotelier geisterte in seinem Kopf herum, als er spät am Vormittag aufwachte. Aber wie es genau gegangen war, ob er vom Standplatz gegenüber dem Adeligenhotel weg oder von woanders aus die Heimbringung beantragt hatte, hätte er nicht sagen können. Ja, daß auch Rechberger dort gewesen war, erinnerte er sich, und daß er weiter drinnen im Lokal den Theaterdickbauch lachen gehört hatte, fiel ihm ein. Ja, der Dickbauch ist mit einer Ensembletruppe nach hinten durchgegangen. Aber wieso Ensemble, warum nicht gleich Einsammlung, wunderte sich Artner, warum immer diese Eigenheiten?
Mooning, darum geht's, schwärmte er.
Und Albert Singnicht, sein ebenerdiger Mitbewohner, sagte nichts.
Er war bleich und fand es notwendig, sich intellektuell zu geben.
Weder Albert Singnicht noch Artner machten sich darüber Gedanken, ob die zwei über ihnen, mit denen sie das Bad teilten, womöglich dumm sein könnten. Der eine war ohnehin in Gedanken mit dem südlichen Nachbarland befaßt, der andere war mit nördlicher Philosophie und schlauen Übernachterinnen nicht minder beschäftigt.
Tatsächlich verständigen konnten sie sich kaum.
Albert Singnicht grübelte über Philosophien, und Artner versuchte einen Teil davon zu leben. Er genehmigte sich die kleine

Unverfrorenheit, aus dem Ganzen ringsum eine Summe zu ziehen und zu gehen. Manche Sachen, die er gelesen hatte, nahm er wahrscheinlich wörtlich.
Ging er wieder einmal zur schönen Literaturliebhaberin, freute er sich, sie zu sehen und sie reden zu hören, aber sobald sie sagte: *Mach das, dann hast du es geschafft,* hatte er sofort eine Ausrede bei der Hand und ging und saß dann manchmal allein im Feldwegstüberl und ließ schnell hergesagte Blödheiten zum Wort Kultur auf sich wirken.
Manchmal verquickte sich alles in ihm, und er gab schrille Schreie von sich.
Es ging ihm die Möglichkeit ab, ganz selbstverständlich unter Arbeitern zu sitzen und über den Sinn des Wortes Kultur erst gar nicht reden zu müssen. Unter den Arbeitern in Urbs Vetus war, ob Kultur einen Sinn habe, kein Thema. Diesen Unsinn und das abweisende Getue derer, die erst gar nicht mit einem redeten, gab's nur in der Festspielstadt, in Urbs Vetus unterhielten sie sich mit ihm und gaben ihm anregende Hinweise. Hier redeten sie vielfach nichts oder nur von Autos und ärgerten sich, wenn sie angesprochen wurden. Gelegentlich verlieh Artner ja Bücher. Er glaubte nicht an die geübten Kulturumgangspraktiken. Er wußte, daß es nicht immer so gewesen war.
Diese verdammten Arbeiterkammern, fluchte er.
Man müßte diese Hunde herausholen und durch die Gegend jagen. Die hatten längst alle viel zu viel Geld und nur noch den Gedanken im Kopf, wie sie zu mehr Geld kommen könnten.
Sie sind ruhig und haben nur ihr verdammtes Geld im Sinn, fluchte Artner. Die hundselendigen, verfluchten Krüppel, dachte Artner. Diese hundselendigen, verfluchten Krüppel sind hinter ihrem Geld her und lassen alles verkommen. Er wußte, wieviel Geld sie hatten, und ärgerte sich, daß so viele Geldnichtsnutze in der Arbeiterkammer saßen und sich schon

lange nicht mehr an die Arbeiterbildungsvereine erinnern wollten. Immer wenn er von der schönen Literaturliebhaberin weg und nicht weit davon entfernt ins Feldwegstüberl ging, dachte er an die Geldnichtsnutze in der Arbeiterkammer, betrat er aber gelegentlich mit Fremuth die Arbeiterkammer, überkam ihn dort sofort ein Unwohlsein. Es roch schon nach dem Mit-nichts-zu-tun-haben-Wollen. Wäre Fremuth nicht gewesen, wäre er wahrscheinlich gar nicht in die Arbeiterkammer hineingegangen, dachte Artner manchmal nach dem Weggehen von der schönen Literaturliebhaberin im Feldwegstüberl. Hätte Fremuth nicht Kontakte zu Arbeiterkammerangehörigen gehabt und ihm die Wichtigkeit der Arbeiterkammer oft eingeredet, wäre ihm im Feldwegstüberl nie die Arbeiterkammer in den Sinn gekommen, und er hätte sich vielleicht mit dem Verschwinden von Kultur aus den Arbeiterköpfen abgefunden. Von Arbeiterkammer und von Gewerkschaft redete er natürlich im Feldwegstüberl nicht, um nicht gleich erbost verjagt zu werden. Das hätte ihn nur unnütz in ungünstigen Verdacht gebracht. Nichts zu sagen und einfach nur dazusitzen, schien ihm da immer noch besser. War der Steinmetzsohn da, wurde er ja wohlwollend miteinbezogen, und er vergaß zwischendurch sogar, an die Arbeiterkammer zu denken. Fehlte jedoch der Steinmetzsohn, setzte er sich allein an einen Tisch und hörte zu, wie eben auch andere allein an einem Tisch saßen und anscheinend ebenfalls zuhörten.
Auf Unterhaltung war Artner ja nicht aus. Sein oftmaliges Allein-irgendwo-Sitzen täuschte. Er war kein einsamer Mensch und fühlte sich auch nicht danach. Freilich hätte er sich nicht zu Einsamkeitszwecken in eine Kirche gesetzt oder hätte sich nicht mir nichts dir nichts im Foyer eines Arbeiterkammergebäudes aufgehalten. Viel eher, um sich auszuruhen, ging er ins Feldwegstüberl. Um Rückgewinnung leichtsinnig verlebter Interessen ging es ihm im Feldwegstüberl. Die haben in diesen Kammergebäuden, dachte er im Feldwegstüberl, dem

Geld zuliebe eine Menge Möglichkeiten verlebt, diese Hunde, diese verfluchten.
Von den verlebten Arbeiterbildungsvereinen wußten die Arbeiterhände im Feldwegstüberl nichts mehr.
Darin, in diesem Nichtsvoneinanderwissen, so Artner öfter zu Albert Singnicht, der von solchen Gedankengängen nicht viel wissen wollte, liegt schon ein großer Teil des Hundes begraben, worauf dieser ihn dann auf *Teil vom Hund* ausbesserte. Artners Feldwegstüberlbetrachtungen waren Albert Singnicht etwas zu minder. Er ging nach Möglichkeit nicht darauf ein, obwohl er zur Genauigkeit neigte. Aber den Arbeiterkammerhund ausgraben, davon schien er nichts wissen zu wollen.
Ein gewisser Festspieltaumel spielte auch in seiner Kulturvorstellung eine Rolle. Das *Arbeiter nicht mehr, Fabriken nicht mehr* war auch in Albert Singnichts Denken präsent. Um das zu verspüren, brauchte Artner nicht zum Verleger zu gehen und rötlichen Rotwein zu trinken; was der Verleger klar aussprach, fand er in seiner unmittelbaren Umgebung vor. Dennoch war Albert Singnicht keiner, der sich von Universitätsvorgesetzten nach deren Bequemlichkeiten und sozialen Nettigkeiten an der Nase herumführen lassen wollte. Er las viel und dachte über das Gelesene auch nach und suchte eben auf seine Art nach einem Sinn. Lebte er auch allein und zurückgezogen, so versuchte Albert Singnicht doch, unter Wahrung des Abstands, anderen, ähnlich Gesinnten, näherzukommen.
Artner hingegen übertrumpfte, sobald es ihm lohnenswert schien, im Mißtrauen beinahe sich selbst. Verbissen und genau, wie er Zusammenhängen auf die Schliche kommen wollte, war ihm keine Kleinigkeit zu winzig und keine Philosophie hoch genug, als daß er sich vor ihr fürchtete. Wolken, weiß ich, sagte er, lösen sich meistens in Regen auf, und du wirst womöglich naß, und bei der Philosophie passiert häufig nicht einmal das.

An Hebe Gommez Mas dachte er oft und an Madrid und an ihre Spaziergänge in Rom, wo er sie einige Tage nach Fertigstellung der Maimachergeschichte kennengelernt hatte. Sie lebte nun in Madrid und schrieb ihm von dort Briefe, sie war schon wieder einmal auf Quartiersuche und verdiente weniger, als ihr versprochen worden war. War vielleicht ein Gauner, der Sprachkursbetreiber. Ganz schlau wurde er nicht aus ihren Briefen, wie es ihr tatsächlich in Madrid erging. Sie schrieb jedoch regelmäßig und meinte, sie würde doch zu ihm kommen. Zwar nicht in absehbarer Zeit, aber ziemlich sicher in einigen Monaten. Und daß er ihr fehle und sie viel an ihn denke, las er immer wieder. Auch eine Zufallsgeschichte, dachte er. Zuerst hatten sie ja nur vergeblich auf die Öffnung der Galerie gewartet und danach ein Café aufgesucht, sie hatten sich hinterher mit keinem Wort verabredet, und einige Tage später kam sie ihm in der Via Balbi entgegen. Über die unerwartete Wiederbegegnung freuten sich beide, verbrachten dann die folgenden Tage und Abende nur noch zusammen und fuhren schließlich für eine halbe Woche nach Florenz. Dachte er daran, glaubte Artner keinen Augenblick, daß sie ihre Absicht ändern und womöglich nicht kommen würde. Das tut Hebe ganz gewiß nicht, das ist völlig ausgeschlossen, dachte er. Sie ist keine leichtsinnige Spielerin. Das war kein Abschied, sondern ein beschlossener Anfang in Florenz. Aus dem Nicht-sofort-Auseinandergehen war in Florenz ein Nicht-mehr-Auseinandergehenwollen geworden. Das hatte er ganz fest gespürt und spürte es immer noch. Redete Fremuth im Liebestaumel von Nancy, dachte Artner natürlich sofort an Hebe und wünschte sich mit ihr in die Pension nach Florenz zurück.

Und auch an Rom dachte er gern. Von Urbs Vetus aus hatte er vorgehabt, sich von Constantina, der Sängerin und Regisseuse, die er aus der Festspielstadt kannte, in Rom herumführen zu lassen. Aber schon nach einigen Tagen begegnete er auf dem Weg zu Constantina in der Via Balbi ein zweites Mal der viel

ruhigeren Hebe und hatte auf einmal kein Interesse mehr, mit der lachenden und eiligen Constantina wichtige Leute kennenzulernen. Statt mit Constantina, ihren Musikern und Theaterleuten und Wissenschaftlern war er bald nur noch mit Hebe zusammen und ließ sich von Buenos Aires erzählen. Ihrer beider zuliebe waren sie dann früher von Rom abgereist und nach Florenz gefahren. Ob sie damit angefangen hatte oder ob er auf die Idee gekommen war, erinnerte er sich nicht mehr. Nur daß sie sich plötzlich einig waren, zusammen einige Tage in Florenz zu verbringen, erinnerte er sich genau.
Hätte sie nicht schon Wochen vor ihrer Begegnung den Vertrag mit dem Madrider Sprachinstitut abgeschlossen gehabt, wäre sie wahrscheinlich länger mit ihm zusammengeblieben und womöglich überhaupt mit ihm in die Festspielstadt gezogen. Unterrichten oder übersetzen, dachte er jetzt, hätte sie auch in der Festspielstadt können. Hätte sie geahnt, daß sie sich in Madrid einem Luftikus oder Großmaul ausliefern würde, wäre sie natürlich gleich bei ihm geblieben und mit ihm in die Festspielstadt gekommen, dachte er jetzt oft. In der Festspielstadt wird auch Spanisch gebraucht, nicht nur Japanisch, Amerikanisch und Deutsch. Auch Freilassing fiel ihm ein. Wären alle Stricke gerissen, hätte er mit Hebe auch nach Freilassing ziehen können, die Deutschen handeln schon lange mit Spanien.
Der wesentlich leichtere Ausweg kam dann aber aus Wien. Im Gegensatz zu Rechberger und vielen anderen, die sich ohne Einkommen mit schriftstellerischen Versuchen abmühten, genoß Artner natürlich den Vorteil, daß er bereits in einen Verlag hineingehen konnte und Stifter kannte und über das Telefonieren des Verlegers auch schon Zugang zu Rundfunk und Fernsehen hatte und gelegentlich zu Schriftstellerumschulungsseminaren eingeladen wurde. Das brachte, auch wenn dabei oft nichts oder nicht viel herauskam, auf jeden Fall immer etwas Geld, war immer mit einer finanziellen Aufbesse-

rung verbunden. Das tat auf keinen Fall weh, war immer mit bezahlter Nächtigung in einem ordentlichen Hotel, großzügigem Essen und nach der Rückkehr übriggebliebenem Geld verbunden. Alles, was er zu tun hatte, war, wenig zu sagen und mit der Willfährigkeit nicht zu geizen. Diesmal ging es um Ideen für Drehbuchprojekte. Gesucht wurde Lustiges mit voller Lachlänge von sieben Minuten innerhalb einer Filmdauer von eineinhalb Stunden. Die oftmalig dominierende Sicht von unten sollte überwunden werden.
Rauchend und trinkend und der Möglichkeit eingedenk, nicht mehr länger auf Hebe warten zu müssen, gab sich Artner einen Ruck und unterschrieb einen Vertrag einschließlich der zur Bedingung gemachten siebenminütigen Lachlänge, auf die der Abteilungsleiter bestand. Die andern drei oder vier anwesenden Autoren zauderten und versuchten hinterher, ihm ins Gewissen zu reden. Aber Artner hatte unterschrieben. Was sind schon sieben Minuten Lachlänge, wenn man dafür nach Madrid fahren kann, sagte er sich. Ganz verträumt war er am darauffolgenden Tag im Zug gesessen und hatte sich durch die Winterlandschaft fahren lassen. Über diese mediale Möglichkeit, die ihm in der Festspielstadt nie eingefallen wäre, war er natürlich froh. In Spanien über Lachmöglichkeiten nachzudenken schien ihm besser und leichter, als Hebe zum Herkommen zu bewegen und sich um allerlei Bewilligungen abzumühen. An die Amts- und Bittgänge hatte er vor der Wienfahrt noch gar nicht so richtig gedacht. Das wurde ihm erst jetzt auf dem Weg zum Paßamt bewußt.

Aufbruchsstimmung und Schwung waren ihm anzusehen, als er mit verlängertem Paß aus dem Paßamt kam. Adler, Mauerkrone, Hammer und Sichel waren wieder für weitere fünf Jahre gültig. Er selber fand das Paß-mit-sich-Herumtragen lächerlich, da aber selbst die Taxifahrer in der Festspielstadt schon begonnen hatten, ihm zugunsten weitläufiger Umfahrungen die Österreichzugehörigkeit streitig zu machen, hielt er es für ratsam, in Spanien auf Nummer Sicher zu gehen. Schließlich hatten auch nicht alle Briefe von Hebe zu ihm gefunden. Waren vielleicht verlorengegangen oder weggeworfen worden. Einige fehlten jedenfalls, und andere waren nach ungewöhnlicher Verzögerung eingetroffen und ihrem Aussehen nach zwischen der Absenderin und ihm schon irgendwo zwischengelesen worden, was unverständliche Lücken und Zweifel hatte entstehen lassen. Auch darüber, daß er bald nicht mehr lange oder vergeblich auf Nachricht werde warten müssen, war Artner sehr froh, und er zog nach dem Weggehen vom Paßamt noch mehrmals kindisch seinen verlängerten Paß aus der inneren Manteltasche, in der er auch den Vertrag mit der siebenminütigen Lachlänge stecken hatte. Außer den sieben Minuten zum Lachen stand alles seiner Wahl und seinem Gelingen frei. Ganz glücklich und erhaben schritt er durch mehrsprachliches Gewimmel von Touristen und Fiakern über die Plätze der Innenstadt in Richtung Hauptpost.

War natürlich alles Amore. Nicht einmal Fremuth hätte ihn jetzt zu übertrumpfen vermocht, und auch der schönen Literaturliebhaberin verriet er nichts, er ging ohne Zaudern an ihrer Wohnung vorbei. Soll sie nur wirken und lächeln und den Revolutionsdichter zum Tee empfangen oder was ihr sonst noch mit ihrem Kreis vorschwebt, dachte er glücklich. Nicht einmal das Verschwinden der Arbeiter aus der Kultur kam ihm beim Vorbeigehen am Feldwegstüberl in den Sinn, und er kehrte auch nicht um, als ihm der Steinmetzsohn nachrief und ihn zurückwinken wollte. Lediglich in den Eigenherr ging er und rief von der Küche aus den Verleger an, der von seinem Vertragsabschluß schon wußte oder bereits vor seiner Wienfahrt davon gewußt hatte. Von Madrid und von Hebe wußte er noch nichts.

Schön! Das ist ja schön! schrie der Verleger. Dann kommen Sie

noch vorbei! dröhnte es noch, und der Verleger telefonierte oder redete mit jemand anderem weiter.
Von Thom wollte er sich schon verabschieden. Mit ihm und auch mit dem pensionierten englischen Major, der seit Wochen bei ihm zu Besuch war, hatte er sich gelegentlich in den frühen Abendstunden auf einige Gläser Glühwein im stillen Nebenzimmer getroffen. Er war neben Zeitungzustellen und Hundebekämpfen mit den Ursachen seiner Krise beschäftigt und schrieb nun an einem Teil seiner irisch-katholischen Lebensgeschichte, bei der ihm der pensionierte englische Major mit Ratschlägen und Geduld zur Seite stand. Der englische Major, der Artner mit seinem Wissen um Weltliteratur immer wieder zum Staunen brachte, schien dem Katholischen gegenüber tatsächlich wesentlich freier als Thom. Ausnahmsweise ließ er sich diesmal von Artner auf einen Becher Glühwein einladen und bedauerte, daß ihre Gespräche nicht mehr fortgeführt würden, wogegen Thom ihn wegen der dortigen Kirche um seine Reise nach Spanien beneidete.
Adieu, ihr Grußlosen! Adieu, ihr Hunde und Hundehalter! grüßte Artner in die Siedlung, nachdem er einigen Krügerln mit dem Steinmetz in der Gaststube doch nicht widerstanden hatte.
Gepackt hatte er noch nichts. Die wichtigsten Dinge, gültigen Paß und Geld für die Durchreise, Schweizer Geld und französisches Geld und spanisches Geld natürlich, hatte er und die Fahrkarte bis Madrid auch. Das übrige würde er beim Frühstück rasch zusammenklauben und in die Tasche stopfen. Alles in die Tasche mit den vielen Fächern und das schwerste an Büchern in die viel kleinere Umhängtasche, um auf Bahnsteigen und bei Umsteigemanövern möglichst beweglich zu sein. Nur nebenbei, vom Zimmer in die Küche und von der Küche ins Zimmer gehend, dachte er an diese Dinge, wesentlich mehr jedoch war er mit seinen Gedanken schon bei Hebe und bildete sich fest ein, daß es bei ihr nicht anders sein könnte. Trotz wei-

ter Entfernung kam ihm vor, er wäre schon ganz nahe bei ihr. Hätte er über ein Fahrzeug verfügt, wäre er gleich einem Sitzviel-Immerdeutsch augenblicklich losgedonnert.
In diesen Zustand von Erhabenheit und entschlossenem Drang nach Distanzüberwindung platzte plötzlich Sandra, Artners frühere Freundin, hinein, außer sich, weil Nancy auf einem Fest aus einer Laune heraus alle Anwesenden über ihre beiläufigen und hauptsächlichen und heimlichen Verhältnisse kurzerhand aufgeklärt hatte. Abgesehen davon, daß Artner für solche Geschichten im Augenblick kaum ein Ohr hatte und sich erst in Sandras Lage versetzen mußte, um zu verstehen, inwieweit nun Sandra an einem dieser Zweigverhältnisse beteiligt war, verstand er das Ausmaß der Aufregung nicht. Als er dann aber von der verzweifelten Sandra vernahm, daß Nancy wahrscheinlich auf dem Weg zu ihm sei, wurde auch er unruhig.
Nun zu rätseln, warum sie nicht wie vorgesehen mit Fremuth und den Sprachwissenschaftlern in Budapest war, hatte wenig Sinn.
Wann und wo sie mit wem war, bestimmte Nancy. Das wußte Artner.
Sandra, anscheinend nur gekommen, um ihn zu warnen, rannte gleich wieder weg, fuhr mit einem draußen wartenden Taxi davon, um noch andere vor einer eventuellen Ankunft der Nancy zu warnen.
Nancy räumt auf und fährt vielleicht mit, durchzuckte es Artner.
Nancy räumt auf und fährt mit mir nach Spanien und macht mich zu ihrem Begleiter, beschlich es ihn, bevor er ein improvisiertes Abhauen als möglichen Ausweg verwarf, sich umsah und auf dem Regal die große Whiskyflasche erblickte.
Der Gedanke, von Nancy in ihren Begleiter verwandelt zu werden, ließ ihn bei Schlauheiten Zuflucht suchen. Der Whisky ist es. Über den Whisky entwischst du ihr vielleicht. Wein und

alles Leichtere an Getränken räumte er rasch weg und konzentrierte sich auf ein mögliches Entwischen durch den Whisky. Als Nancy wenig später freudig und lachend ins Haus kam, hatte sie natürlich keine Ahnung und weder Zeit noch Lust, sich um Artners Whiskyabsichten zu kümmern, sondern streifte schleunigst Stiefel und Strumpfhose von den Beinen und warf sie durchs Zimmer. Sie hatte bald allerlei mit ihm vor, trank aber doch Whisky in großen Schlucken, erzählte vom Fest und wälzte sich lachend auf dem Bett.
Leicht war es am Vormittag darauf dann trotz der Wirkung des Whiskys nicht, da Nancy wenig von nichtbewußten oder geträumten Liebesnächten hielt. Da sie sich an ihr Einschlafen nicht mehr erinnerte, versuchte sie vom Gefühl her, den Geschehnissen auf die Schliche zu kommen. Er mußte ihr berichten, denn obwohl sie nicht zu den Frauen gehörte, die in der wörtlichen Wiedergabe nachträglich Genuß suchen, verlangte sie diesmal Einzelheiten, um sich selbst ein Bild zu machen. Schon der Umstand, daß sie nicht neben Artner aufgewacht war, sondern nur in seinem Bett, ging ihr nicht ein, obwohl Artner ganz sicher war, daß sie von seiner Nebenübernachtung in Albert Singnichts Zimmer nichts gemerkt haben konnte, da sie ja während seines leisen und eiligen Taschenpackens noch tief geschlafen hatte. Artner wiederum wunderte sich, daß sie so gar nichts von Alltagsernst und morgendlicher Kümmernis zeigte. So gesehen war sie ein Engel, stieg einfach fröhlich und lachend aus dem Bett und widmete sich in aller Herzlichkeit ihren Liebesgefühlen. Artner, nebenbei mit seiner Eile beschäftigt, weil er doch rechtzeitig zum Bahnhof kommen wollte, gab nur zaghaft und spärlich Auskünfte, die Nancy mehr verwunderten, als daß sie Gewißheit in die Lücke ihres Gedächtnisses brachten. Eine Übertreibung riskierte Artner aber auch nicht, da er befürchtete, daß Nancy dann auf seine Abreisevorhaben vergessen und nur noch die Wiederholung der Übertreibung im Sinn haben könnte.

Außerdem dachte er ja schon an die Abwicklung der Taxifahrt. Eine Möglichkeit wäre gewesen, mit ihr auf einen Sprung zum Verleger zu gehen, sie dort sitzen zu lassen und nach angeblicher Toilettenbenützung nicht mehr zu ihr und zum Verleger zurückzukommen. Der andere Gedanke war, auf dem Weg zum Bahnhof zuerst bei ihr zu Hause vorbeizufahren. Statt dessen aber saß er ganz dicht neben ihr und hatte Mühe, sich auf die Taxifahrt zu konzentrieren.
Sogar einen Paß hatte sie mit. Hatte Artner gehofft, sie würde keinen Paß mithaben und deshalb nicht mit ihm durch den deutschen Zoll kommen, so sah er mit Erstaunen, daß sie ganz selbstverständlich ihren Paß aus der Handtasche holte. Um jederzeit nach Belieben überall hinzukönnen, hatte sie den Paß immer mit. Sie ging einfach mit ihm durch den deutschen Zoll, ihn während der Kontrolle liebkosend, so daß die Zöllner sie für ein unzertrennliches Liebespaar hielten und ihnen sogar alles Gute für die Reise wünschten.

Madrid

Wirklich sicher, daß Nancy sich nicht doch im Zug befand, war sich Artner erst, als er nach endloser Verzögerung und bis in die Knochen durchgerüttelt an einem Abend, kalt und windig, in Madrid aus dem Zug torkelte und in dem Gewimmel von Leuten und Gepäck weit und breit keine Hebe erblickte. Erst da hörte er auf, sich als Begleiter von Nancy vorzukommen. Aber daß weit und breit keine Hebe winkte, fiel ihm auch auf.
Er dachte an Umkreiser. Auf die Eisenbahn sei in diktatorischen Ländern Verlaß, hatte Umkreiser noch vor etlichen Tagen bei einem gemeinsamen Buchhändlermotivationslesen

zu ihm gesagt. Das Gegenteil ist der Fall, mußte Artner jetzt denken, während er nach Hebe Ausschau hielt und sie nirgends sah, auch später nicht, als nur noch Vereinzelte und Verspätete wie er verängstigt herumirrten und die unbekümmert hinter einem Schalter sitzenden Informationsbetreiber, denen mehr nach Schließen und Essengehen als nach Auskunftgeben war, verzweifelt mit Fragen plagten. Da Hebe ohnehin nicht da war, hatte Artner wohl oder übel Zeit und stellte sich ebenfalls an, um wenigstens einige Quartieradressen zu bekommen, aber dann wurde es denen hinter dem Schalter wahrscheinlich zuviel, und sie machten überhaupt zu. Schuld an seinem Herumstehen waren weder Hebe noch er, vielmehr hatte es mit geduldigen Zöllnern, nicht funktionierenden Zuganschlüssen und anderen Abenteuern zu tun. Im Zug hatte er jedoch noch ganz fest gehofft, daß Hebe all die möglichen Unmöglichkeiten in Betracht ziehen und auch einen Tag später als von ihm auf dem Telegramm angegeben auf dem Bahnhof nach ihm Ausschau halten würde. Jetzt neigte er schon mehr zu der Annahme, daß er da war und Hebe überhaupt nichts davon wußte. Ist ihr das Telegramm nicht zugestellt worden? Weiß sie nichts? Wieso sollten die alle Telegramme zustellen?

Aber daß er den Hölderlin nicht mehr hatte, ärgerte ihn. Die Hölderlinausgabe hatte ihn in Port Bou viel Zeit gekostet. Der Anschlußzug längst dahin und all das stille Warten umsonst, weil der deutschkundige Interpret, der den Hölderlin auf seine Gefährlichkeit hin hätte prüfen sollen, dann doch nicht gekommen war. Nun lernten die Zöllner wahrscheinlich Deutsch und lasen selbst Hölderlin. Aber Artner ärgerte, daß sie ihn nach vielen Fragen und Hintertürengerede ohne Hölderlin weitergeschnauzt hatten. Auch andere Sachen fehlten ihm, aber nicht wegen der Aufmerksamkeit der Zöllner oder grenzdiensttuender Polizeizugehöriger. Unter der Vielfalt der Uniformen kannte er sich noch nicht aus. Er sah nur, daß es

viele und die Träger darunter fast immer ernst waren. Romanisch, aber nicht italienisch.
Südlich, aber spanisch.
Als er beim Aufspringen beinahe zwischen Bahnsteig und losfahrenden Metrowaggon geriet und sich dann doch noch an den Taschen zerrend ins volle Waggoninnere retten konnte, empfing ihn das Gelächter junger Leute. Wäre er draußen geblieben, hätten sie auch gelacht.
Es war tatsächlich so. Die Telegrammnachricht wartete noch irgendwo auf ihre Weiterbeförderung, Hebe war von der Zustellung verschont geblieben.
Hebe fluchte. Diese Bastarde, diese verdammten Bastarde, sagte sie und stampfte auf das Pflaster, als sie am nächsten Tag zuerst über das Telefon und nach Kursende von Artner selbst von dem Telegramm erfuhr, das ihm zuvorkommen hätte sollen und sich wahrscheinlich noch irgendwo ausruhte und auf seine Weiterbeförderung wartete. Jeden Abend wäre sie zum Bahnhof gegangen, hätte sie gewußt, daß er komme, beschwor sie ihn. Sie habe nur den Expreßbrief erhalten, aber kein Telegramm.
Sie habe auf Nachricht gewartet.
Jeden Tag habe sie auf Nachricht gewartet.
Er müssen einen guten Tag erwischt haben, daß die Sekretärin sie zum Telefon geholt habe. Das tue sie normalerweise nie.
Aber ansonsten war Hebe immer noch auf Briefliebschaft eingestellt. Einen Mantel, mehrere Pullover und noch einiges an leichterer Wäsche von ihm entfernt, schien es Artner, als wäre er Hals über Kopf zu einem Treffen mit dem Winter nach Madrid gekommen. Anstatt das eine oder andere Stück von sich fallen zu lassen, wurde er den Eindruck nicht los, sie werfe sich für seinen Empfang noch einige Mäntel darüber. Eine Unterhosenvonsichwerferin war sie natürlich nicht, aber ganz auf Winter war Artner wiederum nicht eingestellt. Er war mit seiner Erinnerung und seinen Gefühlen für sie noch in Rom

und in Florenz und verstand nicht ganz, daß sich inzwischen ein Dritter zu ihnen dazugelegt haben sollte.
Sogar die Zimmervermieterin war verwundert, als er trotz Begleiterin für eine weitere Nacht allein in der Pension zurückblieb. Artner verstand es noch weniger.
Und Hebe, die sich auf seine Mitteilung hin, daß er nach Madrid kommen werde, sofort auf Quartiersuche begeben hatte, verstand es auch nicht. Sie waren jedenfalls zu dritt, sie, Artner und der Winter, als sie am Abend darauf in einer langen geraden Straße in einem noch ziemlich neuen Haus eine winzige Wohnung besichtigten und wenig später auch tatsächlich einzogen. Ob mit oder ohne Winter schien Artner nicht mehr so wichtig. Auf keinen Fall wollte er eine weitere Wohnung besichtigen oder auf eine womöglich günstigere warten. Da würden sie, befürchtete er, ihre Mäntel gleich überhaupt nicht mehr los. Der Winter hielt es mehr mit ihr, zumindest versuchte sie, sich an ihm gegen Artner warmzuhalten, ohne daß sie merkte, daß auch ihm kühl geworden war. Aber sie ging wenigstens nicht mehr davon, um anderswo zu nächtigen. Zu ihrem Trost waren die aus einem Schrank klappbaren Betten mehr als eine Reichweite auseinander. Aber vor eiligen Übergriffen warnte sie trotzdem, und auch darauf, daß er sich mit bescheidener Kost werde begnügen müssen, bereitete sie ihn vor. Nicht immer Steaks, sondern Linsen, Bohnen und Sardinen würde es oft geben, warnte sie. Offenbar in der Erinnerung an ihr Ausgehen in Italien meinte sie, ihn mit der Notwendigkeit einer kargeren Lebensweise vertraut machen zu müssen. Nach Umkehren und sich ihr Stück für Stück vorauszuschicken, wie ihm noch in der Pension vorgekommen war, daß es für sie leichter gewesen wäre, war ihm nicht mehr. Nur wesentlich weiter von ihr abgerückt, als sie es wollte, fühlte er sich und wußte nicht recht, wie er sich überlisten könnte.
Ihr schwebten kleinere Umgestaltungen vor. Sein eigens für Spanien und raschere Grenzübertritte kurz gehaltener Haar-

schnitt störte sie, was schließlich dazu führte, daß auch Artner bald einen von diesen grauen Filzhüten aufhatte, wie sie gerade bei jüngeren Spaniern in Mode waren, obwohl er schon lange ohne Kopfbedeckung ausgekommen war. Aber der graue Filzhut, unter dem er sich überhaupt nicht in Spanien glaubte, verdeckte den kurzen Haarschnitt und brachte ihm eine erste freudige Umarmung ein. Er hätte sofort das Bett herunterklappen und zu Liebestätigkeiten schreiten können, aber ein Blick auf den grauen Filzhut im Spiegel schreckte ihn.
Hebe gefiel und ermutigte der Filzhut. Aber in einen grünen Lodenmantel, wie er ihn auch von Spaniern viel getragen sah, schwor er sich, bringt sie mich nicht, eher vögle ich mit einem Grab.
Ihre Anfälligkeit für Loden und Grün, sie selber trug nichts dergleichen, hing vielleicht mit dem Wegsein von ihrem Land, riesig groß und viel Grün, zusammen. Obwohl er selbst nun oft mit einem grauen Filzhut umherging, staunte er über die vielen Träger und Trägerinnen von Lodenmänteln. Zuunterst aber wieder helle Turnschuhe amerikanischer Firmen, wie sie einer Zeitung zufolge um teuerstes Geld in Moskau gerade zu Frack und Smoking auf Hochzeiten getragen wurden.
Ob er nun mit oder ohne grauen Filzhut umherging, war eigentlich unwichtig, schien es Artner. Er setzte sich ihn ja Hebe zuliebe auf. Wenn ihr der graue Filzhut gefällt, dann setzte ich ihn halt auf. Aber in einen grünen Lodenmantel bringt sie mich nicht. Immer blieb sie stehen, hatte etwas zu schauen, wenn sie zu dem Geschäft mit den Lodenmänteln und Hüten kamen, immer ging er gleich ein Stück voraus und schaute vom Porzellangeschäft aus dem blinden Losverkäufer zu und dachte an *viva la muerte, es lebe der Tod*. Diesen spanischen Geist verstand er überhaupt nicht.
Er verlangte freilich für sein gefälliges Filzhuttragen von Hebe Gegengefälligkeiten, ließ sich von ihr Frechheiten, biedere

Umgangsfloskeln und kleine Schweinereien in Schrift und Aussprache auf spanisch beibringen.
Wäre er auf dem Markt beim Einkaufen der Ehefrau des Generalísimo Francisco Franco über den Weg gelaufen, was leicht hätte sein können, hätte er den Filzhut gezogen, sich verbeugt und korrekt gesagt, daß ihm das spanische Regime sehr gefalle. Aber auch Nichthöfliches übte er und konnte es jederzeit mühelos von sich geben. Eine Spanierin hätte natürlich zu ihrem Land gehalten und sich so manchem Dolmetschdienst verweigert, aber Hebe als Argentinierin und Alleinreisende und mit englischer und amerikanischer Mentalität bestens vertraut, stand ihm bei Blödheiten gegen Spanien hilfreich zur Seite.
Zum Lachen und Kopfschütteln fand auch sie vieles.
Das von Artner vorausgeschickte Telegramm tauchte doch noch auf. Hebe kam damit vom Sprachkurs und sagte wieder etwas von Bastarden, meinte aber nicht die Telegrafengesellschaft, sondern hatte diesmal das Sprachkurssekretariat in Verdacht, es nicht an sie weitergegeben zu haben. Der Kursleiter und spanische Bastard treibe mit ihr schon lange ein Spiel. Sie rauchte, trank Wein und sinnierte, ob womöglich der spanische Bastard das Telegramm zurückgehalten habe.
Und Artner rauchte ebenfalls und trank ebenfalls Wein und fragte sich, wie es wohl den Zöllnern mit Hölderlin erginge, ob sie in sich gingen und sich Sprachvollkommenheiten vorschwärmten. Diesem Bastard werde sie es zeigen, sagte Hebe. Und einen Augenblick später fiel ihr ein, daß die Männer in Buenos Aires noch mehr spucken als die in Madrid. Das störte sie auch.
Sardinen, Brot, Käse und frischer Salat, das alles war in der Küche. Einkäufe und andere Besorgungen unternahm immer Artner, das Kochen Hebe, Abwaschen meistens Artner, wenn nicht ihre Mutter in ihr flüsterte. Das hätte er spielend ausnützen und sich nur bedienen lassen können.

Manchmal kochte er sogar, um nicht ganz aus der Übung zu kommen.
Sie hatte es nicht eilig. Ihr spanischer Bastard und irgendwelche dubiosen Vorgänge mit den Kursen beschäftigten sie, oder sie war überhaupt mit ihren Gedanken in Buenos Aires. Die lange gerade Straße war schon ruhiger. Nur noch der normale Autolärm und kürzeres Hupen.
Warum nicht, sagte sie später, als sie nur noch Wein, Brot und Käse auf dem Tisch hatten.
Warum vögeln wir nicht, fiel ihr auf einmal ein. Sie war keineswegs beschwipst. Aus einer Laune heraus schien sie auf Bedenken vergessen und den Winter abgestreift zu haben. Vielleicht doch durch eine Erinnerung an Florenz oder Rom oder gar aus Ärger über den spanischen Bastard. Fast schien es Artner, als könnte auch von dort her ein Umschwung gekommen sein.
Ansonsten war ja noch alles gleich an ihr.
Lippen, Figur, Finger, Brüste waren ja noch so, wie er sie von Florenz in Erinnerung gehabt hatte.

Nicht einmal mehr den Filzhut hätte er aufzusetzen gebraucht, als er am Vormittag gleichzeitig mit ihr aus dem Haus ging, kam ihm vor. Da er aber nicht sicher war, ob er das neue Glück mit ihr dem Ärger mit dem spanischen Bastard oder dem Filzhuttragen verdankte, sagte er sich: sicher ist sicher, und setzte den Filzhut doch auf. Die lange gerade Straße, die er jeden Vormittag zu einem Park hinunterging, war dann ohnehin so von Autolärm und Gehupe erfüllt, daß er den Filzhut vergaß und Mühe hatte, sich einzureden, daß es an der Zeit sei, sich Lachmöglichkeiten einfallen zu lassen. Schließlich war er ja auch hergekommen, um in Ruhe über Lachmöglichkeiten nachzudenken. Wegen verschiedener, nicht eingeplanter Ereignisse war dieses Vorhaben völlig in den Hintergrund geraten.

Aber nun kann ich anfangen. Der Winter zwischen Hebe und mir hört auf und zieht aus. Nun gibt's keine Ausrede mehr, nun kann ich beginnen, sagte er sich, die lange gerade Straße hinuntergehend.

Sich fest den ersten Gemeindebezirk und Wien und die Gespräche im Griechenbeisl in Erinnerung rufend, übte er über dem Madrider Autolärm auf dem Balkon zuerst einmal, um sich über das zeitliche Ausmaß Klarheit zu verschaffen, die volle Länge von sieben Minuten durchzulachen, was sich aber als ziemlich lang herausstellte. Zudem hörte er zwischendurch nichts, wenn wieder ein mehrminütiges Hupkonzert ertönte, sah nur, wie überall empörte Spanier und Spanierinnen ihre Fäuste schüttelnd auf die Balkone traten. Da vergaß er dann oft, die Zeit mitzustoppen, und fing im etwas ruhigeren Wohninnenraum wieder von vorne an. Das alleinige Durchlachen von sieben Minuten dauerte jedenfalls lang. Das hatte er bei Wein und Essen im Griechenbeisl nicht bedacht gehabt. Noch unklarer war ihm, wen er über wen in Österreich zum Lachen bringen sollte.

Er brauchte ja eine Geschichte.

Sich mit dem Herunter- und Hinaufklappen von Schrankbetten zu beschäftigen, war auf jeden Fall vergnüglicher, als sich an seinen Auftrag vom Griechenbeisl zu erinnern. Die Geräusche dabei gingen auch im Lärm unter, aber um das Einhalten von vorgegebener Zeit brauchte er sich nicht zu kümmern, und es hatte zudem den Vorteil, daß er auf den Auftrag vergaß, nur noch an sich und Hebe dachte. Regelrechte Reisen wurden manchmal daraus, nicht nur für ihn, auch Hebe beteiligte sich daran, meist still, aber doch beteiligt, meldete sie sich hin und wieder kurz zu Wort, mach weiter oder langsam. Es ging jedenfalls eher ziellos und ohne zeitliche Einschränkung dabei zu. Ob Artner sie oder Hebe Artner dazu verleitete, war ihnen anscheinend bald ziemlich egal, und sie kümmerten sich auch im nachhinein nicht darum, manchmal ging's ganz einfach wieder weiter. Einladende Irrfahrten jedenfalls, die nur dem Ziellosen dienten. Nur zu Unterbrechungen rafften sie sich dann zwischendurch auf, huschten von der Dusche in die Kleider und gingen hinaus.

Madrid war natürlich nicht Rom oder Florenz, sondern lediglich die Hauptstadt von Spanien, worauf sich die Spanier viel einbildeten. Wäre Hebe nicht mit ihrer Beschäftigung als Unterrichtende an den Sprachkurs und den windigen Betreiber gebunden gewesen, wären sie sicher nicht lange in Madrid geblieben. Ein unmenschliches, lärmendes Monstrum. Hätte man vom Lärm leben können, hätte Madrid vor Menschlichkeit strotzen müssen. Da aber niemand diese Umwandlung betrieb, sondern man sich anscheinend mit einem untertänigen Aufblickenmüssen zu einem sehr kleingewachsenen Generalísimo abfand, hatte es wenig Sinn, sich in Madrid auf Menschliches zu besinnen. Genaugenommen war Artner geradezu entsetzt. So arg zugerichtete Bettler wie in Madrid hatte er noch nirgends gesehen. Er hielt Betteln nicht für einen Lebensunterhaltserwerb, der einen zur Unterwürfigkeit nötigte. Wenn sich gesellschaftlich hochgehaltene Einkommensempfänger über den Erhalt ihrer Summen nicht wunderten, brauchten sich Bettler ihrer Tätigkeit erst recht nicht zu schämen. Aber in Madrid sah er sie mitten unter den Leuten als Christenbeschämung unterwürfigst im sie umgebenden Mitleid stehen, bar jeglicher Würde, wie es einfach dem Leben entgegen nicht mehr weiter gehen konnte. Als lebensmiterhaltende Partner, wie er die Bettler verstand, nicht mehr zu gebrauchen. Nur zur Schau gestellte Hinterlassenschaft des Francisco Franco. Welch ein Herz muß so ein General wohl haben, wenn er sich auf diese Weise immer wieder von neuem seines Sieges vergewissern muß? fragte Artner sich in Madrid. Welche Ärzte haben die damals verwundeten Republikaner so verunstaltend behandelt?

Jeden Tag sah er elendigliche Krüppel und abscheulich zugerichtete Gesichter. Davon hatte ihm Rudi, der Maler, Umkreiser-Freund und Spanienschwärmer, in seiner Begeisterung für Madrid nichts erzählt. Der ging nur in der Festspielstadt mit einer spanischen Mütze umher; in Madrid, dachte Artner, blieb er wahrscheinlich immer in dem kleinen Viertel Porta del Sol, das Artner ja auch ganz nett fand. Aber zu einer Schwärmerei ausholen, wie es Rudi mit seiner spanischen Mütze getan hatte, hätte Artner auch in der Porta del Sol nicht können. Wenn schon, wäre es dort und da der Blick schwarzer Frauenaugen gewesen, die ihn mitteilend anschauten und Rebellion gegen katholische Zucht verrieten, was seine Spanieneindrücke für eine Weile aus dem Lot gebracht hätte. Aber das hätte dann mehr mit einer Frau als mit einem ganzen Land zu tun gehabt.
Manchmal versetzte er sich in eine Frau und ging heimlich ein Stück in ihr mit.

Auf den Markt ging er gern. Märkte und Marktgewimmel zogen ihn immer an. Auf dem Markt schien ihm der spanische Stolz von normalen, lebensnotwendigen Umgangsformen unterwandert. Während Hebe Kursteilnehmer in Englisch unterrichtete oder im Büro des spanischen Bastards zu ihrem Geld zu kommen versuchte, ging Artner, sich auf Lachmöglichkeiten besinnend, zuerst die lange, gerade, laute Straße in Richtung des nicht minder lauten Parks hinunter und dort innerhalb seiner lauten Außenumfahrung auf den Spazierwegen auf und ab und dann, wenn keine Lachgedanken auftauchten, nicht wieder die lange, gerade, laute Straße zum Schreibtisch in das kleine Studio zurück, sondern Richtung Markt. Selbst wenn ihm nichts einfiel, der Markt war immer gut. Auch wenn nichts da war, pfiff er auf die in ihn gesetzte Lachhoffnung und ging auf den Markt. Den brauchte er zwischendurch allein schon deshalb, um in Madrid nicht ständig an Madrid denken zu müssen, es genügte Artner vollauf, daß er sich in Spanien befand. Hebe zuliebe. Rom, Florenz, Urbs Vetus, der mürrische Müller und Hebe zusammen haben mich nach Madrid gebracht, sagte er sich. Er hatte wieder einmal den Filzhut auf, aber nicht mehr Hebe zuliebe, sondern weil es regnete.

Irgendwelche Mantelträger gingen auch schon in Sichtweite hinter ihm her. Hatten ebenfalls Hüte auf und hatten wahrscheinlich zu ihren Notizbüchern dazu auch noch Waffen bei sich, zückten aber in seiner Nähe weder das eine noch das andere. Aber ihr Um-ihn-herum-Sein begann ihm aufzufallen. Vielleicht geh ich einmal zum älteren hin und leihe mir seinen Notizblock aus. In der langen geraden lauten Straße sah er sie fast nie, nur gelegentlich in der Nähe des Hauses mit einem der beiden Hausmeisterbrüder neben dem Hauseingang, viel öfter jedoch auf dem Markt. Wahrscheinlich wußten sie schon mehr über Hebe als über ihn. Aber viele Gedanken machte sich Artner über sie nicht. Schließlich hätte auch er ihnen nachgehen können. Da es aber wahrscheinlich recht viele von ihnen gab, tat er sich diese Mühe erst gar nicht an.

Wäre das Hotel ganz in der Nähe nicht gewesen und hätten dort nicht immer wieder die langen Busse mühsamst reversiert, um in die Einfahrt einzufädeln, was bis zum Park hinunter Stau und Gehupe verursachte, wäre ihm und den anderen Bewohnern viel mehr gedient gewesen.

Sich diesen Lärm vom Leib zu denken, gehörte tatsächlich zum Anstrengendsten und Schwierigsten.

Kälte und eisiger Wind oder Regen und Wind, von allem gab es genug, aber das machte ihm im Gegensatz zum Lärm schon weit weniger aus. Hebe jedoch litt darunter und klagte mehr darüber, zumal sie auch aus Kostengründen im Unterrichtsgebäude schon eine Weile mit dem Heizen aufgehört hatten.

Hebe war in mittelständischen Verhältnissen aufgewachsen, aber verwöhnt oder eingebildet, wie viele aus dem Mittelstand, die Artner kannte, war sie deshalb nicht. Um diesen Verdacht erst gar nicht aufkommen zu lassen, schilderte sie ihm manchmal, um wieviel bescheidener es in einer südamerikanischen Mittelstandsfamilie im Verhältnis zu einer europäischen zugehe. Sie bestritt zwar nicht, daß sie überhaupt nicht nach Europa gekommen wäre, hätte sie einen Busschaffner zum Vater. Von den Busschaffnern in Buenos Aires redete sie oft, erzählte, wie sehr es sie immer fasziniert habe, mit wie vielen Dingen die Busschaffner in Buenos Aires gleichzeitig beschäftigt sein können. Während eines Fußballspiels sei sie oft nur Bus gefahren, um den Busschaffnern zuzuschauen. Die hätten immer Transistorradios mit und könnten alles gleichzeitig, Karten verkaufen, einen abstechen, Wechselgeld herausgeben und den Bus irgendwo anhalten und über Politik streiten. Kam Hebe jedoch in den Sinn, wie viele Geschwister sie bei einem Busschaffner als Vater haben würde, redete sie doch wieder von ihrer viel kleineren Familie und schimpfte, daß sie und ihr Bruder nirgendwo hätten hin dürfen. Die anderen hätten gehungert, und sie und ihr Bruder hätten genug zu essen gehabt, aber die längste Zeit nirgendwo hindürfen.

Jetzt kamen sie recht gut miteinander aus. Vom Filzhuttragen, in das Artner sich während der anfänglichen Winterkühle zwischen Hebe und ihm nur der Hoffnung halber, die Kühle würde aufhören, gefügt hatte, redete sie nicht mehr. Sie wußte vielleicht nicht mehr, wie es mit dem Tragen des grauen Filzhutes angefangen hatte. Auch an der Auslage des Geschäftes für Lodenmäntel und Hüte ging sie achtlos vorüber. Dachte Artner an den Aufwand, den andere Gleichgeschlechtige betrieben, um in der Gunst schöner Frauen zu sein, war ihm das Filzhuttragen ohnehin als Kleinigkeit erschienen. Er könnte auch auf einen Mercedes sparen oder auf die Jagd gehen müssen, hatte er zum Trost gedacht. Auch bestand sie nicht mehr nur

auf Linsen, die ohnehin nie eine abschreckende Wirkung auf ihn ausgeübt hätten.
Es durften jetzt auch manchmal Steaks sein oder ein Fisch. Das Getrenntsein der Betten fand sie auch nicht mehr so praktisch, aber fix in den Einbauschrank montiert, ließen sie sich nur herunter- und hinaufklappen, jedoch nicht zu einem Doppelbett zusammenrücken. Fand Hebe jetzt den leeren Zwischenraum unnütz und lächerlich, und verdächtigte sie den Konstrukteur, viel in die Kirche zu gehen, gab Artner zu bedenken, ob ihnen, wäre es ein großes Bett oder Doppelbett, die streng blickende Vermieterin das Studio ohne Heiratsnachweis überhaupt gegeben hätte. Beinahe hätte sie deswegen ja mehr Miete im voraus oder überhaupt mehr an Miete verlangt, gab Artner zu bedenken. Dennoch fand Hebe den Umstand, daß die Betten getrennt waren, auf einmal lächerlich. Katholische und spanisch-katholische Kirchengedanken kümmerten sie kaum. Darüber lachte sie. Als sie im Vatikan gewesen seien, erzählte sie, habe sie Lust verspürt, mit ihm in einen Beichtstuhl zu huschen und sich auf ihn zu setzen. Daß sie es nicht getan hätten, tue ihr manchmal noch leid. Wegen der Enge und der Unbequemlichkeit und der Stille ringsumher nahm sie an, daß es sie sehr erregt hätte. Artner wiederum glaubte, daß er sich dabei womöglich vom Beichtstuhl gevögelt vorgekommen wäre. Hätten Frauen das Beichtehören innegehabt, hätte er sich wahrscheinlich schon eher zu einer Lusthingabe in einem finsteren Beichtstuhl hingezogen gefühlt. Da aber seines Wissens nach meistens Männer das Beichtehören betrieben, glaubte er, daß Hebe dann womöglich mit ihren Erinnerungen durchgehen und auf ihn im Beichtstuhl vergessen könnte.
Ihr näher fühlte er sich jedenfalls im Studio, und es gab zudem mehr Luft als in einem finsteren Beichtstuhl.
Und um das Katholische um sich zu haben, brauchte er in keine Kirche zu gehen. Ein Kruzifix befand sich sogar im Studio, nicht sichtbar im Schrank, und gehörte zum Inventar, für

das sie Kaution gezahlt und unter eine umfassende Liste ihre Unterschriften gesetzt hatten.
Artner übte ja schon lange, nach Möglichkeit nicht an das Katholische zu denken. Wäre nur er allein in das Studio in der langen, geraden, lauten Straße eingezogen, hätte er das polierte Messingkruzifix an der Wand hängen lassen. Er hatte schon in vielen Zimmern mit Kruzifixen an der Wand Quartier genommen und sie während seines Aufenthalts nicht außer Sicht gebracht. Hebe hatte, bevor sie sich den Mantel aufknöpfte, sofort das polierte Messingkruzifix gesehen und es im Handumdrehen in den Schrank geräumt, wie Artner es auch schon bei anderen Frauen gesehen hatte. Seine Umsicht, erinnerte sich Artner, hat sich unter anderem auf das eventuelle Vorhandensein einer Abbildung des Generalísimo bezogen. Damit wäre er wahrscheinlich sofort abgefahren, aber eine solche gab es lediglich im Hauseingang.
Im Studio hätte Artner eine Abbildung des Generalísimo bestimmt nicht geduldet, wogegen Hebe das sichtbare Vorhandensein des Kruzifixes störte.
Dachte Artner hin und wieder an Umkreiser, der auch nach dem letzten Buchhändlermotivationslesen wieder versucht hatte, ihm katholische Eigenschaften anzuhängen, schmunzelte er über dieses Mißverständnis. Laut Umkreiser bleibe ich zeit meines Lebens im Katholischen verstrickt, dachte er.
Hin und wieder machte sich Artner darüber lustig.
Ob es dir nun paßt oder nicht, Hebe, so Artner, der Papst segnet dich. Da kannst du hundertmal in Argentinien oder in Sibirien sein, mit seinem Segen erwischt er dich überall. Selbst wenn er keinen einzigen Schritt aus Castel Gandolfo oder dem Vatikan tut, entkommst du seinem *urbi et orbi* nicht. Egal ob Puff, Pentagon, Beichtstuhl, der Papst erwischt alle mit seinem Segen, mit Ausnahme von sich selbst. Ja, auch wenn sie ihm in den Gemächern körperlich zu Willen wäre, würde sein Segen sie miteinschließen. Kraft seines Amtes könne der Papst, auch

wenn er nie einen Schritt aus Castel Gandolfo oder Vatikan herauskomme, so Artner zu Hebe, sie immer und überall mit seinem Segen erwischen. Nur wenn sie selber Papst wäre, entkäme sie dem päpstlichen Segen. Auf alle anderen falle der päpstliche Segen, nur auf den Papst selber nicht. Alle anderen segnet der Papst, nur sich selbst nicht. Wie viele Christenmenschen hatte Hebe ohne Wissen um dieses Gesetz und die uneingeschränkten Segensmöglichkeiten des Papstes gelebt. Erst in Madrid erfuhr sie durch Artner davon, und es ärgerte sie, daß der Papst sie jederzeit vom Vatikan oder von Castel Gandolfo aus gegen ihren Willen segnen könne. Die ganze Kirche, so Artner zur erbosten Hebe, sei ein ununterbrochenes Segnen, ein ständiges Gepritschel und Gebrunze. In einem fort werde geweiht, beräuchert, bespritzt und besprüht. Schon als Kleinstsäugling wirst du mit Wasser und Segen überlistet und kommst danach nur noch vom Regen in die Traufe.
Nicht umsonst seien die katholisch Kirchlichen in Regengegenden so stark. Denke er nur, wie viele Unverdrossene allein aus dem kleinen verregneten Irland schon segnend ausgezogen waren, werde ihm schwindlig. Stelle er sich aber vor, er sei ein Laubfrosch, sehe alles schon ganz anders aus. Gewiß würde er dann keine Hostien essen und sich mit Weihrauch benebeln, sondern höchstens der Kühle wegen eine Kirche aufsuchen. Aber auch nicht mit ihr Wein trinken und Steak essen, sagte Hebe lachend, der es lieber war, daß er nicht mehr vom Papst redete und bald auch nicht mehr behauptete, einmal ein Laubfrosch gewesen zu sein, denn durch die Wand eines der Nachbarstudios waren schon eine Weile Keuchen und eindeutige Liebesschreie zu vernehmen. Wahrscheinlich von der zarten großäugigen Offiziersbegleiterin, die als eine der wenigen Hausbewohner freundlich grüßte, wenn sie sich auf dem spärlich beleuchteten Gang begegneten.
Was Artner ohnehin schon lange vermutet hatte, daß nicht nur der Glaube allein Berge versetze, wurde ihm mehr und mehr

zur Gewißheit. Die Berge allein seien es nicht, über die er sich gläubig geduldig hermachen müsse. Hüllenloses Ineinanderversinken tue es zeitweise auch. Als er noch ernsthaft vorgehabt hatte, den langen und mühsamen Weg über Sitzungen und an Intrigen vorbei bis zum Amt des Gewerkschaftsbundpräsidenten hinter sich zu bringen, hatte er in Glaubenssätzen gedacht und sie ernst genommen. Seit sich aber Frauen mehr mit ihm abgaben, erlag er zwischendurch auch Verlockungen, stellte Gedanken an Glauben und Berg hinten an und entdeckte in dem hüllenlosen Ineinanderversinken eine Vorliebe für das Ziellose und Nichtvomfleckkommen. Wahrscheinlich sind es eine Menge Mißgeschicke und Mißverständnisse, dachte er jetzt, die Denken und Ausschau nach Bergeversetzen und Zieleerreichen aufrecht erhalten. Ich muß nicht Gewerkschaftsbundpräsident werden, erinnerte er sich, hatte er sich dann öfter gedacht. Das ist auch nur ein Berg, ein immer höher wachsender Berg, die Möglichkeiten aber sind zwischen und unter und in uns.

Ob der Berg nun den Glauben oder der Glaube den Berg versetze, hielt er nicht mehr für wichtig. Zwischendurch ineinander Versinken und eine Weile nicht vom Fleck kommen war auch eine Möglichkeit. Wie schnell da manchmal ein Haufen von quälend anerzogenem Unsinn zerstob und nichts als ein verwundertes Füreinander zurückließ, hatte Artner erst nach und nach herausgefunden. Ab wann er angefangen hatte, hüllenloses Ineinanderversinken nicht mehr nur als nächtlichen Zeitvertreib zu betrachten, wußte er nicht mehr, aber daß es wesentlich mehr bedeutete als das ewige Gepritschel des Papstes, war ihm Gewißheit. Immer ging's natürlich nicht, aber immer besser schon, gelegentlich bis zum Nichtmehrwissen, wer nun wer ist. Bedenken, daß er dabei seiner selbst verlustig gehe, hatte er nicht, und er hätte sich deswegen auch vor Nancy nicht gefürchtet, nur ganz verwechseln wollte er die Dinge nicht. Sich dann auf einmal nur noch mit sich begnügen und

vorschnell in vermeintliches Glück zu verfallen, andauernde Sinnesverwirrung, um sich das Denken zu ersparen, strebte er nicht an. Er wollte beides und hielt es auch für möglich.
Papsten nannte Hebe nun das Vergnügen an hüllenlosen Zusammenkünften. Seit sie wußte, daß sie jederzeit von Castel Gandolfo oder dem Vatikan aus mit Segen bedacht werden könne, sagte sie öfter, ich möchte *papsten.* Auch wenn sie nur wenig Zeit hatte, zu Mittag, wollte sie, bevor sie wieder zu den Sprachkursen ging, mit Artner *papsten.* Also streiften sie die Kleider von sich und widmeten sich dem Papsten. Sie meistens still und jederzeit für Wiederholungen aufgelegt.
Hemingway ärgerte sie. Fiel ihr Hemingway ein, sagte sie nichts vom Papsten, sondern rauchte einige Zigaretten und ärgerte sich, weil unter den spanischen Kursteilnehmern immer welche waren, die von Hemingway schwärmten und von ihr verlangten, daß sie Hemingways Stierkampfbegeisterung und anderes mehr mit ihnen teile. An Hemingways Glorifizierung des Stierkampfs wollte sie erst gar nicht denken müssen, aber genau mit diesem Spanienbuch hatte sie immer wieder zu tun, wogegen sie sich viel lieber mit George Orwell beschäftigt hätte, aber für den hatten der Generalísimo und seine beamteten Zensurbeauftragten nichts übrig. Der Generalísimo und seine Anhänger wollten nicht an ein anderes Spanien erinnert werden, und umdenken wollten sie erst recht nicht.
Vom Stierebekämpfen hielt Hebe nichts. Wegen seiner Schwärmerei für mutiges Stierebekämpfen war der amerikanische Weltabenteurer bei ihr unten durch und sie weit mehr auf der Seite von Orwell und der Stiere.
Hemingway, sagte sie, habe auch mit hemmen zu tun.
Hemingway sei vielleicht ein gehemmter Kraftlüstling gewesen.
Wenn sie sich vorstelle, wie dieser Hemingway in der Arena sitze und mit Bewunderung dem Stierkampf zuschaue ... Die-

ser Blödsinn komme bei ihren Kursteilnehmern gut an. Oft schüttelte sie über die Spanier nur verständnislos den Kopf, aber für das Zuschauen am langsamen Stierumbringen hatte sie nichts übrig.
Aber Papsten leuchtete ihr sehr wohl ein.
Für das Papsten war sie jederzeit und überall zu haben. Hatte wahrscheinlich auch mit ihrer Herkunft zu tun.
In einer Mittelstandsfamilie aufgewachsen zu sein, sei weit weniger wünschenswert, als ihre Eltern es sich immer vorgemacht hätten. Sie und ihr Bruder, sagte sie, hätten sich immer umsonst gegen das Behütetsein gewehrt. Da lebe man gar nicht richtig. Schulwissen und eine Menge verklärter Dinge habe sie lernen müssen. Ginge es nach dem Wunsch ihrer Mutter, wäre sie längst standesgemäß verheiratet und würde zwei nette Kinder haben. Eher fahre sie nach Rom und papste mit dem Papst.

Was nützt es dem Grasstengel, der vom Stier gefressen wird, wenn dieser hinterher vom Matador getötet wird? wollte Hebe von Artner wissen. *Er hört den Jubel der Leute nicht*, gab Artner zur Antwort.

Ob Spanien überhaupt existiere, fragte Artner sich auch. Sicher, spanisches Essen: *tortillas, tapas, paellas.* Spanisches Öl, spanischer Wein, spanische Tänze, spanische Bettler, spanischer Zoll. Eisenbahn, Post und Polizei natürlich eindeutig spanisch, Kellner, Militaristen, Stierkämpfer und Stierzüchter eindeutig spanisch. Straßenschildmonteure und der Generalísimo gewiß spanisch, aber darunter und darüber und rings um ihn alles noch viel standhafter katholisch, wesentlich ergiebiger katholisch als spanisch. Mit dem Vorbeigehenmüssen an einigen Kirchen und Priestern hatte Artner ja gerechnet, schließlich stammte er selbst aus einem katholischen Land und kannte andere katholische Länder, aber ein so durch und durch katholisches Land wie Spanien war ihm noch nicht untergekommen. Seine Übungen, nach Möglichkeit nicht an den Katholizismus zu denken, waren in Spanien kein leichtes. Selbst im Vatikan hätte er sich weniger katholisch unterwandert gefühlt.

Darunter und darüber und zuinnerst war alles katholischer, als es sich der Papst in Rom ausgedacht hatte, alles unterwürfiger und unterwerfender, als er es sich vorgestellt hatte. Ist vielleicht überhaupt auch nur ein Landkartentrick, dieses Spanien, dachte Artner in Spanien auf der Suche nach Spanien. Er stieß überall auf Katholisches. Taschendiebe und nächtliche Auflauerer waren katholisch. Die Kommunisten, die er kaum sah, waren katholisch.

Die schweigsam umhergehenden Regimeaufpasser waren katholisch. Das spanische Geld wiederum vielfach deutsch und amerikanisch. Banken und Fabriken einmal deutsch, einmal amerikanisch und die Arbeiter spanisch und spanisch-katholisch. Die Gefängnisse spanisch-katholisch. Das Schweigen katholisch. Selbst die Diktatur viel mehr katholisch als spanisch. Er fuhr auch umher. An Samstagen und Sonntagen unternahm Hebe, wenn sie nicht unterrichtete, mit Artner Ausflüge und suchte mit ihm nach etwas Spanischem. Sie sahen fetttriefende Spanferkel in fürsorglich liebevoller Position mit von sich gestreckten Beinen auf glänzendem Tablett zur Schau gestellt und aßen dann doch von keinem, obwohl es natürlich spanisch gewesen wäre. Zugfahren war sicher auch spanisch, eine Stunde oder zwei unerklärlichen Wartens hatte nichts zu bedeuten. Die uniformierten Eisenbahner blieben ruhig, gingen uniformsicher auf dem Bahnsteig auf und ab, die spanisch aussehenden Leute drinnen reagierten darauf mit mindestens ebenso viel Geduld.

Warum die schwarzen Stiere für so vieles herhalten mußten und müssen, wußten sie natürlich nicht. Sie waren arglos, viel Raum und Freiheit gewohnt. Vom Mut, den katholisch unterwürfig gehaltene Existenzen zwischendurch gern hätten, wußten die schwarzen Stiere auf den großen Weiden nichts. Die schwarzen Stiere ahnten nichts von der Gier der Zuschauer nach Qualen, hatten keinen Sinn für Todesrituale und Mutdemonstrationen. Sie waren zum Großteil nicht einmal zum Kämpfen zu gebrauchen und kamen gleich vom Weideland in den Schlachthof. Viel mehr als woanders hielten es die Spanier mit dem Tod.

Freilich, dachte Artner, besann er sich genauer, sind die spanischen Kruzifixumherschlepper nicht allein an ihrer Kruzifixblödheit schuld. Die ihnen von den Religionsbetreibern eingetrichterten Gebote waren schon sehr lückenhaft, unterschlugen von vornherein viele Möglichkeiten fürs Leben, ließen großzügig Pflanzen und Tiere als eigenständige Existenzen außer acht und hatten mit ihren Anleitungen zu Gehorsam und Pflicht vom Anfang an nur Schlampigkeiten im Sinn. Die schwarz gekleideten Vermittler, an die Artner nicht denken wollte, taten eigenmächtig das Ihre, gingen immer im ärgsten Elend mit ihren Kruzifixen drohend und mit erbettelten Gaben zur Hand.

Im Umgang mit Gedanken und Wissen um katholische Unterschleichung und Unterheuchelung, deren Ausmaß er bei weitem noch nicht kannte, half ihm natürlich das von Hebe geförderte Papsten. Es war unbekümmert und nicht katholisch. Auch Hebe, wenn sie papsten sagte, meinte damit nichts Katholisches, zumindest vergaß sie es ganz schnell und ihre katholische Mutter mit ihren Heiratsprojekten dazu. Finger, Brüste, Lippen und vieles mehr waren einfach nur Hebe oder Hebe und Artner oder Artner und Hebe. Wer nun wer sein sollte, war ihnen nicht so wichtig. Sie hatten dabei ohnehin nichts anderes zu tun, als sich und ihre Hüllen zu vergessen. Wer wem davonschwebte, wenn es sich ergab, war unwichtig, im Fallen oder Sinken merkten sie dann, daß sie vom Bett gar nicht weggekommen waren. Derlei Reisen durch ihre Hüllen

und wieder zurück zu den Hüllen waren einfacher als die Ausflüge mit der Bahn und kosteten zudem nichts. Kamen sie erschöpft atmend zu sich, fehlte nichts, kein Buch, kein Geld, keine Tasche und nicht einmal sie selber. Studio, Lärm und Gehupe, alles kam wieder in Schwung und zur Geltung.
Die einzige Gefahr bei diesen Liebesunternehmungen war, daß sich einer dem anderen freiwillig vorzeitig unterwarf. Aber um das Sich-Unterwerfen kennenzulernen, war Hebe ja nicht von zu Hause und einer eingeübten Ordnung ausgezogen. Und Artner, ohnehin viel mit Ordnungsdurcheinanderbringvorstellungen beschäftigt, dachte auch nicht ans Kommandieren, außer mit sich selber.
Hebes Lächeln und Artners Ruhe gehörten ihnen beiden. An dem, was hinterher kam, waren sie abgekühlt, und gegen Denunziation und Wetter gekleidet, mußten sie getrennt weiterarbeiten. Ging sie hinaus, blickte Hebe meist streng und bestimmt, nicht mehr interessiert und wohlwollend wie in Rom, Alleingehen in Madrid erlaubte dies nicht. Nur die Anpöbler und andere Hyänen wußten nicht, daß sie ja auch den lateinamerikanischen Großstadtalltag kannte.

Artner, der zwischendurch auch an Italien und Urbs Vetus dachte und seine Lachgeschichte voranzutreiben versuchte, unterschätzte die Absicht mancher Einkommenswilliger. Er dachte nicht immer an Zöllner und nichtuniformierte Taschendurchstöberer, sondern auch an Momente, in denen der Stier unter Jubelgeschrei mit den Hörnern den Verneigungen des Matadors zuvorkommen könnte, und danach stand er selbst wie ein vermeintlicher Gauner da, griff in die Tasche und griff noch einmal in die Tasche und zog jedesmal nur die leere Hand heraus und konnte für die Konsumation nicht aufkommen, was aber den aufs Geld Wartenden nicht interessierte. Anstatt um Vertrauen zu betteln, half dann nur Laufen, das war in jedem Fall besser, als der Obhut von Polizisten und Wachstuben anvertraut zu werden. Blitzten aber bei einer Umstellung schlanke Messerklingen, war Hinlegen gut, und dann hieß es, sofern der Angriff nur händisch durchgeführt worden war, mit zerrissenem Hemd und aufgerissenen Taschen ruhig davongehen und sich sagen, es hätte auch mit Stichen und Schnitten enden können. Auf diese Nahkampflebensweise bestimmter Einkommenswilliger war Artner nicht immer gefaßt. Er hatte zwar gelesen, wie geschickt und liebenswert Taschendiebe sein konnten, aber davon war kaum mehr etwas zu spüren, nur gelegentlich in einem Gedränge. Aber ansonsten dominierte längst ein kurzangebundener Nachwuchs, todernst und durch seine Dummheit geschützt. Diesem in Gruppen auftretenden Nachwuchs nicht zu begegnen, hatte mit Glück und Zufall zu tun.

Es waren ja auch schon Drogen in Umlauf, die kosteten viel mehr, als ein Taschendieb für seinen Lebensunterhalt benötigte. Ging Artner aber die lange, gerade, laute Straße hinunter, passierte ihm nie etwas.

Auch Bomben explodierten.

Und über den Generalísimo waren Witze in Umlauf.

Daß sich zwei Angehörige der gefürchteten Zivilpolizei nicht erkannten und sich gegenseitig niederschossen, kam auch vor. Das Am-Leben-Bleiben und die gut funktionierende Abschirmung und Sicherheit des kleinwüchsigen Generalísimo kostete natürlich eine Menge Aufmerksamkeit und Geld, das woanders ständig fehlte. Ein einziges Jagdvorhaben des Generalísimo bedeutete langes Geheimhalten, beste und sorgfältigste Vorbereitungen und kostete ein Vielfaches des Aufwands für Jagdunternehmungen ehemaliger Fürsten.

Der Kapitalhirsch oder Eber, den das Geschoß treffen durfte, hätte, egal ob vom Generalísimo oder einem beauftragten Schützen niedergestreckt, wegen des Aufwandes stolz sein können. Wie viele Verhaftungen, Hausdurchsuchungen und Beschlagnahmungen von Büchern und Zeitschriften und

Filmmaterialien um die gleiche Geldmenge hätten vorgenommen werden können, wurde anscheinend nicht in Betracht gezogen. Für das Zusammenbrechen eines einzigen Kapitalhirsches oder Ebers, für einen einzigen Jagdtag, ließ sich Artner von Hebes Freundin Lazzarina, die ab und zu mit ihrem vom Theologiestudium abgekommenen Freund bei Hebe und Artner zu Besuch war, über den Daumen gepeilt vorrechnen, würde mindestens so viel Geld aus der Staatskasse genommen, daß dafür dreitausend Leute für zwei Wochen ins Gefängnis geworfen werden könnten. Aber im Jagdfieber und auf seine eigene Sicherheit bedacht, ließ sich der Generalísimo keine Aufwandsberechnungen durch den Kopf gehen.
Da zählte, was Kosten anging, nur seine Sicherheit.
Sie sonst mit Bomben und Anschlägen nicht zimperlichen Gegner hatten anscheinend überlegt, ob er auf der Jagd erschossen werden könnte, aber erwischt wurden und in die Luft flogen doch immer wieder andere.

Südspanien

Im Süden war es schon besser. In Madrid war es Ende April immer noch kalt gewesen. Aber der Süden war in vieler Hinsicht besser. Wenn auch ohne Hebe, die bis Kursende und um zu ihrem Geld zu kommen, mit dem der Kursbetreiber nicht herausrücken wollte, noch einige Wochen in Madrid ausharren mußte, war der Süden ganz einfach mindestens um einen Rock wärmer und um fünf Dutzend Polizisten ärmer. Sobald er sich von Hebe, was beiden schwerfiel, verabschiedet und sich und das Gepäck mit Gewalt in das Taxi verfrachtet hatte, gab es sicher niemanden in ganz Spanien, der in solcher Hochstimmung eine Stadt verließ, noch dazu bei Sonnenaufgang und Flamenco. Selbst wenn der Generalísimo persönlich das Taxi

gelenkt hätte, wäre er nur ruhig dagesessen und hätte in vollen Zügen die Fahrt genossen.
Madrid im Rücken und natürlich mit dem Wissen, daß Hebe nachkommen würde, saß er dann einfach im Zugabteil und ließ sich in die Landschaft schaukeln, ob langsam oder mit langen Aufenthalten oder mit fast schon europäischer Geschwindigkeit, kümmerte Artner nicht mehr.
Nur fahren und Süden.
Einige Male war er drauf und dran gewesen, entschlossen das Gepäck an sich zu reißen und auf gut Glück auszusteigen und in die andalusische Landschaft hineinzugehen, zwang sich aber doch wieder zum Verbleiben. Vielleicht wegen der allzu staunenden Gesichter, die er vereinsamt auf Bahnsteigen sah, sagte er sich: Bleib, fahr weiter, zurück geht's immer. Aber es gab einige Bahnhöfe, wo er sich ein unüberlegtes Aussteigen der Landschaft wegen hätte vorstellen können, einige Stellen, die er sich für ein Zurückkommen merkte.
Im Süden fing schon am ersten Abend alles bestens an. Als Artner nicht weit vom Bahnhof entfernt ein Hotel betrat und einen Algerier sah, der ihm das Gefühl gab, nach längerer Pause wieder einmal in der Gestalt eines Menschen auch einen Menschen anzutreffen, stellte er sofort seine spanischen Umgangsformen auf normal menschliche um. Die großen Augen und der wohlwollende Blick des Algeriers, von dem er zuerst nicht wußte, daß er einer war, sagten ihm sofort: Hoppla, da ist ein Mensch!
Gleich räumte er alles an spanischen Umgangsformen Angelernte, hocherhobener Kopf und abwartendes Geschau, zur Seite und tat auch gut daran. Daß er selbst kein Spanier war, geriet ihm darüber hinaus zum Vorteil. Kaum daß der Algerier Artners Paß vom Pult genommen und gesehen hatte, daß er Österreicher und nicht Spanier war, hieß er ihn nachträglich noch einmal herzlich willkommen und lud ihn sofort auf Wein oder Bier ein, was Artner zwar auch anderswo schon passiert

war, dann aber mit dem Fehlen verschiedener Dinge und Zugversäumen verbunden gewesen war. Dem Algerier aber ging's nur um das Willkommenheißen und nur um die Einladung.
Der Sympathie halber einfach. Und Denken und sich für etwas über die eigene Existenz Hinausreichendes zu interessieren, schien er, wie Artner bald mit Vergnügen feststellte, für selbstverständlich zu halten. In vier Sprachen konnte er sich weit über Spanien hinweg verständigen.
So viel hätte Artner gleich am ersten Abend gar nicht gebraucht. Er kam mit ganz wenigem aus, oft genügte es ihm schon, nicht betrogen zu werden. Nichtkatholische Weltoffenheit hatte er gar nicht erwartet.
Nicht nur von Picasso, auch von Bruno Pittermann wußte der algerische Hotelier im Süden von Spanien. Darauf war Artner schon überhaupt nicht gefaßt. Bruno Kreisky hätte ihn weniger verwundert. Aber gleich am ersten Abend im Süden von Spanien von einem algerischen Hotelier an Bruno Pittermann als Vorgänger von Bruno Kreisky als Parteivorsitzender erinnert zu werden, verblüffte und erstaunte Artner nicht wenig. Daß er dann aber außer Musil und Kafka auch noch Michael Scharang, den Artner noch kaum kannte, nur von Diskussionen und Vorträgen her, im Zusammenhang mit Österreich und seinen Schriftstellern erwähnte, verblüffte Artner noch mehr und löste bald einen Schwung Erinnerungen in ihm aus.
Da, schauen Sie, hören Sie! wollte er gleich von der nicht schmucken Hotellounge aus dem Verleger mitteilen.
Alles Blödsinn! In der Literatur ist alles möglich.
Arbeiter nicht mehr, Fabriken nicht mehr ist ein Blödsinn. Quer durch ganz Spanien muß ich fahren, um aufgerüttelt zu werden. Nur weil gewisse Österreicher sich vorm Denken fürchten und vor Schriftstellern davonlaufen, wo sie in Wirklichkeit vor sich selber davonlaufen möchten, heißt doch noch lange nicht, daß wir wegen deutscher Themenwünsche das Hand-

tuch werfen müssen. In Südspanien, in einem Fernfahrerhotel, ein solches war es nämlich hauptsächlich, höre ich von einem Algerier, daß es einen Pittermann, Musil, Kafka und Scharang gibt. Im Süden von Spanien, sagte er sich immer wieder, weiß ein Algerier von Pittermann und außer Musil und Kafka von Scharang. Auf das hinauf war auf jeden Fall eine neue Runde fällig, die Artner ausgeben wollte, aber der Algerier wehrte ab und bestand darauf, daß Artner sein Gast sei. Er könne ihm ja gelegentlich eine Zeitschrift schicken. Österreichische Zeitschriften bekomme er schwer. Was er nicht verstehe, lasse er sich übersetzen.

Das Hotel an sich war nichts Besonderes, für Durchzugsgäste eben, von denen auch einige in einem Nebenraum saßen. Männer mit braungegerbten Gesichtern und in Lederjacken. Vor dem Hotel eine breite, vielbefahrene Straße und jenseits davon ein großer Parkplatz.

Beinahe wäre Artner ja weitergegangen. Wäre der algerische Hotelier nicht zufällig unter der Tür gestanden, und hätte er nicht gedacht: Hoppla, da ist ein Mensch, wäre er sicher stadteinwärts weitergegangen und wäre nie im Süden von Spanien an Pittermann erinnert worden und würde auch nicht dunklen, fast schwarzen algerischen Wein trinken.

Allein wegen dieses unverhofften Wohlbefindens, das ihn mit großer Genugtuung erfüllte, zweifelte er am Wert und Sinn der Reise keine Sekunde mehr. Wegen des unerwarteten Antreffens eines Menschen und Kulturmenschen in der Person des algerischen Hoteliers im Süden von Spanien sah er ganz klar, daß das Kulturdavonlaufen österreichischer Funktionäre dumm und lächerlich war.

Pittermann ist längst aus dem Rennen, und der algerische Hotelier in Südspanien weiß nicht nur von Picasso, Musil, Kafka und Scharang, sondern auch, daß der Vorgänger von Kreisky als Vorsitzender der Sozialistischen Partei Österreichs Pittermann war, von dem Artner wiederum nicht wußte, ob

der je wie der algerische Hotelier in Südspanien einen Aufsatz oder ein Buch von Scharang gelesen hatte.
Solche Dinge erlebte Artner mit Fremuth beim Hineingehen in Gewerkschaftsgebäude oder Arbeiterkammergebäude nie. Da kam er immer, erinnerte er sich beim algerischen Hotelier im Süden von Spanien, kulturell unbehelligt und mit einem Gefühl der Leere aus den Gebäuden wieder heraus.
Auf einen algerischen Hotelier in Südspanien muß ich treffen, damit ich wieder weiß, was Kultur sein kann. Ein Algerier im Süden von Spanien muß da sein, damit mir wieder ein Licht aufgeht. Nicht nur um einen, sondern um mehrere Röcke wärmer wurde Artner in dem eher schmucklosen Fernfahrerhotel. Auch wenn es nichts dafür konnte, war er Spanien für diese Begegnung, für dieses Kulturaufleuchten durch den algerischen Hotelier dankbar, denn es fand unerwartet auf spanischem Territorium statt und rief ihm wieder ins Bewußtsein, daß Kultur keinesfalls an Örtlichkeiten gebunden ist. So gesehen schöpfte er Hoffnung. Wenn es das hier gibt, warum nicht auch in der Gewerkschaft, sagte er sich. Der Ort tut nichts zur Sache, es kann auch im Parlament oder in der Gewerkschaft sein. Wenn der algerische Hotelier in Südspanien trotz Kirche und Franco kulturell und mit Hilfe von vier bis fünf Sprachen weit über Spanien hinaus existiert, sagte er sich, ist es lächerlich, wenn in Österreich ein Gewerkschafter oder Parlamentarier vor der Kultur Reißaus nimmt.

Urbs Vetus

Artner war wieder in Zimmer 12 im zweiten Stock, und es war heiß, Mitte Juli. Von einem Tag auf den anderen war ihm eingefallen, er müsse nach Urbs Vetus. Vielleicht wegen dieses Zimmers. In keinem daneben und keinem darunter wollte er sein, nur dieses wollte er haben, obwohl wenig Platz war, ein schmales Bett in der Mitte, vorne ein Waschbecken, das hohe Fenster, der zu niedrige Stuhl und der Schminktisch und der freie Rest kaum fünf Quadratmeter. Aber das Fenster, der Blick über den Hotelgarten, Terrassen und Weinlauben und Ziegeldächer hin zum alles hoch überragenden Torre del Moro war von keinem Zimmer aus idealer als von diesem. Den zu hohen und als Arbeitsfläche zu kleinen Schminktisch mit Spiegelaufsatz würde er diesmal wohl gegen einen normalen und beweglicheren Tisch für die Zeit seines Aufenthalts austauschen können, aber zuerst einmal war er froh, trotz vieler Touristen und ohne Reservierung sofort das Zimmer 12 bekommen zu haben, und er sagte wegen des Tischaustausches nichts.

Er packte nicht einmal richtig aus.

Nach all den Dingen, die er in den letzten Monaten hinter sich gebracht hatte, war er glücklich, im Benalzato und in Urbs Vetus angekommen zu sein. Von da ging's ganz einfach nicht mehr weiter, das wußte er. Da war alles hundertfach in Sicherheit und Ruhe. Schon als er die Treppen im Stiegenhaus hinunterging, kam es ihm vor, als wäre er gar nicht weggewesen.

Mit seinem Auftauchen rechnete freilich niemand. Wenn überhaupt eine der zwei Ansichtskarten, die er von Malaga aus verschickt hatte, angekommen sein sollte, wurde er gewiß noch irgendwo in Spanien vermutet und nicht vor dem Herbst erwartet. Die blonde, schlanke, vollippige Serviererin, die viele Blicke mit ihm getauscht hatte, fiel ihm natürlich sofort ein, als er durch eine kurze Seitengasse auf den Corso und die Bar Rossi zuging. Möglich, daß sie da ist und lächelt.

Das Vogelgezwitscher, das nach Abklingen der ärgsten Mittagshitze hinter hohen Mauern aus den Gärten drang, war schon aufgelöster und ruhiger, und die vielen laut redenden Corsobegeher waren fast alle bereits von den Straßen und Plätzen weg und in den Häusern und Trattorien beim Abendessen oder warteten darauf. Auch in der Bar Rossi war außer einigen telefonierenden Soldaten kaum jemand. Der Einfachheit halber und weil alle für ihn wesentlichen Dinge da angefangen hatten, begann er mit dieser Bar. Der hochgewachsene und wortkarge Muzio war ausnahmsweise nicht schlecht gelaunt, obwohl er Dienst hatte und hinter der Schank stand. Seine Mutter, Ermenegilda, bei der Kassa und den Zigaretten, schaute über den oberen Rand ihrer starken Brillen hinweg und gab sich Mühe, Artner mit einem Überraschungsausruf willkommen zu heißen, aber in ihren Gedanken spielte sein unverhofftes Auftauchen gewiß keine Rolle. Muzio, der nur kurz einen einzigen Laut von sich gab, war mit seiner so gar nicht italienischen Art viel ergiebiger und herzlicher. Obwohl er sicher schon einiges an Bier und Whisky konsumiert hatte, bestand seine Begrüßung natürlich sofort im Füllen von Gläsern, Trinken und Nichtkassieren, auch wenn es eine Stunde gedauert hätte. Da Artner jedoch noch nichts gegessen hatte, ging's leicht, und er war nach dem zweiten Aperitif und ohne Schwips schon wieder in der warmen, trockenen Abendluft auf dem Corso draußen.

Obschon ihm der Magen knurrte, ging er absichtlich langsam das kurze Stück Corso bis zur Via della Misericordia. Wäre er zeitlich nicht schon knapp dran gewesen, hätte er sich zu einem Rundgang aufgemacht. Aber es war schon einiges nach neun, und nach zehn würde Sor Domenico aus der Küche kommen und mit der Hilfsköchin und den Kellnern selber in Ruhe essen wollen. Es sei denn, es wäre eine Partie Römer da, die aßen meistens länger und ausgiebiger als andere Gäste und brachten mit Leichtigkeit das sonst übliche Zeitschema durcheinander.

Es herrschte ziemlicher Betrieb; sowohl draußen auf der Piazza als auch im Speisesaal neben der Osteria waren alle Tische besetzt. Aber in der Osteria, die laut Gesetz für Weinausschank, Unterhaltung und Kartenspiel mit geringem Einsatz bestimmt und vorwiegend den weniger bemittelten oder über-

haupt unbemittelten Einheimischen vorbehalten war, war bereits ein ganzer Tisch frei.
In der Osteria saß er ohnehin am liebsten. Durch Tino Trenta und Tenore genoß Artner das Privileg, sich nach Belieben den Tisch aussuchen und mehrgängig und normal in der Osteria essen zu dürfen, auch wenn die Kellner den Tisch extra dafür decken mußten. Conte Pirolo saß natürlich in einer Runde mit Kartenspielern, aber auch Arbeitern, die für gewöhnlich gegen neun das Weintrinken und lautes Kartenspielen zu einem Ende brachten und dann heim zu ihren Familien essen gingen. Dem Aussehen nach kannte Artner fast alle, dem Namen nach freilich nicht. Einige standen sogar auf und hießen ihn händeschüttelnd willkommen, und andere grüßten ihn mit erhobener Hand und erwähnten sofort Tenore. Der fast taubstumme Tonino war da, drückte Artner ganz fest die Hand und ließ als nächstes mit erhobener Faust die kommunistische Partei leben. Eine Mine hatte ihn im letzten Krieg um Gehör und Sprachvermögen gebracht, aber mit einigen Lauten, Zeichen und Zeigen und Stampfen konnte er sich über für ihn wichtige Dinge verständigen. Er war wie immer in Eile, trank rasch ein Viertel Wein und rannte los und holte nach Ende der Vorführungen die Filmrollen von allen Kinos ab und fuhr mit diesen noch in der Nacht nach Rom. Freilich nicht zum Spaß, sondern weil die Pension einfach nicht ausreichte zum Leben.
Aus der Küche klopfte und klapperte und zischte es, und immer wieder erklang die tief krächzende Stimme von Sor Domenico und vermeldete in militärischer Strenge das jeweils fertige Gericht, so laut, daß Orlando oder Riziero, die beiden Kellner, es durch den Osterialärm und anderes Stimmengewirr hindurch bis hinaus auf die Piazza hören konnten. Manchmal kam auch für einen Augenblick Sor Domenicos Kopf mit Kochhaube zum Vorschein, aber da wagte es niemand, ihn anzureden. Da war er ganz im Dienst und Koch und hatte alle Hände voll zu tun.

Hatte Artner über Tino Trentas Beharrlichkeit bezüglich der Trattoria del Orso oft gelacht, wunderte er sich jetzt nicht mehr. Gutes Essen hatten viele andere auch, aber nie die Atmosphäre wie in der Trattoria del Orso. Das selbstverständliche Nebeneinander von Arbeitern, Professoren, Künstlern und nur für sich existierenden Leuten, wie Conte Pirolo, gab es nur hier, und es hing natürlich mit der Person des Wirts zusammen.
Nachdem ihm Riziero Wein und Wasser gebracht hatte, bestellte Artner gleich wie ein Römer ein volles Programm. Schinken mit Melone und danach eine Portion Cannelloni. Für die war Sor Domenico ein großer Spezialist. Dann ein Steak mit gemischtem Salat und Käse zum Abschluß. Die Auswahl auf der Speisekarte wäre freilich um einige Dutzend Male umfangreicher gewesen, da er aber um Gepflogenheiten und Umstände wußte, verlangte er erst gar nicht nach einer Karte. Wieder einmal in dieser Osteria zu sitzen, bedeutete ihm schon außerordentlich viel. Die metallene Brotschüssel erinnerte ihn wieder an den Abend, als Tenore kurzerhand Brot und Schüssel auf den Tisch gekippt und ihm anhand eines Brotkügelchens das Größenverhältnis zwischen Italien und der Welt demonstriert hatte.
Die Einheimischen, einige von ihnen hatten nicht einmal einen Ausweis und nur wenige einen Paß, wußten vielfach nicht, was sie an dieser Osteria hatten.
Der offene Wein, den sie vor jedem Essen in großen Tonkrügen über mehrere Stiegen aus dem Keller holten und oben nach Verlangen auch in einzelnen Gläsern ausschenkten, war ganz in Ordnung, aber Artner entging auch nicht, daß auf einigen Tischen Flaschenweine standen. Es dauerte auch nicht lange und es kam von einem der Nebentische einer der Kunstschmiede und ließ ihn vom wesentlich besseren Flaschenwein probieren, worauf er später gleich mehrere Flaschen von einem noch besseren mit ihnen trank.

Das ging natürlich nur, weil Artners Ankunft und Sor Domenicos Laune in einem günstigen Moment aufeinandertrafen; da rückte er eben mit Flaschen heraus, von deren Existenz die Kellner oft nichts wußten. Sogar als sie schon zusammen an dem langen, weiß gedeckten Tisch beim Essen saßen, stand er auf und holte aus einem Nebenkeller eine dieser Geheimflaschen. Aber Conte Pirolo und Casarelli, immer ruhig und mit Schlachten und Jahreszahlen beschäftigt, blieben, von Artner zum Mittrinken eingeladen, nach einem Glas konsequent beim üblichen offenen Wein. Für sie war es wichtiger, die Farbe des Weins auch zu sehen.

Urbs Vetus war schon der richtige Ort für ihn. Auf seiner Rundreise durch das große Spanien hatte Artner oft an Urbs Vetus gedacht. Urbs Vetus ist nicht einfach etwas Beliebiges, das man dort und da auch findet. Schöne Landschaften hatte er natürlich gesehen, aber dann fehlte wieder alles andere. Guter und bester Wein schon, aber Kultur und Geist verbannt und weit weg im Ausland oder überhaupt an Ort und Stelle zu Tode gemartert. Auch wenn er vieles noch nicht verstand, viele Dinge nur äußerlich wahrzunehmen vermochte, ahnte er dennoch, daß Urbs Vetus aus mehr als einer Kultur bestand. Es gab mehrere Ebenen, auf denen das Existieren in Urbs Vetus möglich war. Hunderterlei Einzelheiten fielen ihm auf und faszinierten ihn, ohne daß er hätte sagen können, wie es dazu gekommen war. Dem Denken nach befand Artner sich ganz auf der Seite der Vernunft. Er glaubte es zumindest.

Signora Vannini war freundlich gewesen, hatte ihn am Vorabend mit einem breiten Lächeln begrüßt und ihm sofort das Zimmer 12 gegeben, noch bevor er gesagt hatte, daß er für längere Zeit bleiben würde, aber Signor Vannini, der schon bald in der Früh mit langer dünner Zigarre hinter dem vollgeräumten massiven Schreibtisch hockte, antwortete kaum auf Artners Morgengruß, sah nur flüchtig von seinen Papieren auf, schien immer noch in seine Studien von *Distanz und Nichtgrüßen* vertieft zu sein. Jedenfalls war es kein günstiger Augenblick, um ein Tischaustauschprojekt in Angriff zu nehmen. Der Rost auf dem schmiedeeisernen Schild über dem Eingang war auch nicht weniger geworden. Was Vannini mit dieser Belassung bezweckte — im Hausinneren wurden sehr wohl Teile instand gesetzt oder überhaupt erneuert —, verstanden viele nicht. Vielleicht diente es, was auch gelang, dazu, das Auffinden des Hotels zu erschweren. Aber in der Stadt und außerhalb mangelte es nicht an gut sichtbaren Pfeilen und Tafeln mit der Aufschrift *Hotel Benalzato.*

Artner ging zuerst doch zum stillen Roberto, der aus unerklärlichen Gründen trotz gleichem Wasser und guter Maschine meist nur etwas Kaffeeähnliches zusammenbrachte. Aber wegen seines mißglückten Kaffees einfach am stillen Roberto vorbeizugehen, wäre ihm lächerlich vorgekommen. Als er dann aber nicht ihn, sondern seine Frau antraf, war es einfach. Keine Begrüßung und kein Kampf ums Zahlen, die lächelte immer süßlich und war beim Kassieren mit dem Betrag der Konsumation meist um einige Posten voraus. Ihr Mann trachtete hinterher nach Möglichkeit alles wieder mit Freigiebigkeit auszugleichen. Sogar von der Straße winkte er Artner zu sich hinein und schaute immer, daß ein Tisch für ihn frei war, und stets gab er sich Mühe, sich seinen Kummer nicht anmerken zu lassen. Ansonsten mangelte es an Frühstücksmöglichkeiten freilich nicht. Mindestens ein Dutzend Konditoreien und Bars kannte Artner im Umkreis von nicht einmal zehn Gehminuten, einige davon mit bestem Gebäck und Kaffee.

Den Markt ging er natürlich langsam ab und anschließend hinaus zur Stadtmauer und sah vielfach nur Dunst über der Landschaft.

Tino Trenta knöpfte nach wie vor, wo und wann es ihm paßte, die Hose auf und langsam wieder zu und ging beim Essen Vit-

aminhaltigem nach Möglichkeit aus dem Weg, aber eine Veränderung in ihm und um ihn herum stellte Artner dennoch fest. Auch wenn Trenta sich philosophisch gab, fiel Artner auf, daß er zwischendurch auf seinen Status als Einsamer vergaß und die weltlichen Züge eines Lebemannes hervorkehrte. Sogar Anflüge von Eile und geschäftlicher Wichtigkeit glaubte Artner zu bemerken. Die Tagesanfänge in der Bar Rossi wurden oft um eine Stunde vorverlegt und radikal gekürzt. Als wäre es ihm lästig, entschuldigte er sich öfter bei Artner, daß er zu einer Besprechung mit dem Advokaten müsse und nicht wisse, wie lange sie dauern werde, was freilich nur heißen konnte, daß der Onkel, über den Artner schon viel gehört hatte, sich ernsthaft mit dem Gedanken an ein baldiges Ableben beschäftigte. Dieser Bereich von Trentas Geschichte hatte Artner nie interessiert. Er hatte immer weggehört, wenn ihm in Trentas Abwesenheit vom Onkel und dessen Liegenschaften und Vermögen an Wertpapieren und Geld erzählt wurde. Lediglich im Zusammenhang mit Tinos Aufwachsen interessierte ihn der Onkel. In Ermangelung eigener Kinder hatte er Tino zu sich genommen und ihm außer einem Bett und zu essen nichts gegeben. Für Schuhe und Kleider hatten sich immer andere Familien erbarmt.
Hieß es in Urbs Vetus von jemandem, es sei mit ihm zu Ende, so bedeutete das noch lange nicht, daß es deshalb tatsächlich schon aus war, sondern lediglich, daß dieser Mensch nicht mehr aus dem Haus konnte und nicht mehr aufrecht gehend im Umlauf war. Bei Tino Trentas Onkel waren es bereits über sechs Jahre, daß er außerhalb der Wohnung nicht mehr gesehen wurde und den Sterbeweissagungen von draußen von Mal zu Mal entschlüpfte. Dieses Mal jedoch setzte er Zeichen, ließ den Advokaten kommen und gab selber Anlaß, erneut und ernsthaft über sein baldiges Sterben zu spekulieren. Tino Trenta hatte nie einen diesbezüglichen Gedanken geäußert. Nur daß der Onkel krank oder sehr krank sei, hatte er manch-

mal erwähnt, wenn er von einer Abendgesellschaft davon und wegen Medizin- oder Teeverabreichung zwischendurch zum Onkel in die Wohnung mußte.
Dieser stille und unsichtbare Onkel, der bis zum Rückzug in die Wohnung bescheidenst gelebt, immer in demselben kleinen Geschäft geblieben und bei jeder Funzel von Lichtlein gespart hatte, schien einige Gemüter zu bewegen. Vor allem innerhalb Tino Trentas engster Verwandtschaft gab's auf einmal Interesse und Zuneigung für Trenta und den Onkel, was Trenta durchaus auszukosten wußte. Zu Schelmereien war er immer aufgelegt.
Viel besser als die anderen wußte er natürlich, daß der Geizhals von einem Onkel sich am liebsten selbst beerbt hätte und nur mit größtem Widerwillen daran dachte, ihn als Erben einzusetzen.
Tino Trenta wußte aber auch, daß es in der Familie seines Bruders jemanden gab, den dieser Gedanke an Erbmöglichkeiten noch mehr plagte als den darniederliegenden Onkel. Es entging ihm natürlich nicht, daß seine Schwägerin Viviana sich mit viel Liebenswürdigkeit und Besuchen ins Geschäft warf und danach trachtete, nicht die gesamte Last der Erbschaft an ihm allein hängen zu lassen. Um sich einen denkbar günstigen Zugang zu den Liegenschaften und zum Onkel zu verschaffen, brauchte sie wohl oder übel auch Trenta, dessen Lebensweise ihr im höchsten Maße zuwider war. Es war gewiß ein anstrengendes Unternehmen, denn binnen eines Nachmittags oder Abends schaffte es Tino Trenta mit Leichtigkeit, daß der Onkel um keinen Deut kränker wurde, sie selber sich aber für einen oder zwei Tage ins Bett legen mußte und ihr zudem der eigene Vater, den sie bei ihren Besuchen immer mithatte, außer Kontrolle geriet und sich erst Tage danach wieder halbwegs bändigen ließ. Für Momo, schon nahe an die Achtzig, waren diese Ausflüge zu Trentas Onkel eine willkommene Gelegenheit, um vorübergehend dem strengen lieblichen Getue der

Tochter und Professorin zu entkommen und sich seiner früheren Eigenständigkeit zu erinnern. Noch während der Begrüßung und Familienvorführung am Bett des liegenden Onkels nutzte er die Gelegenheit und entwischte leise und flink nach draußen. Porziano, der Sohn, mußte dann immer, nachdem er seinen Knicks gemacht und den Onkel artig gegrüßt hatte, auf Anweisung seiner Mutter sofort hinter Momo her, um dessen Tun und Aufenthalt zu erkunden.

Aber auch der wohlerzogene Porziano kehrte daraufhin, zu Tino Trentas Vergnügen und Vivianas Verdruß, nicht immer umgehend mit der gewünschten Nachricht in die Wohnung des umsorgten Alten zurück. Für die strenge Viviana ein nervenaufreibendes Chaos jedenfalls. Für Trenta wiederum eine willkommene Gelegenheit, seinen Sinn für das Komische aufleben zu lassen. Er spielte da immer nach bestem Können mit und achtete genau darauf, daß die Regie nach seinen Vorgaben verlief. Außenstehenden fiel dabei nichts auf, aber Viviana kostete es viel Kraft, während eines Besuchstages durchzuhalten und Liebenswürdigkeit und Haltung zu bewahren. Nichts verachtete Trenta mehr als mittelständischen Familiensinn, Viviana wiederum meinte, in ihrem Schwager der Verkörperung des Teufels persönlich gegenüberzustehen. Wäre es nicht wegen der Liegenschaften und der anderen Vermögenswerte gewesen, hätte Trenta für sie nicht existiert und wäre weniger als nichts gewesen, so aber, aufgrund seiner Nähe und tagtäglichen Anwesenheit beim Onkel, mußte sie sich überwinden und nett zu ihm sein. Schließlich wußte er noch am ehesten, wer der sterbeunwillige Onkel war und wie ihm nun am günstigsten beizukommen wäre. Der in ihren Augen völlig überflüssige und mittellose Poet bekleidete in dieser Angelegenheit zumindest das Amt eines Portiers im ersten Rang.

Diese Stellung kostete er weidlich aus. Nicht nur, daß er mit Momo zechend von Bar zu Bar ging und dafür sorgte, daß dieser sich wieder an seine Teilnahme an Partisanenkämpfen und anderen Aufstandsgeschichten erinnerte, auch der artige Porziano kam auf seine Rechnung, wurde von Onkel Tino gegen großzügige Entlohnung für Botengänge eingesetzt, brauchte sich an dessen Seite nicht auf seine Erziehung zu besinnen und fand natürlich zum Ärger der Mutter Gefallen an den Aussprüchen und Flüchen des Onkels Tino. Die Essen mit dem *Unhold von einem nichtsnutzigen Poeten*, zu denen Trenta auch Artner einlud, der um die hintergründigen Feinheiten nichts wußte, waren für Viviana eine regelrechte Qual. Führte er sich doch auf, als wäre er selber der Onkel und Inhaber des begehrten Vermögens, dabei hatte er lediglich Aussicht auf einen kleineren Vorschuß und wußte keineswegs, zu welchem Ausgang der zählebige Onkel sich schließlich durchringen würde. Viviana gegenüber ließ er jedoch nicht den geringsten Zweifel aufkommen, daß er alle wesentlichen Fäden in der Hand hielt. Abgesehen davon, daß sie wegen seiner bisherigen Mittellosigkeit nichts von ihm hielt, übersah Viviana in ihrem Eifer und Drang nach greifbaren Werten freilich auch, daß der *Nichtsnutz von einem Poeten* nicht nur in den vergangenen sechs Jahren Tag für Tag für den Onkel verfügbar gewesen war, sondern darüber hinaus auch noch fast vier Jahrzehnte hindurch redlich den Geiz mit ihm geteilt hatte. Was sie nun rasch für sich und ihre Familie haben wollte, hatte natürlich auch mit Trentas Leben zu tun. Hatte er sich doch immer aufrichtig bemüht, dem Onkel, als Gegenleistung zu dessen Geiz, wenigstens nicht zu gefallen, störte ihn freilich, daß sich Viviana ohne jeglichen Beigeschmack die Besitzungen des Onkels einverleiben wollte. Ihn, der sich das Aufwachsen beim Onkel nicht gewünscht hatte, erinnerten sie ans Barfußgehen, geflickte Kleider und immer leere Taschen.

Auch andere, nicht zur Verwandtschaft Gehörige fingen an, Trenta der Besitztümer wegen mit Achtung zu begegnen.

Er selber hielt von Besitz nichts. Ein großer Teil seiner Gedichte hatte den Unsinn und die Unmenschlichkeit von Besitz zum Inhalt. Sie beschrieben das Leben und Leiden ärmster Existenzen und ihre unfreiwillige Fortsetzung von Elend und Plage. Aber nun, da wieder einmal viele an das baldige Ende des Onkels glaubten, begann er wahrscheinlich einzusehen, daß Wohnungen, Hausanteile, Sparbücher, Geld und Wertpapiere wesentlich mehr Aufsehen erregen als das Verfassen von Gedichten. Hatte er sich immer gegen die Ignoranz des Onkels gewehrt, schien es ganz so, als würde ihn dieser nie aus dem Schatten treten lassen. Erneut war auf einmal von diesem verdammten Vermögen, das Trenta nie etwas bedeutet hatte, die Rede, und nicht von ihm und nicht von seinen Gedichten. Das wurmte ihn freilich, daß sein Bemühen und seine Anliegen nun wieder nichtig und der ganze Onkelblödsinn hoch über ihm sein sollte. Nie und nimmer wollte er sich dieser Schmach ergeben. Tausendmal und öfter hatte ihn der Onkel erniedrigt und beleidigt und meinte auch jetzt im liegenden Zustand, Macht und Kontrolle über ihn ausüben zu können. Gemessen an den vielen Jahren, die er schon ohne Wirkung dem Onkel entgegengelebt hatte, wäre es freilich lächerlich gewesen, knapp vorm Ziel zu kapitulieren und dem Alten einfach davonzugehen. Die Angelegenheit war längst zu tief in ihm drinnen, als daß er durch bloßes Davongehen aus ihr hätte aussteigen können. Früh und lang genug hatte sich der Onkel mit einem guten Teil seiner Sturheiten in ihm eingenistet, und Tino Trenta sah für sich eigentlich nur die Möglichkeit, weiter zuzuwarten und dann gleich auf das Ganze zu gehen, den gesamten Besitz aufzuessen und zu schlucken und auf diese Weise dann doch irgendwann als Tino Trenta und nur als Tino Trenta übrigzubleiben.

Äußerlich spielte er natürlich mit und ließ die Besitzinteressierten im Glauben, daß er drauf und dran sei, sich in absehbarer Zeit in einen Geschäftsmann zu verwandeln. Seine

Absichten verriet er nicht. Seinen Gönnern und Freunden und Förderern zufolge hätte er weiterschreiben sollen, er tat es jedoch nicht oder fast nicht. Statt dessen ließ er sich aus rotem Samt einen Poetenanzug schneidern und einen dunklen Nadelstreifanzug und für heiße Sommertage einen hellen dazu. Auch feinstes Schuhwerk trug er und Hemden aus Seide. Hatten seine früheren Tagesanfänge oft intensivste Reglosigkeit zum Inhalt gehabt, sah er jetzt des öfteren auf die Uhr und erinnerte sich plötzlich, in einer wichtigen Angelegenheit mit dem Advokaten verabredet zu sein.

Einen Teil des Hauses, in dem der wohlhabende Onkel nicht starb, sah Artner von seinem Zimmerfenster aus. Die schönste blumengeschmückte Terrasse mit Laube gehörte dazu. Aber Trenta, voller Stolz und Genugtuung, nie auch nur eine Zeile seiner Gedichte in einem Zimmer oder in einer Wohnung geschrieben zu haben, nützte die Ruhe dieser Terrasse nie. Nur zur Anzucht und zur Pflege der Blumen diente sie. Artner wiederum kam mit seinem Tischaustauschprojekt nicht vom Fleck und hatte zudem Mühe, sich gegen einen deutschen Richter zu behaupten. Er hatte nie angenommen, daß Signor Vannini sich etwas aus Poeten und Schriftstellern mache, er war schon froh, dieses Hotel gefunden und seine Ruhe zu haben. Eines Morgens jedoch erwartete Vannini Artner außergewöhnlich freundlich in der Hotelhalle, grüßte diesem regelrecht das Stiegenhaus hinauf entgegen, so daß Artner sofort annahm, daß sein Tischaustauschprojekt nun doch allmählich in Gang komme. Mehrmals hatte Artner schon den Wunsch geäußert, den zu hohen und zu kleinen Schminktisch mit Spiegelaufsatz gegen einen einfachen und normalen Tisch auszutauschen, ohne danach das Gefühl gehabt zu haben, daß sich sein Anliegen, das Möbelstück betreffend, durchsetzen würde. An diesem Morgen jedoch schien Vannini ganz auf der Seite der Verfasser von Büchern zu sein. Im Benalzato seien früher schon Bücher geschrieben worden, ließ er Artner wissen und

machte ihn auf das Ölbild aufmerksam, das er im Stiegenaufgang hängen hatte.
Ein aufgeklapptes Buch, handgeschrieben mit daneben liegender Feder, ohne Bezug auf jemanden Bestimmten. Lediglich die Tätigkeit des Schreibens war damit gemeint. Für Artner immer eine erfreuliche Geste und ein stiller Gruß aus einem früheren Jahrhundert und wahrscheinlich mit ein Grund, warum er sich einbildete, daß justament das uralte Benalzato das geeignetste Hotel für ihn sei. Und daß nun auch der fast nie redende Vannini sich auf die Darstellung auf dem Ölbild berief und ihn in diesem Zusammenhang auf seine eigene Tätigkeit hin ansprach, freute Artner ganz besonders. Aber der blöde unpraktische Schminktisch war es dann doch nicht, weswegen sich Vannini auf einmal Artner gegenüber gesprächig zeigte, vielmehr schien er sich wegen der Nachmittagshitze um Artners Vorankommen beim Schreiben Sorgen zu machen. In den Nachmittagsstunden kroch die Hitze tatsächlich unermüdlich in Artners kleines Quartier. Da legte er sich meistens hin und schlief und wurde irgendwann durch lautes Vogelgezwitscher oder Stimmengewirr vom Corso her geweckt, aber manchmal hielt er durch, ging die wenigen Schritte im Zimmer auf und ab und klapperte auf der Schreibmaschine herum. Gewiß kein großer Lärm und nie lauter als das Bettenquietschen und Luststöhnen aus anderen Zimmern, aber für andere Gäste mochte die Schreibmaschine das einzig störende Geräusch sein. Der gute Vannini verlor darüber jedoch kein Wort, sondern sorgte sich um Artner wegen der Nachmittagshitze. Aber der kühlere Raum in einem anderen Hotel, das ebenfalls Vannini gehörte, war noch kleiner als das Zimmer, hatte kein Fenster und bot als Mobiliar außer einem Stuhl lediglich ein kleines rundes Tischchen.
Artner ging nach Besichtigung dieser Imkreisgehvorrichtung kopfschüttelnd und lachend davon und hielt Vannini fortan nicht mehr für einen verständigen Freund der Literatur. Dabei

wußte Artner nicht einmal, daß sich hinter der Signora, deretwegen ihn Vannini in den Nachmittagsstunden in den kühlen fensterlosen Raum übersiedeln wollte, in Wirklichkeit ein deutscher Richter verbarg, der mehrmals im Jahr eine Woche im Benalzato logierte. Artner wurde ja im Glauben belassen, daß sich eine gewisse Signora wegen seines gelegentlichen Schreibmaschinengeklappers in den Nachmittagsstunden gestört fühle.
Aber gegen den Schminktisch richtete er nichts aus. Der stand wiederum unverrückbarer und fester als der Respekt vor dem deutschen Richter. Selbst wenn Artner vollkommene Nachmittagsstille zugunsten der Richterruhe gegen den Tischaustausch ins Treffen geführt hätte, hätte den Handel immer noch der Schminktisch gewonnen. Und in einem geschäftlichen Sinn war Vannini gleich überhaupt nicht beizukommen. Meinten Gäste bei längerem Aufenthalt, wie anderswo oft üblich, mit einem etwas geringeren Preis davonzukommen, empfahl er sie einfach an andere Hotels weiter. Was Einnahmen und Geld anging, war Vannini noch unverrückbarer als seine Möbel.

Vannini ist Vannini, aber Tenore ist Tenore, sagte sich Artner. Gegen Tenore war der standhafte und unveränderbare Vannini ja doch nur ein Hotelier. Aber Tenore, der über keine Besitzungen verfügte, keine Erbschaften gemacht oder zu erwarten hatte, stellte viele durchaus beeindruckende Existenzen weit in den Schatten. Der war auch längst unverrückbar und hatte etwas von der Stabilität alter Mauern. Er war immer für sich, für Italien und für Ideen darüber hinaus, immer großherzig, lustig und streng in einem.
Tenore ging nicht mit der Zeit. Er lebte nach seinen eigenen Maßstäben. Von allen, die etwas hatten, besaß Tenore am wenigsten. Eigenem Besitz gegenüber war er bei weitem der Unbefangenste. Sah er doch, wie rings um ihn viele eifrig

bemüht waren, ihr Eigentum zu vermehren, um dieses dann von Zeit zu Zeit vorzuzeigen. Tenore aber ging mit mindestens soviel Stolz ohne Besitz umher und sang und lachte noch dazu. Was Lebenssinn anbelangte, steckte er alle mitsamt ihren Besitzungen haushoch ein. Selbst älteste Existenzen kamen von weitem schreiend zu ihm und legten im Haus erst richtig los. Wo und bei wem schon, wenn nicht in der Gesellschaft von Tenore stieg eine neunzigjährige Signora Bruna auf den Tisch und tanzte und sang aus Leibeskräften *Bella ciao* und *Bandiera Rossa*, beides Lieder aus der Zeit der Partisanenkämpfe, die die noblen Wörterbuchmacher in Florenz nie als Stichwörter in ihren dicken Wälzern erwähnten. Aber die noblen Wörterbuchmacher in Florenz tanzten und sangen wahrscheinlich nicht und hatten Auftrag, das Rotefahnelied wegzulassen.
Selbst Tizionero, Tenores langjähriger Freund und gewiß ein gestandener Haudegen, war, was Vitalität und Lebensgunst anging, immer mindestens einige Schritte hinter Tenore her. Er ging bei Tenore und Ida wie im eigenen Haus aus und ein, war bei jedem Fest zugegen, hielt bis zum Schluß durch, vergaß aber nie ganz, daß er zu einem wesentlichen Teil Geschäftsmann war. Einen Mitgliedsausweis der Kommunisten hatte freilich auch Tizionero, aber Tenore, der seinen so gut wie nie vorzeigte, lachte darüber und gab Artner zu verstehen, daß ein solcher Ausweis aus geschäftlichen Gründen durchaus von Nutzen sein könne, was Tizionero wiederum mit Schweigen kommentierte. Nie jedoch hätte man Tizionero Geiz und Mißgunst nachsagen können. Nur gewisse Schlauheiten und List schauten einen aus seinen schwarzen Augen an. Vom Verfassen von Büchern hielt er freilich nichts.
Ja, sich von ihnen zum Essen einladen zu lassen und dann schlecht über sie schreiben, hatte er gleich am Anfang zu Artner gesagt, und dieser hatte ihm geantwortet, daß er viele kenne, die froh wären, wenn überhaupt über sie geschrieben würde.

Einzig und allein Tenore hatte Verständnis für das Zustandekommen von Büchern. Er war alles eher als ein eifriger Leser, dennoch blickte er über Zweifel und Zaudern der anderen hinweg und holte Artner ganz einfach in die Mitte und setzte sich auf nichts als einen Blick hin für ihn ein.
An ihm hatte Artner einen tatsächlichen und echten Gönner und Förderer. Sogar Trenta, der lange in der Gunst von Tenore Scattoni gestanden hatte, mußte zugeben, daß er Glück habe. Obwohl es Tino Trenta, der ihn ebenfalls immer wieder mit interessanten Leuten bekannt machte, schon lieber gewesen wäre, wenn Artner Tenore nicht gekannt hätte. Trenta verfiel augenblicklich in Schweigen, wenn Artner von Tenore zu reden anfing. Tenore wiederum, der natürlich von Trentas Onkel und Erbangelegenheit wußte, erwähnte Trenta ebenfalls kaum mehr. Aber in Umlauf gebrachte Unwahrheiten und Unsinn ließ er nicht unwidersprochen an sich vorbei. Unrichtiges korrigierte er sofort, und er sagte auch nie, daß er von Trenta enttäuscht sei. Da Trenta nun anscheinend seine Geldsorgen los war und jederzeit ein Bündel Banknoten aus der Tasche ziehen und damit Leute beeindrucken konnte, machte Tenore sich nicht mehr die Mühe, sich weiter mit dessen Geschick zu befassen. Um so mehr war es nun Artner, für den er sich einsetzte. Sicher auch gegen den Willen seiner Frau. Ida wäre es freilich lieber gewesen, wenn es irgendwann wenigstens bei einer bestimmten Runde um Vita Lunga und Tizionero und anderen Freunden und Bekannten geblieben wäre, bei Gästen, die sie schon lange kannte. Nicht immer wieder irgendwelche Fremde, wie Tenore sie oft von einem seiner Ausgänge auch noch spät abends mitbrachte. Sprachen oft kaum ein Wort Italienisch. Ganz beheimatet kam sie sich ja selber nicht vor. Sie war auch einmal als Fremde nach Urbs Vetus gezogen und war mit vielem, was Lebensweise und Gepflogenheiten dieser Gegend anging, bei weitem nicht einverstanden. Zählte Tenore wieder einmal auf, aus wie vielen Nationen sie

schon Gäste im Haus gehabt hatten oder gerade hatten, tat er es prompt so, als gehörten die Abruzzen, aus denen Ida stammte, auf einmal auch zum Ausland. Freilich konterte sie darauf sofort. Was Schlagfertigkeit, Stimme und Lautstärke betraf, stand sie Tenore und den anderen um nichts nach. Um kräftige Ausdrücke und Flüche war auch sie nicht verlegen. Ein *dio maiale* oder *porca madonna* kam auch der meist streng blickenden Ida leicht von den Lippen. Hörte sie doch andauernd, wie manche kaum einen Satz ohne eine derartige Fluchformel begannen oder beendeten. Auch wenn einer damit ihre Kochkunst lobte, sagte er: *porca madonna, ho mangiato bene!*

Anmerken, daß er nicht willkommen sein sollte, ließ sie sich Artner gegenüber freilich nichts. Sie stellte nur klar, wenn sie es gelegentlich übernahm, ihn mit anderen Gästen bekannt zu machen, daß Artner ein Freund ihres Mannes sei. Aber als Gast zählte er immer mindestens genauso viel wie die anderen.

Speisen, die ihm besonders schmeckten, kochte sie sogar ihm zuliebe und erklärte ihm genau deren Zubereitung. Was sie an ihm, dem neuen und nun ständigen Gast — wäre es nach Tenore gegangen, hätte der ihn gleich für die gesamte Dauer seines Aufenthaltes tagtäglich verköstigt —, in erster Linie störte, waren die vielen und langen Reden über Italien, italienische Geschichte und vieles mehr. Wie hätte es Ida auch interessieren sollen, ob Leo Tolstoi einmal in aller Früh in Moskau einen Buben gesehen hatte, der verzweifelt versucht hatte, seine betrunken im Straßengraben liegende Mutter zu wecken und dabei von in die Arbeit Gehenden nicht gesehen zu werden, und was in diesem Zusammenhang Leo Tolstoi zu Maxim Gorki auf die Frage, nach welchem Maß sich ein Schriftsteller zu richten habe, gesagt haben soll? Aber auch Antonio Gramsci war nicht unbedingt ein Name, der ihr besonderes Interesse geweckt hätte. Und auch Josef Stalin, von dem ebenfalls oft die Rede war, weil Vita Lunga ihn als treuer Parteigenosse verehrte, gehörte zu den vielen Namen, die sie mit Schweigen über sich ergehen ließ. Und auch wenn Vita Lunga wieder einmal genau zu wissen glaubte, daß Denken und Philosophie nicht die Kompetenz von Frauen sei, verzog sie keine Miene und schwieg zu solchem Unsinn, wie übrigens bis auf wenige Ausnahmen andere Frauen auch. Aber anderen Unsinnigkeiten widersprach sie immer sofort.

Und Wein zum Essen trank sie auch, zwar nie so viel und so lange wie einige ihrer männlichen Gäste, aber beim Rauchen stand sie ihnen wieder nicht nach.

Wurden ja oft lange Nächte. Zehn und mehr Leute waren es manchmal, die sich am frühen Abend vor dem Haus einfanden. Im Sommer, kein Regen und bis in die Nacht hinein warm, wurde immer vor dem Haus ein langer Tisch gedeckt. In unmittelbarer Nachbarschaft nur ein einziges Haus, das der Padrone und Eigentümer der Gärten und des Hauses von Tenore und Ida mit seiner Familie eher ruhig und unauffällig bewohnte. Lediglich auf ein Glas kam er gelegentlich vorbei, aber zum Essen blieb er nicht. Sein Padrone eben und im Kopf Christdemokrat, war alles, was Tenore zu Artner einmal über ihn sagte. Aber wegen ihres Lautseins, es war ja ganz und gar unmöglich, daß sie von den stillen Nachbarn in dem finsteren Haus drüben nicht gehört wurden, kam von dort nie eine Klage. Selbst Ida, die öfter, wenn es zu arg wurde, energisch dazwischenfuhr, dachte nicht immer gleich an Rücksicht auf die Schlafenden von nebenan. War es ihr tatsächlich ernst, konnte sie sich mit ihrer Stimme sofort Ruhe verschaffen. Wollte sie es, stand sie an energischer Lautstärke den Männern um nichts nach. Auch Fabio, der jüngere Sohn, konnte sich mit seinen sieben Jahren rasch einmal laut Gehör verschaffen. Auch er hatte nicht vor, sich, nur weil er oft der Jüngste war, unterkriegen zu lassen. Vor allem gegen den vermeintlichen Eßzwang, der auch in seinem Elternhaus eine gewisse Rolle spielte, wehrte er sich immer häufiger. Einzig Artner unterstützte ihn dabei und hatte selber Mühe, sich zugunsten von weniger und kleineren Portionen gegen Tenore durchzusetzen. Als würde er stellvertretend für eine Kompanie hungernder Poeten verköstigt, kam Artner sich neben Tenore oft vor. Immer waren riesige Schüsseln auf dem Tisch. Selbst ein Esser wie Tizionero, dessen Appetit und unbekümmertes händisches Zulangen Artner stets faszinierte, setzte der Menge in den Töpfen und Schüsseln nicht sonderlich auffallend zu. Tizionero erging sich nie in Komplimenten über Idas Küche, er saß einfach in seiner Ruhe da und aß und aß, aber andere Hausfrauen lobten Idas Kochkunst sehr wohl und ließen sich Rezepte geben.

Ida kam mit wenigen Gewürzen aus und verwendete stets nur beste Materialien, tatsächlich kaltgepreßtes und reines, dickflüssiges Olivenöl aus einer nahe gelegenen Hügelgegend, das Wirte wegen des hohen Preises nur für Salate verwendeten, für Saucen nie einen Tropfen Wasser, immer nur hochwertigen Wein, und Salat und Gemüse ohnehin nur aus dem eigenen oder aus dem Garten von Freunden. Schon aus Kalkulationsgründen konnte so manche Wirtsküche mit der von Ida nicht mithalten. Ausgiebig ging es freilich immer zu.

Einmal war schon längst keine einzige Grille mehr zu hören, und auch das Getöse von der kaum einen Kilometer entfernt vorbeiführenden Autobahn, auf die die Italiener immer stolz waren, dröhnte nur noch schwach und wurde zwischendurch nur kurz von mit hoher Geschwindigkeit vorbeirasenden Zügen überdröhnt, und Tizionero und Tenore und Artner saßen immer noch vor dem Stiegenaufgang im Freien bei den großen Schüsseln und übten, ob nicht doch einer vom Stuhl kippen würde. Bereits um sieben am Abend hatten sie mit anderen zu essen und zu trinken begonnen, und um drei in der Nacht hockten sie immer noch da und schenkten sich zum dritten Mal aus der vollen Fünfliterkaraffe nach. Sie schafften sie nicht mehr zur Gänze. Aber von den insgesamt fünfzehn Litern waren es nicht mehr als zwei, die sie, ohne daß jemand umgefallen wäre, schließlich doch stehenlassen mußten. Halb tot oder krank war daraufhin dennoch keiner. Artner fühlte sich nur schwach und bis in die Knochen hinein erschöpft. Er schlief und schlief und ging volle zwei Tage nicht aus dem Hotel und wunderte sich, warum er weder Ekel noch Übelkeit empfand. Aber Tizionero und Tenore, immer stolz auf seinen Wein und dessen Verträglichkeit, brauchten nur einen Tag der Ruhe und schon waren sie wieder auf den Beinen. Mit ihnen nach ihren Maßstäben mitzuhalten, schaffte außer Tino Trenta kaum jemand.

Oft, wenn Artner bei Tenore und Ida war, dachte er an Franziska und Fritz Fremuth. An ihnen hatte er sehr wohl auch beste Freunde und Gönner, aber da sie beide in der Festspielstadt lebten, hatten sie nie die Möglichkeit, ihm sowohl eine landschaftliche als auch geistige Erbauung zu bieten. Auch sie hatten oft Gäste. Wie er dort von Urbs Vetus erzählte, versuchte er hier manchmal, von seinen Freunden in der Festspielstadt zu erzählen, aber nach einigen Proben, die über höfliches Zuhören doch kaum hinausführten, sagte er sich, es bringt nichts. Was soll ich denen da schon viel erzählen. Diese Leute hier, die reden doch von vornherein. Und leiden und erzählen wäre eher die Sache von uns aus dem Norden. Über Fritz und Franziska hätte er ja nichts Leidendes und Mäßiges erzählt, sondern wohl eher ausnahmsweise erfrischend Lustiges.

Aber gleich darauf zu drängen, daß Österreich mentalitätsmäßig mehr mit Italien als mit dem sprachgleichen Deutschland zu tun haben könnte, wäre ihm natürlich auch wieder nicht in den Sinn gekommen. Mit Deutschland, mit den vielen deutschen Landen, gab es, ob man sie mochte oder nicht, doch schon lange gut funktionierende wirtschaftliche Beziehungen, gegen die das Land dazwischen zuerst einmal mit Kultur und Geschichte und Mißverständnissen hätte aufwarten können. Da war Artner tatsächlich froh, daß er über diese Dinge nicht reden mußte. Das bloße Nennen und Aufzählen von

Ländern fand er sowieso längst unsinnig. Staatszugehörigkeiten, dachte er oft, sind tatsächlich so ziemlich das Dümmste, was einem außer Leben auf der Welt passieren kann.
Ob aber Urbs Vetus seinem Freund Fremuth tatsächlich so gefallen und ihn beeindrucken würde, wie Artner es sich gewünscht hätte, schien ihm gar nicht sicher. Vielleicht würde er rasch alles abgehen, einige Male nicken und schließlich das Wichtigste abstrakt benennen. Fremuth war ja doch ein eiliger Mensch und staunte nicht gern über ein südliches Land. Ja, hätte Urbs Vetus über ein renommiertes Sprachwissenschaftsinstitut verfügt oder einen Schwung Sprachwissenschaftler, an denen es Italien durchaus nicht mangelte, zu einer Tagung eingeladen oder einen Technologiekongreß veranstaltet, wäre Fritz Fremuth natürlich sofort für eine Italienreise zu haben gewesen.
Aber es waren dort ja ohnehin Festspiele, deren Aktivitäten und Eifer längst auch auf Teile der Universität übergegriffen hatten. An ein Wegfahren hätte Fremuth vor dem Herbst ohnehin nicht denken können. Auch sein Institut gab sich ganz international und veranstaltete Sommerkurse und Zusammenkünfte mit namhaften Größen. Allein die Unterbringung all dieser Leute war oft schon schwierig genug. Heizte wieder einmal ein Brandstifter ein Hotel nieder oder starb unerwartet eine Wirtin, standen Panik und schwierigstes Quartiersuchen auf dem Programm.
Auch in Urbs Vetus wurde Artner wegen der Festspiele angesprochen. Es gab junge musikinteressierte Italiener, denen von einem Tag auf den anderen einfiel, zu zwölft oder zu fünft oder zu acht in einem Bus oder mehreren Autos zu den Festspielen zu fahren, wie viele es dann tatsächlich sein würden, wußten sie im voraus nie. Aber sie dachten einfach, sie könnten auf gut Glück hinfahren. Artner war dann immer froh, wenn sich im letzten Moment alles zerschlug und er nicht mehr mit aussichtslosen Dingen wie Quartierfinden und Kartenbeschaffen

befaßt war und sich vor ihrer enttäuschten Rückkehr fürchten mußte. Er selber fing nie von den Festspielen zu reden an. Das kam alles vom Radio und vom Fernsehen.
Im Vergleich zum dort praktizierten Gehetze und dem buntesten touristischen Treiben, das die Stadt bis in die kleinsten Winkel der umliegenden Orte erfaßte, lebte er in Urbs Vetus geradezu ruhig und unbehelligt, obwohl es auch da viele Touristen gab. Dank Vanninis Studien in Distanz und Nichtgrüßen war Artner überhaupt zur Gänze abgeschirmt, wie es besser und sicherer nicht hätte sein können. Nur bis vor das hohe und massive zweiteilige Tor, in der Nacht immer fest und siebenfach verschlossen, begleiteten ihn manchmal Freunde oder Bekannte. Nie jedoch trat einer über die ausgetretenen Steinstufen in das kühle Hotelinnere. Ein Vorteil, den er anfangs instinktmäßig erahnt hatte und erst allmählich zu schätzen begann. Vannini wußte nicht, welchen Dienst er ihm und seiner Arbeit letztlich erwies.
Immer Leute kennenlernen und bei Festen dabeisein wollte Artner ja auch wieder nicht. Die Möglichkeit, sich zurückzuziehen und mit sich allein zu sein, war ihm auch wichtig und gehörte zu seinem Glück und Wohlbefinden in Urbs Vetus. Einmal innerhalb der dicken Hotelmauern, streifte er Erlebnisse von draußen sofort ab, ging zielstrebig die Marmortreppen hinauf, verwandelte sich in eine sonderbare Kunstexistenz und war beileibe nicht immer froh dabei. Aber daß es anderen ebenso ergangen war und noch immer so erging, tröstete ihn.

Einmal glaubte und hoffte Artner, Tenore würde nicht kommen und die Florenzfahrt nicht stattfinden. Da die Abende immer angenehm warm waren, hatte er blödsinnigerweise, als von diesem Tagesausflug die Rede war, die Augusthitze nicht bedacht und sein Mitkommen spontan zugesagt. Um zehn Uhr vormittag, als er auf der Piazza del Popolo hätte abgeholt werden sollen, war es schon heiß gewesen, und nun war es bereits eine Stunde später und noch heißer. Zudem war er unausgeschlafen.
Mindestens bis drei in der Früh war er wach im Bett gelegen. Ziemlich nahe neben seinem Zimmer hatte eine Italienerin mit einem Rodolfo durch ihr heftiges Atmen und Stöhnen und immer *Rodolfo* und *Rodolfo, ah Rodolfo!* ein regelrechtes Lieheskonzert ausgelöst.
Manche schliefen wahrscheinlich noch tief oder waren schon wieder in Aktion, während er im Schatten der Gerüste um den Palazzo del Capitano del Popolo auf und ab ging und hoffte, Tenore und Vita Lunga würden nicht kommen.
Er hoffte jedoch umsonst. Gerade als er meinte, genügend gewartet zu haben und erleichtert davongehen zu können, rollte prompt Tenores dunkelgrüner VW-Bus über das holprige Pflaster der ruhigen Piazza del Popolo. Kein Verschlafen und keine Nachlässigkeit, sondern die Erledigung unerwarteter Aufträge war der Grund für die Verspätung gewesen, deretwegen Vita Lunga, den sie von seiner Wohnung abholten, eine beachtliche Anzahl von Flüchen losließ. Vita Lunga hatte sich wegen des Florenzbesuches, unter anderem beim Sohn seiner Schwester, einem Arzt, der eine Professoressa aus gutem florentinischen Hause geheiratet hatte, elegantest gekleidet, als würde er zu seiner eigenen Hochzeit ausrücken. Dunkler Nadelstreifanzug und Krawatte und Stecktuch und sorgfältigst frisiert und rasiert und Schuhe auf Hochglanz. Tenores Aufzug

hingegen erschöpfte sich in einem Hemd, Sandalen und einer improvisierten kurzen Hose, wahrscheinlich erst morgens in der Eile abgeschnitten und ungleich lang. Fäden und Fransen hingen noch davon, was den genauen Vita Lunga im stillen entsetzte.

Artner hatte wenigstens seine Romanschreibhose und normale Schuhe und Socken an. Vita Lungas Ärger und Bedenken waren sicher am größten, als er hinter dem unausgeschlafenen Artner in die aufgeheizte Kabine stieg und nun erst einmal über Staub und Unordnung entsetzt und wischend eine Reihe von Flüchen von sich gab. Schon aus purem Ärger hatte er rasch Schweißperlen auf der Stirn, saß wie aufgespießt auf einem weißen Tuch und klammerte sich nach vorn gebeugt mit beiden Händen an einem Haltebügel fest, um nur ja nirgends unnötig anzustreifen, und er hatte Mühe, mit dem Fluchen aufzuhören, während Tenore, zum Fenster hinaus Leute grüßend, den Bus die steile Via della Cava hinunterlenkte und nur aus Rücksicht auf Laune und Unmut seiner Beifahrer nicht auch noch zu singen begann. Dunst und Schwüle lagen über der Landschaft. Unten im Tal und in der Ebene wurde es noch heißer, und zu allem Überfluß hatte Tenore auch sein Wirtezustellprogramm noch nicht zur Gänze erledigt. Eine Steige mit Geflügel und Kleinvieh hatte er noch hinten im Bus und fuhr damit zu Vita Lungas erneutem Ärger um halb Urbs Vetus herum, um sie bei einer Trattoria abzuladen, bevor es endlich Richtung Autobahn ging und Vita Lunga noch einen letzten Abschiedsfluch von sich gab.

Die Hitze und Schwüle nahmen deshalb aber nicht ab. Die Sonne heizte gut durch die Windschutzscheibe auf alle drei und insbesondere auf Vita Lungas dunkle Nadelstreifjacke, die er des Schmutzes wegen nicht auszog.

In der Mitte der Kabine über Artners Kopf gab es einen Hebel für Ventilation, den Vita Lunga erblickte und den Tenore nie ausprobiert hatte. Auf Vita Lungas Verlangen griff Tenore hin-

auf und drehte an ihm, als sie schon an Urbs Vetus vorbei auf der rechten Spur der Autobahn fuhren.
Ein wahres Zauberding, dieser Hebel.
Anstatt der erwarteten Frischluft kam wie aus heiterem Himmel ein Gewitter aus Staub, Federn, Sägespänen und trockenem Hühnermist in einer Heftigkeit über ihre Köpfe und Körper in die Kabine, alles so plötzlich, daß sie zuerst nur husteten und nichts sahen. Erst als es Tenore gelang, durch den Wirbel hindurch des Zauberhebels habhaft zu werden und an ihm zu drehen, bekamen sie wieder Sicht, und Tenore konnte sich, bevor es gegen eine Leitplanke ging, noch rechtzeitig mit dem Lenken befassen. Kaum war jedoch dieser kurze Schrecken behoben, kam Vita Lunga auch schon zu Luft, um zu einem lang anhaltenden Schwall von Flüchen auszuholen.
Erwischt hatte es sie ja alle drei, jeder hatte Federn, Sägespäne und etwas vom trockenen Hühnermist auf dem Kopf und Staub im verschwitzten Gesicht, aber an Vita Lungas feinem dunklen Anzug fiel alles genauer und deutlicher auf, was die Ventilation nach jahrelanger Nichtbetätigung aus dem hinteren Wagenteil in die Kabine befördert hatte. Nur der Rücken war dunkel geblieben an seinem Nadelstreifgewand. Was jedoch seine Vorderansicht anging, brauchte er sich nicht mehr einzubilden, damit in Florenz einen gediegenen Auftritt zu liefern. Selbst nach erster Abfederung und Trockenreinigung auf einem Parkplatz und einer feuchten Nachbehandlung in einer Autobahnstationstoilette kam Vita Lunga immer noch gescheckt und fluchend daher.
Weil jedoch Fluchen auch nichts mehr half, beruhigte er sich und schwieg erbost.
Tenore, nie ein Verdrußmensch, fing zu singen an, zuerst allein und dann immer lauter, bis schließlich auch Vita Lunga nichts anderes übrigblieb, als seinen Ärger zu vergessen und mitzusingen. *Bella ciao* und andere Lieder, die an frühere Zeiten und Kämpfe erinnerten, sangen sie, auf den Apennin zufahrend.

Da wurde es auch um eine Spur erträglicher, die Luft trockener und um einige Grade kühler. Lediglich Artner saß immer noch stumm zwischen beiden erhöht in der Mitte und wußte nicht recht, ob er einfach darauflоslachen oder sich weiter über seinen Schlafmangel ärgern sollte. Das Hühnermistgewitter hatte seine Sinne anscheinend nur vorübergehend aufgeschreckt. Und nun fand er es lachhaft, daß Vita Lunga, der stets genauestens über das Großgeschick der Welt, den langsamen, aber sicheren Sieg des Sozialismus Bescheid wußte, in der Augusthitze wegen eines bestimmten Besuches in Florenz seinen Nadelstreifanzug aus dem Kasten holen mußte. Nur weil er dort einen Arzt und eine Professoressa trifft, zieht Vita Lunga in der Augusthitze sein bestes Gewand an, und Tenore schneidet wegen der Augusthitze in Florenz einfach eine Hose ab. Der langjährige Umgang mit Tenore hatte bei Vita Lunga anscheinend kaum Spuren hinterlassen. Eine durch und durch kleinbürgerliche Existenz saß da neben Artner und sang mit Tenore Kampflieder, um nicht an die Flecken auf seinem Anzug zu denken.

Darüber mußte Artner dann tatsächlich lachen.

Einige Federn, ein wenig Staub und Hühnermist, und schon war ihm einiges klarer.

So gesehen, begann der Ausflug Artner schließlich doch zu gefallen. In Urbs Vetus, wo Vita Lunga immer im Schutz und in Begleitung von anderen war, hätte Artner noch viele Gegenreden führen müssen, um zu ihm vorzudringen und ihm auf die Schliche zu kommen. Aber der Florenzausflug kürzte die Vita-Lunga-Findung ab. Eine einzige Drehung am Ventilationshebel, und schon waren sie entzweit: der Kommunist und Wort-Vita-Lunga draußen und der eigentliche Vita Lunga auf einem weißen Tuch hockend, pfauchend und beschämt im Hühnermistgewitter drinnen. Wenigstens einmal statt Fortschritt und Weltkommunismus, dachte Artner mit Genugtuung, nur Federn, Staub, Hühnermist und Sägespäne.

In zwei Häusern kochten Frauen um die Wette.
In der kleineren Behausung mit einer Nachbarin und Freundin Antonia, die Frau von Tenores älterem Sohn Valentino, der Fabriksarbeiter war und mit seiner Familie in der östlichen Peripherie von Florenz ein einstöckiges Haus mit Garten bewohnte. Und keine zehn Kilometer davon entfernt, auf dem Land draußen, in Antonias Elternhaus, wo sie sich alle zusammen am Abend einfinden sollten, ging's ebenfalls schon ums Backen und wurden Kochvorbereitungen getroffen.
Zunächst aber waren sie Gäste bei Antonia und Valentino und kümmerten sich nicht darum, wie es bei Antonias Eltern und Schwestern weitergehen würde, nur daß sie dort auch hinkommen würden, ließ Antonia sie wissen. Dank des Ventilationsabenteuers waren alle außer Vita Lunga unterhalten und mit Lachen beschäftigt, aber wenn Artner glaubte, er könnte sich deshalb geschickt an so mancher vollen Schüssel vorbeischwindeln, täuschte er sich. Und auch seine Annahme, in der Augusthitze und bei einer jungen Arbeiterfamilie würde das Mahl bescheidener ausfallen, ging tüchtig daneben, viel mehr zählte der Umstand, daß sie sich in der Toskana befanden und als Gäste gekommen waren. Spätestens nach dem ersten Drittel, nach Vorspeisen und Pasta in drei Sorten, gab er auf und aß einfach weiter.
Aßen ja alle und redeten nicht einmal davon. Warum sollte er sich zieren und als einziger eine Ausnahme machen, um damit justament die Sonderstellung heraufzubeschwören, der er zu entkommen versuchte? Hier die feinen und mit komplizierten Gedanken befaßten Intellektuellen und dort und darunter die schweigsamen handwerkenden Existenzen. Über diesen Unfug dachte er im Hotelzimmer nach. Sie gestanden ihm ja ohnehin zu, daß er mehr wisse als sie. Vor allem Tenore versicherte ihm dies während seiner Aufklärungsreden immer wieder. Nur ausschließen und allein lassen wollten sie ihn nicht. War ja ein Entgegenkommen ihrerseits. Das

mußte endlich einmal in seinen Kopf. Initiiert war freilich alles von Tenore. Vom Denken und Lesen allein hielt dieser nichts. Aber nachdem Artner mit Tizionero und ihm ja schon in einer Nacht die dreizehn Liter Wein getrunken hatte, ohne vom Stuhl zu fallen, hatte er sich bereits ein Stück Eigenständigkeit erobert und hatte Aussichten, auch mit den wohlgemeinten und vielen vollen Schüsseln fertig zu werden. Zur Freude von Antonia, die hier keine strenge und alles genau im Auge behaltende Ida neben sich hatte und die er nur als schüchtern lächelnd kannte, verwarf er allein schon ihretwegen sein schlaues Schüsselnumschleichprogramm. Ohne Ida lacht und redet sie ja doch, sagte er sich und aß drauflos, ohne zu wissen, wie oft Antonia aufstehen und mit weiterem aus der Küche kommen würde. Vor lauter Schüsseln und essen und essen vergaß er selbst auf die ins Haus kriechende Hitze. Er hielt bis zum alles abschließenden Kaffee und Grappa den anderen gleich tapfer durch und hatte tatsächlich Mühe, zum Schluß vom Stuhl aufzustehen. Gehen hätte er nicht mehr können, nur zum Liegen und Schlafen reichte es noch.

In der großen Wohnung der florentinischen Professoressa und des jungen Arztes, die Tenore und Artner am Nachmittag mit Vita Lunga aufsuchten, ging's tatsächlich um eine gesellschaftliche Etage distanzierter und feiner zu. Stilmöbel, Teppiche, Gemälde an den Wänden und einen Plafond zum Bestaunen und stilvolle Gläser und stilvolle Pausen gab es da, um die sich Tenore absichtlich nicht kümmerte. Kaum eingetreten, entledigte er sich des Hemdes und hängte es über einen unbequemen hochlehnigen Stuhl, auf dem Vorfahren der Professoressa gesessen waren. Er redete von der Hitze, und die Besuchten, fünf oder sechs waren es, standen schweigend und lieb lächelnd in Abständen voneinander herum und wußten nicht recht, wie sie es halten sollten. Das einfachste wäre gewesen, alle mit Schwung in die Küche zu bitten und guten Wein auf den Tisch zu stellen, aber dafür war da anscheinend niemand erzogen. Die konnten besser mit Stilgläsern und Pausen umgehen, aber nicht mit abgeschnittenen Hosen und einem hemdlosen Tenore.

Aber lange dauerte es nicht, und der *Kommunist* Vita Lunga brauchte sich seines Freundes wegen nicht mehr zu schämen.

Signori eben, sagte Tenore und lachte. Ganz sicher hatte er Vita Lunga und diesen *Signori* zuliebe seine Hose ungleich abgeschnitten. Er hatte sonst nie abgeschnittene Hosen an.

Danach wurde es wieder proletarisch.

Ein Riesenfest und Auflauf in einem Vorstadtpark.

Kinder mit ihren Müttern und Vätern, Großvätern und Großmüttern. Musikanten und Theaterleute und Agitatoren, die sich abmühten, etwas Ernst und Besinnung in das Beliebige und Durcheinander zu bringen. Anders war es dort, wo sie grillten und Getränke ausschenkten. Die mußten nicht werben, die schwitzten und hatten alle Hände voll zu tun, vorneweg den ärgsten Andrang abzufertigen. Broschüren und Zeitschriften wurden angeboten, und Bücherstände waren aufgestellt, und Flugblätter wurden verteilt, und große Manifeste wiesen auf die Gefahren des Faschismus hin. Und Klassenkampf natürlich auch. Vorgänge jedenfalls, wie es sie in Österreich längst nicht mehr gab und wie sie der Menschenmenge nach nur unter den Nationalsozialisten existiert hatten. Dank der Sozialpartnerschaft, dank der tapferen und verschwiegenen Mithilfe und Beteiligung der Gewerkschaften an der Sozialpartnerschaft lebten in Österreich die Arbeiterfamilien längst nett und neidisch nebeneinander auseinander und lasen die Kronenzeitung und saßen am Abend vorm Fernseher. Aber im großen Unterschied zu Österreich hatten italienische Arbeiterfamilien immer noch eine beachtliche Anzahl von gescheiten Leuten auf ihrer Seite. Nicht Redner, die Statistiken von Zetteln lasen und mehr tot als lebendig Kürzestsätze in ein

Mikrophon stammelten. Hier mußten sie, wollten sie gehört werden, reden können und auch etwas wissen. Hier mußten sie vor die Leute treten und sich anderen gegenüber, die ebenfalls gut reden konnten, behaupten und auch mit ihrem Leben dabeisein. Über leben und leben lassen ging hier fast alles. Ziemlich stolz ging Tenore kreuz und quer durch das Gewimmel und nickte dort und da zufrieden. Obwohl selber ganz und gar eigenständig, wollte er doch sehen und Artner vorführen, wie viele noch zusammenhielten und auf der Seite der Kommunisten standen. Die Manifeste las er kaum, die kannte er. Nicht nur Redner, auch Poeten waren für den Abend angekündigt, was Artner natürlich an die Themenvorgabe *Fabriken nicht mehr, Arbeiter nicht mehr* erinnerte. Sollte tatsächlich einmal einen dieser Themenbetreiber einfangen und da auf ein Podium schleppen, dachte er. Möchte sehen, wie er dann seine Literaturlenkung erklären würde.
Auch wenn sie nur kurz blieben, weil man in Antonias Elternhaus bereits auf sie wartete, mußte Artner einsehen, daß er aus einem armseligen Untertanenland kam. Trinken nach der Arbeit an Tankstellen Bier, dachte er entsetzt.
Lassen sich immer alles gefallen und sich jeden denkbaren Blödsinn einreden, leben mit dem Gedanken ans Schlußmachen und tun es auch oft. Die Obertanen sind doch auch nur einzelne Menschen. Er verstand einfach nicht, warum sich so viele Untertanen vor ihren Obertanen fürchteten. Scheiß Kirche, Scheiß Gehorsam, fluchte er in Richtung Norden.
Teufel, hatte er an diesem Augustsonntag viel mit seinem leiblichen Wohl zu tun. Das war keine Arbeiterfamilie, wie Artner angenommen hatte, aus der Antonia stammte, sondern eine Bauernfamilie mit einem Gehöft von beachtlichem Ausmaß. Mehrere ihrer Schwestern waren da, und noch mehr Düfte schwebten ihm beim Eintritt entgegen. Hatte er sich im Haus von Antonia und Valentino schon weit über sein normales Eßvermögen hinweg überlistet gehabt, sah er hier eine lange

Tafel mit viel Gedeck und dachte: Verdammt, jetzt geht's erst richtig los!
Hatte er sich dort schon gewundert, was Antonia noch und noch aus der Küche brachte, stellte er hier derlei Überlegungen erst gar nicht mehr an. Dem Gedeck und den Gerüchen nach würde es da noch ergiebiger zugehen.
Gleich vier Köchinnen, Antonias Mutter und drei Schwestern, hatten sich zusammen ein Nachtmahl ausgedacht, ohne etwas von dem zu wiederholen, was schon Antonia zu Mittag im Überfluß aufgetischt hatte. Alles in einer Menge und Vielfalt, als ginge es darum, einen dreiküchigen Papst weit über seinen Alltag hinaus zu verwöhnen. Jede für sich hatte da einfach auf Geschmack und Eindruck hin gekocht und sich nicht darum gekümmert, wieviel in den Mägen Platz haben würde. Gleich acht Augen wachten da aufmerksamst, was gegessen oder überhaupt nicht angerührt wurde. Und liebenswürdig waren Antonias Schwestern auch noch. Hatte Artner, der zuerst nicht wußte, daß jede ihren bestimmten Anteil dabei hatte, sich schon den einen oder anderen Leckerbissen einreden lassen und auch ohne Heuchelei gelobt, klärten sie ihn nach und nach über Zusammensetzung und ihr jeweiliges Beteiligtsein am Mahl auf. Freilich brachte er es dann nicht mehr über sich, ihre Blicke Blicke sein zu lassen und zwischen *primo* und *secondo* Schluß zu machen, obwohl dem aus mehreren Paste und Risotto bestehenden *primo* ja schon große Platten an Antipasto mit Hauseigenem vorausgegangen waren. Obwohl Artner also schon von der hauseigenen Salami und vom hauseigenen Schinken und von den hauseigenen Salsicce und ihren Pasteten, Käse und Oliven probiert und sich auch aus den vier oder fünf Schüsseln von da zwei Gabeln hausgemachter Spaghetti und Tagliatelle und von dort einige Löffel Risotto und anderes einverleibt hatte und nach dem *primo* mit dem Essen aufhören und Schluß hatte machen wollen, brachte er es nicht über sich, sich gegenüber diesen aufmerksamen und liebens-

werten Aufpasserinnen zu behaupten. Die schauten ihn schon so an, daß er es nicht übers Herz brachte, sich entschieden einem Weiterkosten und Weiteressen zu verweigern. Bis er schließlich mit aufgeknöpfter Romanschreibhose und viel Bauch zwischen Tenore und Vita Lunga im Bus saß und diesen Eßtag in der Toskana hinter sich hatte, wog er um ganze vier Kilo mehr und kam sich verdoppelt vor. Es waren ja insgesamt über zwanzig verschiedene Speisen gewesen, die Antonia und ihre Mutter und Schwestern unabhängig und unbekümmert voneinander innerhalb eines einziges Tages aufgetischt hatten. Freilich auch aus Stolz auf ihre Toskana. Damit sie ja beeindruckt und zufrieden ins Umbrische zurückkehren würden, hatten sie diesen Kochwetteifer betrieben.
Viel länger als die vollen Bäuche hielt sich freilich die Erinnerung an Vita Lunga und sein Abenteuer mit Tenores Ventilation. Mit diesem Erlebnis hatte Artner in jedem Fall eine brauchbare Geschichte. Selbst die meist strenge Ida lachte noch Jahre danach Tränen, wenn Artner von Vita Lungas ehrfürchtiger Florenzreise erzählte.

Ohne Hühnermist, Federn und Florenz war Vita Lunga ja immer ernst und eisern und kurz angebunden. Wo und in wie vielen Ländern sozialistisch oder kommunistisch regiert wurde, wußte er genau. Bedenken und Zweifel dagegen ließ er nicht aufkommen. Oft zeichnete er die Welt in Ellipsenform vor Artner hin und rechnete ihm anhand familiärer Vermehrung das unausweichliche Aufhören des Kapitalismus vor. Hunger, Kind und Kegel und ihre Vermehrungsfähigkeit bis weit in die Zukunft zählte er zusammen und Einverständnis und Wille der jeweiligen Bevölkerung in seinem Sinne hinzu. Zu wessen Gunsten die Geschicke der Welt ausgehen würden, wußte Vita Lunga immer ganz genau. Mit lauter Stimme und ausgestrecktem Zeigefinger wies er Einwände stets standhaft von sich und kam fast immer gut davon.

Die Uhren in Urbs Vetus gingen insgesamt anders. Urbs Vetus bestand ja nicht nur aus Baukunstwerken, uralten Mauern und einem Labyrinth stiller Gassen und der bunten hügeligen Landschaft rings herum. Urbs Vetus war nicht nur die Stadt des Bischofs und deshalb schon Exerzierplatz für Kameradschaftsbund, Treue und Hitlernachfolge, nicht beliebiger Tummelplatz von trachtentragenden Geschäftemachern und die Stadtschönheit beschwörenden Wichtigmachern, sondern auch ganz selbstverständlich Lebensort und Heimat des Conte Pirolo und von Casarelli und Pio und Scarpetta und noch mindestens einem Dutzend anderer. Egal ob sie nun etwas taten oder nicht, jede Gasse und jede Piazza und jede Bar und jede Osteria gehörte ihnen ebensoviel wie einer anderen Person, gleichgültig ob es sich um einen Kommunistenführer, Industriellen oder Touristenmanager handelte. Keiner von ihnen brauchte sich wegen seiner Nichtteilnahme am alltäglichen Arbeitsgeschehen zu verteidigen oder sich gar zu verstecken. Keiner wurde je auf sein Nichtarbeiten hin angesprochen. Das Einer-regelmäßigen-Beschäftigung-Nachgehen oder sonst ein Betreiben von Einkünften wurde nicht so wichtig genommen, daß ein Einkommensloser einem Aktiven gegenüber den Blick senkte oder gar allein und still entlegene Gassen abschlich. Bloßes Existieren allein ging auch und galt in Urbs Vetus durchaus als Lebenszweck. Allen voran Pirolo, einst Pizzabäcker, hatte längst alles Arbeitsmäßige abgestreift und war von Beruf nur noch Conte Pirolo und nichts sonst. Er wandelte mit etwas Geld in der Tasche durch den werktätigen Alltag, wurde gegrüßt und wegen seines konsequenten Nichtstuns sogar geschätzt, nie jedoch geschnitten oder gar mit Vorhaltungen belästigt. Und mit Klostersuppe oder sonst einer Einschränkung gab sich der Conte Pirolo schon überhaupt nicht ab. Wo Arbeiter eintraten, ging auch Pirolo hin und wußte sich zu behaupten. Je nach Wein und Preis suchte er den Zirkel der Sozialisten oder den Zirkel der Kommunisten oder den Zirkel der Alten und Pergolas und Trattorien und Osterien auf, spielte laut um einzelne Gläser Wein Karten, stritt und rauchte und kam nie auf die Idee, sich und seinesgleichen als tolerierte Ausnahme zu betrachten. Allein an die achtzehn oder zwanzig Osterien hatte er über die Stadt verteilt zur Auswahl, in denen zu niedrigen Preisen Wein ausgeschenkt und so mancher der Lebenskünstler auch seinen Kostplatz hatte.

Waren freilich nicht alle damit einverstanden, daß Nichtstuer sich vieler kleiner Freiheiten und allgemein eines wohlwollenden Umgangs erfreuten. War freilich ein Unterschied, ob es der Gemeinde um ihre Gebäude, Fassaden und Plätze und Ordnung oder um Geschick und Lebensraum der Bevölkerung ging. Dank der Mehrheit der Kommunisten, die zu mehr als zwei Drittel den Stadtsenat und schon lange den Bürgermeister stellten, zählte jede einzelne Existenz für sich und wurde in ihrem Sinne mitsamt ihren Eigenheiten wahrgenommen.

Dieses Feingefühl und Verständnis für Individualität rechnete Artner den Kommunisten hoch an.

Da waren nicht nur die üblichen Stimmenzähler am Werk, sondern auch Leute mit Kultur. Für Artner hatte das eindeutig mit Kultur zu tun, wie sie mit einem Scarpetta oder Pio oder Casarelli oder Pirolo oder Nazareno und anderen Mittellosen hinter den dicken Mauern umgingen. Hätten sie ja zu Nummern machen und zu unnützen Kreaturen zusammenfassen oder bewußt übersehen können, statt dessen sorgten sie sich, daß sich keiner von ihnen als Bettler fühlen mußte.

Dank der Umsicht gewissenhafter und engagierter Kommunisten in Gemeinde und Verwaltung war eben vieles *nicht wie in Schwanberg*, wie der weststeirische Maler bei seinen Besuchen in Urbs Vetus oft begeistert feststellte. Außer daß da wie dort die Bäume und das Gras senkrecht in die Luft wuchsen und die

Häuser die Dächer oben hatten, war wahrscheinlich so ziemlich alles nicht wie in Schwanberg.
Meist ging Artner auch gar nicht auf Wie-in-Schwanberg-Vergleiche ein. Nur wenn er gefragt wurde, was *wie in Schwanberg* zu bedeuten habe, ärgerte er sich. Manchmal vereinfachte er und log rasch, daß mit *wie in Schwanberg* soviel wie *Kultur haben* gemeint sei.
Genauere Unterscheidungen aber wollte Artner lieber nicht aufzählen müssen. Da wäre *Wie in Schwanberg* mit all seiner Kenntnis und Verbundenheit mit Schwanberg, mit seinem Loblied auf Schilcher, Brettljausen und Buschenschank bald recht armselig und unverständlich genügsam dagestanden und hätte vielleicht einen mit Verbannung befaßten Richter auf die Idee gebracht, einen sizilianischen Mafioso zu einem langen Zwangsaufenthalt nach Schwanberg zu verdonnern.
Einen von den Kommunisten gestellten Bürgermeister, mit genauem Gewissen und vom Ansehen längst weit über der Bedeutung des Bischofs, der bei Begräbnissen sagen konnte, *dieser Sarg kommt an mir nicht vorbei,* hatten sie in Schwanberg nicht. Einen Bürgermeister, zu dem ein Trauerzug vom Bischof weg mit dem Sarg hinpilgerte, weil Abschied und Vorbeiziehen an ihm mehr galt als der Segen des Bischofs, gab es freilich in ganz Österreich nicht.
Ein Bürgermeister, der entschieden einen Leichenzug umkehren läßt. Ein Bürgermeister mit geradem Blick und klarem Gedächtnis hinter der Stirn, der nicht einfach bedenkenlos Geschichte, Machtgelüste und Tod verwechselt.
Gastfreundlich und hilfsbereit wie die Bewohner von Urbs Vetus Fremden gegenüber nun einmal waren, genügte die Erwähnung Österreichs, und schon suchten sie Artner. Und oft wäre Artner froh gewesen, sie hätten es nicht getan und ihn nicht gefunden, und noch ein anderer, der Maler Sinabellkirchen, der ruhig und zurückgezogen außerhalb von Urbs Vetus mit seiner Familie einen Teil eines ehemaligen Klosters

bewohnte, bangte vor so manchem ungebetenen Besuch aus Österreich, seiner Heimat.
Ob willkommen oder nicht, galten die Besucher meist Sinabellkirchen. Zum überwiegenden Teil waren sie harmlos und gutmütig, aber dennoch anstrengend und überheblich. Hatten vielfach mit Architektur, Film, Literatur, Schauspielerei, Kunstzeitungsherausgeben und Kunstbeobachten und Genieförderung zu tun, sprachen meist kaum ein Wort Italienisch und verwechselten oft Gastfreundschaft und Geduld mit Unkenntnis und Gehirngaudi in ihren Köpfen. Die Frau des stillen Roberto, deren Bar sich unübersehbar, kaum hundert Meter nach Busausstieg und Piazza del Duomo, als erste Station für Rast und Erkundigung anbot, freute sich natürlich immer, wenn Österreicher und Wiener bei ihr einkehrten. Waren immer Grappaliebhaber unter ihnen. Tranken von Glas zu Glas schneller und zählten nicht mit, wieviel die bleiche und süß lächelnde Signora zum Schluß zusammenrechnete. Saßen weitbeinig da und zeigten sich großzügig und gaben Sprüche von sich, die sie oft wiederholten mit darauffolgendem Gelächter.
Lecko pecko und Gelächter.
Schnatter schnatter, flatter flatter und Gelächter.
Und auch geheimnisvoll Geistiges mit Bezug auf Wien und Graz kam nicht zu kurz.
Hatte es Artner öfter nicht verstanden, wenn Trenta wegen irgendeines Dahergeredes von Italienern plötzlich ein Essen abbrach und entschieden Tisch und Gaststätte verließ, erging es ihm nun mit seinen Landsleuten um nichts besser. Kamen meist des Weins und des Essens wegen und immer in Gruppen, schrieben Stöße von Ansichtskarten und fotografierten einander in einem fort und standen lange vor Lokaleingängen, studierten und verglichen Preise, rechneten genauestens gegeneinander ab und ließen es sich gern gefallen, wenn ihnen ein Italiener beim Zahlen diskret zuvorkam. Brachten Artner mit

ihrer Vereinfachung und ihrem Wissen um ihre Gemütlichkeit oft ins Schwitzen, wenn sie als Gruppe in Urbs Vetus auftauchten. Und auch Sinabellkirchen, wie Artner zu Studienzwecken, der früheren Malerei und der Landschaft wegen, in der Gegend, stöhnte oft über so manchen ungebetenen Besuch, fürchtete sich aber immer weit mehr vor den anderen, den dem Existentialismus Verschworenen. Die standen nicht lange vor Eingangstüren oder handelten auf dem Markt und in Geschäften Preise nieder, sondern hatten immer ein Genie in ihrer Mitte und für peinliche Kleinigkeiten im hausmeisterlichen Sinn keine Zeit.

Fremden gegenüber war Tino Trenta immer von ausgesuchter Höflichkeit und voller Respekt und Rücksicht auf Verständigung.
Er sprach deutlich und langsam und vermied bewußt längere und komplexere Formulierungen. Vor allem belesene und gebildete Frauen wußten Gefühl und Feinsinn für Sprache an ihm zu schätzen. Stets fern und bar jeglicher Hektik, gab er sich Frauen gegenüber besonders einfühlsam, verzichtete auf Spielchen, war nur Liebenswürdigkeit und Ruhe und gebrauchte ganz beiläufig ausgewählte und sorgsame Formulierungen.
Trentas Sätze und Begehren begannen oder endeten fast nie mit einem einfachen *per favore*, sondern viel öfter war *per cortesia* oder *per gentilezza* von ihm zu vernehmen. Sein Auftreten war natürlich immer vielschichtig und nach Möglichkeit auf Kultur bedacht, die er keineswegs auf Hervorbringen und Wiedergeben von Kunst beschränkte. Vielmehr ging es ihm um Kultur haben und verstehen. Da unterschied er immer von Person zu Person und nie nach gesellschaftlichem Wert.
Von ihm als *galera* (Galeere) eingestuft zu werden, bedeutete viel und war immer mit einem beruhigten Aufatmen verbunden. Aber *ottima galera* war eine ganz seltene Auszeichnung

und hätte Leiden, Geläutertsein und höchstes Kulturverständnis bedeutet. *Ottima galera* wäre nach Trenta die höchste Bewertung gewesen, aber für eine irdische Existenz kaum erreichbar.

Sich mit ihm als Poet vor Publikum zu messen, war natürlich keine leichte Aufgabe. Nicht einfach ein Spaziergang, wie manche vielleicht dachten. Da gab er sich immer ganz als Poet, und Trenta war er noch oben drauf. Mit diesen Dingen scherzte er nicht. Wurde er in Sachen Poesie eingeladen, schob er alles andere weit von sich. Da dachte er keine Sekunde an den Advokaten, an Onkel und Vermögen. Bei diesen Auftritten ging es tatsächlich nur um Tino Trenta und um Poesie.
Nie einer allein, mindestens zwei oder mehrere traten auf und trugen abwechselnd eigene und auch Gedichte anderer Poeten vor, und auch Musiker, meist Gitarristen, waren immer dabei, spielten davor und dazwischen. Nicht immer waren diese Zusammenkünfte vorher angekündigt, oft genügte es auch, daß sie sich als Freunde trafen und gesehen wurden.
So viel Stellenwert und Ansehen genoß da die Poesie, daß ein Gesehenwerden bestimmter Poeten genügte, und schon gingen mehr und mehr junge Leute hinter ihnen her und fragten einfach wegen einer Lesung. Die Poeten und ihre engsten Freunde gingen ohne Unterbrechung weiter und zuerst natürlich groß und ausgiebig essen. Für den Wirt war es immer eine Ehre, wenn die Poeten in sein Lokal einkehrten. Da strengte er sich besonders an, schaute genau, daß nur das Beste vom Besten auf den Tisch kam. Und der Preis immer diskret niedrig, mehr eine Geste der Freundschaft als Geschäft.
Nicht beabsichtigte Zusammenkünfte verliefen natürlich in gegenseitigem Wohlwollen und im Geiste von Respekt und Freundschaft und hörten oft erst nach mehreren Stunden auf Verlangen der Vortragenden auf.
Strenger und nicht so harmonisch ging's bei offiziellen Anläs-

sen zu. Da gab es dann schon genaue Regeln, ein Sich-Abschätzen und -Messen. Nicht mehr: Podium ist Podium, und Publikum ist Publikum. Da wurde auch ausgeschieden und eine gewisse Hierarchie genau im Auge behalten. Trenta war in solchen Dingen ein Meister. Anfänger oder gar Dilettanten, die ihnen Veranstalter wegen irgendwelcher Beziehungen unterjubelten, hätten gut daran getan, sich vor ihrem Auftreten mit Trenta zu beschäftigen. Da wachte Tino Trenta genau, daß aus der Poesie nicht einfach ein beliebiger Tummelplatz wurde. Daß einer Schulpräsident oder ein anderer einer Partei mit Geldgeschäften nützlich war und unbedingt »Poet« in seinen Lebenslauf schreiben wollte, zählte für Trenta natürlich nicht. Ging's ums Ansehen und Hochhalten von Poesie, ums Trennen von Poesie und Poesieähnlichem, werkte er entschieden und mit List, daß selbst so mancher Großkritiker ihm nicht das Wasser hätte reichen können.
Ankunft und Anfang waren immer bescheiden. Als wäre er rein zufällig gekommen, umging Trenta wieder einmal eine Ansammlung von Leuten in einem Park der Industriestadt Terni. Trotz Popkonzert am anderen Parkende und anderer Aktivitäten bestand immer noch genug Interesse für die Poeten. Mindestens zweihundert Leute waren gekommen und schauten zum Podium und hörten aufmerksam zu. Trenta stand nicht wie so oft neben seinem Freund Antonio Pecorelli, nicht neben Artner und auch nicht in der Nähe eines anderen, sondern war mit sich allein und mit strengem Konzept im Kopf irgendwo in den hinteren Reihen unterm Publikum. Als einziger lachte er öfter laut auf, meist an langweiligen und nichtssagenden Stellen, und hatte es überhaupt nicht eilig, selber auf das Podium hinauszugehen. Vielmehr gab er sich, als hätte er ganz darauf vergessen, daß er einer der Vortragenden sein würde. Die Unbekannten und mit Poesie Dilettierenden ließ er zuerst hinausgehen und applaudierte ihnen großzügig. Erst an fünfter oder sechster Stelle ging er auf Drängen der Veran-

stalter langsam hinaus und stand etwas hilflos vor dem Mikrophon, das vom Vorgänger her zu niedrig gestellt war. Der mußte dann noch einmal auf das Podium zurück und für Trenta das Mikrophon auf die passende Höhe bringen. Trenta hob aber dann noch immer nicht an, sondern entschuldigte sich zuerst einmal beim Publikum, daß seine Gedichte nicht wie die der anderen im Dialekt geschrieben seien. Im Auftreten und in der Kunst des Vortrags hatte er als Kabarettist und Schauspieler den anderen ohnehin viel voraus. Da wurde es dann ganz still. Alle hörten gebannt zu, auch die Poeten, und nickten anerkennend dazu.

Aber das genügte Trenta noch lange nicht.

Antonio Pecorelli mußte im Laufe des Abends übertroffen werden. Pecorelli, der einzig ernstzunehmende Konkurrent, durfte zum Schluß nicht besser dastehen als er. Pecorelli zu übertrumpfen war aber nicht leicht. Nur mit abwechselndem Vortragen ihrer Gedichte ging das nicht. Pecorelli hatte erstens um zwei Bücher mehr und weißes Haar und verfügte auch über eine entsprechende Würde. Da mußte Trenta sich schon einige Dinge ausdenken, um zu guter Letzt als einziger über Pecorelli zu stehen. Eine Weile ging alles normal und gut.

Pecorelli las einige Gedichte, und Applaus und Musik.

Trenta las einige Gedichte, und Applaus und Musik und dazwischen wieder andere. Mittlerweile hatte Trenta mit seinem Glas Mineralwasser und dem Industriegesöff, auf das er so stolz war, an der Seite seines Freundes und Gegners Platz bezogen. Und natürlich vergaß er das eine oder andere Mal, wenn er wieder auf das Podium ging, die flüssigen Utensilien mitzunehmen, so daß Pecorelli sie ihm zum Mikrophon nachtrug, nicht ganz freiwillig und erfreut, aber doch. Auf diese Weise in kleine Ärgernisse verstrickt, mutmaßte Pecorelli nicht sofort, daß Trenta immer ein Stück weitergehen würde und daß es nur Ablenkung und Vorbereitung für den Schluß war. Zum Ende hin, als nur noch Pecorelli und Trenta abwechselnd aufs

Podium gingen, bekannte Trenta, daß ihm Pecorellis Gedichte besser gefielen als die eigenen. Und er fing, mit Einverständnis aus dem Publikum, an, Gedichte von Pecorelli vorzutragen, setzte dort und da die Betonung etwas falsch und fand bestimmte Stellen besonders lustig. Und schließlich, als Pecorelli schon recht unruhig war, rückte Trenta mit der Bewertung heraus und fand, daß die Gedichte von Pecorelli lieblich seien, worauf Pecorelli auch prompt vom Stuhl hochsprang und zu Trentas Zufriedenheit und Genugtuung heftigst protestierte. Pecorelli sei nur Poet, aber er, Trenta, sei Schauspieler und Poet, klärte der mit sich zufriedene Trenta Artner hinterher auf.
Als Schelm und *Clown philosophique*, wie er sich letztlich und hauptsächlich verstand, war er freilich einzigartig und schwer zu übertrumpfen.
Streiche wurden natürlich auch ihm gespielt.
Vor allem seinem langjährigen Freund Zampa gelang von Zeit zu Zeit ein kleiner Unfug, über den sie danach oft vergnügt lachten. Zampa und Eolo, beide langjährige Gönner und Förderer des Poeten Tino Trenta und immer ernsten Blickes auf der Seite des Humors, dachten sich gelegentlich Späße aus. Sei es, daß sie sich seine Badeabneigung vornahmen oder seine Furcht vor Fußmärschen in der prallen Sommerhitze und zu diesem Zweck ein gemütliches Sitzen und Fischessen im Schatten einer Pergola am See vorgaben, um ihm dann davonzufahren und ihn quer übers Land Stück für Stück barfuß seine Kleider und Schuhe einsammeln zu lassen.
Auch sein Wissen und Bemühen um korrektes Italienisch ließen sie natürlich nicht unwidersprochen, wenn er Artner wieder einmal anhand eines Zeitungsartikels journalistische Sprachverschlampung vorführte. Da stand Zampa, der Pizzabäcker, immer ganz fromm da und fing lateinisch flüsternd zu beten an.

Immer noch dachte Artner oft an Hebe und wußte nicht einmal, ob sie überhaupt noch in Spanien war oder ob sie ganz einfach von sich aus ihr Fernverhältnis beendet hatte. Alles war anders gegangen, als sie es sich in Madrid ausgedacht hatten. Er sollte irgendwo in einem andalusischen Dorf oder ganz im Süden am Meer sein und sie dann nachkommen. Und auch von Barcelona und sogar von einem längeren Besuch im Herbst in der Festspielstadt war die Rede gewesen, und nun wußte er wieder einmal überhaupt nichts. Nur daß sie bei Doktor Eisner gewesen war, den er auf seiner langwierigen Rückreise in Barcelona besucht hatte, hatte dieser ihm später an seine Adresse in der Festspielstadt mitgeteilt. Aber auch nicht mehr, als daß sie bei ihm gewesen sei und nach Artner gefragt habe. Gewiß, wäre er nicht zwei Wochen, sondern ganze sechs Wochen in Malaga geblieben, hätte er sechs Wochen in Malaga gewartet und durchgehalten, hätte es geklappt, hätten sie sich getroffen. Aber er hatte nicht sechs Wochen in Malaga gewartet, nicht nach Madrid sechs Wochen in Malaga durchgehalten. Es war dann ganz rasch auch zu einer Geldfrage geworden.
Zuerst war ja alles gutgegangen.
Gleich am ersten Abend die Unterhaltung mit Ben Hamadi und die eindeutige Erkenntnis, daß Davonlaufen vor der Kultur lächerlich ist. Und daß der Süden von vornherein um einen Rock wärmer und mindestens um fünf Dutzend Polizisten in Sichtweite ärmer sei. Auch die Spaziergänge hatten ihm gefallen. An sie dachte er auch jetzt noch gern. Schon bald in der Früh weit hinaus am Meer entlang. Kaum Touristen, nur still verharrende Fischer und Sammler von Muscheln. Das Meer faszinierte ihn und gefiel ihm immer. Auch das Quartier war in Ordnung, zwei Fenster und zwei Tische!
Aber dann dieser verdammte Weinabend!
Ein der Farbe nach dem Most ähnlicher Wein. Er rann ölig und

schmeckte süß und roch nach Trauben. Südlich und leger spanisch geht's da zu, erinnerte er sich, gedacht zu haben. Laut, Stimmengewirr und sogar einige lachende Frauen mit Kopftüchern zwischen den Männern mit Mützen und dunkelbraunen Fingern, viel mit Rauchen beschäftigt. Schauten ihn nicht einmal scheel und mißtrauisch an, als er ein zweites Mal eintrat und sich erst gar nicht mehr um einen Stehplatz an der Schank bemühte.
Ein guter Wein, ein wirksamer Wein, den er da allein an einem als Tisch benützten Faß getrunken hatte. Auch die Sitzvorrichtung ein Faß. Es wackelte ein wenig.
Zuerst ein Glas und noch ein Glas hatte er getrunken und dann gleich eine ganze Flasche bestellt und sich mehr und mehr in einer Osteria in Urbs Vetus geglaubt und den Wein auch noch am nächsten Tag gespürt. Aber an das Heimkommen in die Pension versuchte er sich vergeblich zu erinnern. Einiges blieb ihm dabei unklar. Einerseits war er heimgekommen und hatte es anscheinend geschafft, sowohl Haustür als auch Zimmertür aufzusperren, beides hatte Gefühl verlangt, andrerseits war es umsonst gewesen, länger nach der Armbanduhr und der Geldtasche zu suchen.
Hatten einfach nicht mehr zu seinen Besitztümern gehört, und so manches an Schwung und Wohlwollen für die Suche nach dem wahren Spanien, wie er es sich von Madrid aus vorgenommen hatte, war ebenfalls weniger geworden.
Vom Corso her kam schon etwas Lärm, und im Gang war vereinzeltes Türenschlagen zu hören, aber unten im Hof war alles noch ruhig, nur der Hotelhund tappte umher. Und die Zimmer daneben und darunter lagen auch im Schlaf, wie ihm schien. Hatten sich wieder einmal von Paar zu Paar zu Liebestätigkeiten angeregt.
Schon allein dieser Liebschaftsgeräusche wegen kam ihm immer wieder Hebe in den Sinn. Diese blöde Weingeschichte! Ohne diese Weingeschichte wäre er vielleicht nicht mit den

dreien weitergefahren, hätte er sich nicht auf diese ganz und gar verrückte Autogeschichte eingelassen, wäre er nicht Hals über Kopf zu Larry und Quint in Ruperts Mercedes gestiegen. Hätte mit dem restlichen Geld, das er im Zimmer versteckt gehabt hatte, mit dem Zug über Madrid nach Barcelona fahren können. Hätte ja einige Tage bei Hebe bleiben können. Anstatt mit zwei Amerikanern und dem Regensburger Rupert portugiesische Revolution besichtigen zu fahren. Wäre er eben nicht in Aracena und nicht in Beja und nicht in Coimbra und nicht in Pontevedra gewesen. Pontevedra war ein höchst sonderbarer Ort. Alle vier hatten sie nicht verstanden, was in die Leute in Pontevedra gefahren war. Außer ihnen weit und breit kein Tourist, Hotels und Pensionen leer und armseligst herumhockende Männer, aber wo sie es auch probierten, ob drei, ein oder kein Stern, die Quartiervergabedamen von Pontevedra schüttelten ausnahmslos ihre Köpfe und sagten entschieden nein. Logen einfach unter der Tür stehend, daß sie kein Zimmer hätten. Dabei waren alle vier Quartiersuchenden ohne Bart, militärmäßig kurzgeschoren, und Artner war sogar mit Filzhut unterwegs. So mußten sie einfach wieder in den Mercedes steigen und weiterfahren, und Rupert war nur noch wütend, redete schon von Beja weg nichts mehr, war mit dem Militärkoch Quint ganz und mit dem hinter ihm sitzenden Larry fast zerstritten und mit seinem Vater, der während der langwierigen Autofahrt die meiste Zeit als stiller Begleiter in seinem Kopf war, noch viel mehr. Der hatte ihm wegen zu schlechter Noten im Zeugnis oft lange den Schädel unters kalte Brunnenwasser gehalten. Nur Larry, wie Quint in Deutschland beim Militär und schon bald auf dem Heimweg nach Kalifornien, versuchte es manchmal mit Einlenken und mit Reden, sah aber meist wie die anderen aus Sicherheitsgründen an Ruperts Kopf vorbei nach vorn auf die Straße und war meist auch mehr am Überleben als an zeitvertreibender Unterhaltung interessiert.

Die Sicht war oft noch viel schlechter als der Zustand der Straße oder das, worüber sie gerade rumpelten, schaukelten, rasten oder polterten.

Ohne Süden und Malaga, ohne Palmen, Meer, Wein und Flamenco und der durch Journalisten erweckten Neugier für Portugal wären sie wahrscheinlich nie auf diesen Gemeinschaftsunsinn gekommen. Sie, aus andalusischen Dörfern kommend und in Malaga froh, nicht mehr in einem fort von Hunden und Kindern begleitet zu werden, atmeten auf und waren ganz auf Erlebnisse aus, erhofften sich, Nichtgefundenes und ungewollte Abenteuer durch die Reise nach Portugal wettzumachen. Daß aus dem Unternehmen dann ein einziges Festklammern am Lenkrad, entschlossenes und verbissenes Schalten, Bremsen, Gasgeben, sofort wieder Schalten, Bremsen, Gasgeben und Lenken würde, hatten sie in Malaga nicht wissen können, auch der Fahrer und Autoinhaber nicht. Nicht einmal ihm, dachte Artner öfter, wäre bei Reisebeginn eingefallen, daß ihr fröhlich beschlossenes Unternehmen irgendwann in einen verbissenen Autokampf gegen Kurven, Schlaglöcher, Straßenenge, Wetter und sich selber ausarten würde. Der Einfachheit halber mußte dann einfach der blonde Quint für den Unfug herhalten. Dabei hätte vollauf Ruperts Vater genügt.

Bis Aracena, auf einem Hügel und auf halbem Weg zwischen der Grenze zu Portugal und Sevilla, ging ohnehin alles gut, war das Wetter bestens und das Quartier einladend, Zimmer mit Sicht über die Ziegeldächer und von einer Anhöhe aus noch mehr Sicht weit in eine hügelige Landschaft hinaus, daß Artner, wären nicht auch da, wie es die anderen schon kannten, sofort nach ihrer Ankunft Kinder und Hunde um sie herum und hinter ihnen her gewesen, womöglich für eine Weile allein in Aracena geblieben wäre. Jedenfalls kam ihm vor, daß er

irgendwann nach Aracena zurückkommen würde. Mit einem Schwung Arbeitsvorhaben und der Ruhe wegen, erinnerte er sich, auf der Weiterfahrt gedacht zu haben.
Und Beja, ebenfalls auf einem Hügel gelegen, war dann mindestens so gut. Da wurde getanzt, getrunken und gesungen. Da ging's gleich überhaupt um Freiheit. Einen ganzen Abend lang war von nichts anderem als von Freiheit die Rede. Eine Portugiesin mit gelocktem Haar und rauher Stimme ging im Lokal umher und sang traurige Lieder, lachte und setzte sich unterschiedslos bald da, bald dort an einen Tisch und schwärmte vom Anbruch einer neuen Zeit. Die Journalisten hatten in den Zeitungen ein völlig anderes Bild entworfen. Laut Reportagen hätte alles streng und militärisch zugehen müssen, aber in der Tat waren sie zu ihrer Verwunderung von der Grenze bis Beja nicht ein einziges Mal angehalten worden und hatten kaum Uniformierte mit Gewehren gesehen. Auch nicht in der Stadt Beja. Hatten sie sich den Reportagen folgend auf eine Ausgangssperre und frühabendlichen Verbleib im Hotel eingestellt, schienen die Nacht und das Wohlwollen füreinander in den Lokalen kein Ende zu nehmen.
Und von Beja weiter kamen ihnen auch kaum Soldaten und schon gar keine Straßensperren unter, aber da hieß ihre Reise ohnehin bald nur noch Rupert und »wie komme ich auf schnellstem Weg aus Portugal und Spanien hinaus«.
Und weil es in Lissabon in Strömen schüttete und sie nach dem fünften Hotel die Zimmersuche aufgaben, blieben sie im Auto sitzen und fuhren weiter.
Portugiesische Revolution, ein schöner Hotelzimmertrick der Journalisten. Die rassige Portugiesin von Beja singt wahrscheinlich noch. Bei der und ihren traurigen Liedern wäre Artner schon gern zurückgeblieben und hätte sie in ihrem Glauben an den Ausbruch der langersehnten Freiheit zugunsten befreiender und weltentrückter Stunden belassen. Im Liebestaumel hätte er gewiß nicht gesagt, daß auf Dorfplätzen herum-

zustehen und zu warten nichts hilft. Frauen hatten mit Taschenmessern Gras geschnitten und es in großen Bündeln auf den Köpfen stumm an den wartenden Männern vorbeigetragen. Das hatte er mehrmals nach Verlassen der singenden Portugiesin auf Ruperts eiliger Weiterfahrt gesehen und gedacht: *Da geht's ja erst um Arbeit! Die portugiesische Revolution ist nichts als Arbeit!* Eine Sichel in Frauenhand war schon ein modernes Instrument, und wenn er dort und da auf einer männlichen Schulter eine Sense erblickte, nickte er anerkennend dem Träger zu und dachte: *buon giorno, capitalista!*

Urbs Vetus

Vannini war schon auf, stand mit langer dünner Zigarre hinterm vollgeräumten Schreibtisch und war sogar freundlich an diesem Morgen. Geht es voran? fragte er Artner und überreichte ihm eine Benachrichtigung der Post. Vielleicht etwas vom Theaterverleger aus München oder Schlimmeres vom Fernsehen aus Wien. Der Griechenbeislvertrag mit den sieben Lachminuten war noch nicht ausgestanden, obwohl der Initiator und Auftraggeber während Artners Lachübungen in Madrid und Malaga im Zuge einer Umstrukturierung seines Postens verlustig gegangen war. In die Luft und umsonst hatte Artner auf Lachmöglichkeiten hin geübt und dazu den Vorschuß verlebt. Hebe zuliebe hatte er sich diesen Drehbuchschreibauftrag aufgehalst. Der lag ihm nun ohne Lachminuten im Magen und zu seinem Trost wohl anderen Schreiberinnen und Schreibern auch. Waren ja viele zu Umschulungszwecken zu diesen *Begegnungsabenden ins Griechenbeisl* gekommen und mit Aufträgen in die Wiener Nacht hinausgewankt. Er

hätte besser daran getan, sich auf Dauer um einen Nebenjob bei der Nationalbank zu bemühen.
Hätte weniger Kopfzerbrechen und viel mehr Geld gebracht. Müßte nur hin und wieder zu einer Sitzung nach Wien und könnte an den eigentlichen Anliegen unbeschwert weiterarbeiten und hätte vielleicht sogar bei der Sizilianerin Chancen. Das war das Neueste, daß Artner nun in der Früh am stillen Robert vorbei und noch vor dem Markt und der Mauer in die Pasticceria zur Sizilianerin ging. Bei ihr gab es den besten Cappuccino von ganz Urbs Vetus, und der kostete um hundert Lire weniger als bei den anderen. Aber auch wenn sie den bekümmerten Roberto in der Qualität unterboten hätte, wäre Artner zur Sizilianerin gegangen. Eine schlanke, zartfingrige, ernstblickende Schönheit. Immer zu ihrem Vorteil angezogen. Lächelte Männern nie zu, lachte aber öfter herzhaft mit anderen Frauen, oft Schönheiten wie sie, die sich anscheinend in den früheren Morgenstunden bei ihr zum Frühstück einfanden und dann auf einmal wie vom Erdboden verschwunden schienen. *Womöglich noch nicht ganz gestorbene Etruskerinnen,* mutmaßte Artner manchmal. Spielten vielleicht nur Lebende, um ihn abzulenken und ihm den Kopf zu verdrehen. Nur das Notwendigste sagte die Sizilianerin, nur der Preis der Konsumation oder vielleicht der Klarheit wegen die Wiederholung von etwas Bestelltem kam ihr Artner und anderen männlichen Konsumenten gegenüber über die Lippen. Hielt sich männlichen Andrang mit Augen und Schweigen leicht ein Jahrhundert weit von sich, unabhängig ob sie sitzend kassierte oder hinter der stets polierten Vitrine stand und bediente oder mit der Kaffeemaschine beschäftigt war. Auch modische Schönlinge erreichten bei der Sizilianerin nichts, gingen oft mit dem Zeigefinger fuchtelnd von ihr davon, sagten sich, daß sie immer noch Männer seien, und gingen ein anderes Mal nur noch mit erhobenem Kopf vorbei. Aber Artner, ob willkommen oder nicht, kehrte bei ihr ein und konsumierte und redete

sich manchmal auf den guten Kaffee aus, was natürlich auch nichts half. In Gedanken freilich schwebte ihm allerlei lieblicher Blödsinn vor.
Hoffentlich nicht etwas von Nancy, befiel es Artner, als er von der Sizilianerin weg den schon belebten Corso in Richtung Theater und Post hinunterging. Nancy war alles zuzutrauen: ein Bündel Liebesbriefe expreß und eingeschrieben voraus und sie bald mit Schwung hinterher. An Nancy dachte er während der nächtlichen Hotelliebeskonzerte auch öfter und fürchtete sich manchmal, sie könnte plötzlich in einem Miniröckchen dastehen. Würde binnen eines Abends alle vatikanischen Tugenden in Urbs Vetus unterhosenlos auf den Kopf stellen. Hoffentlich nichts von Nancy, dachte er und war um so beruhigter, als er später mit einem ziemlichen Ding von Paket die Post verließ. Unterm aufgescheuerten Packpapier befand sich sein langer Münchner Wintermantel, den ihm Fremuth vor fast einem Jahr von der Festspielstadt aus nachgeschickt hatte. Der hatte sich also doch tapfer und unbeschädigt bis zu ihm nach Urbs Vetus durchgeschlagen und gab zusätzlich Anlaß, weiter auf Nachricht von Hebe zu hoffen. Sind vielleicht doch nicht auseinander, nur die Briefe noch nicht richtig am Ziel. Kann sein, daß nicht Nancy, sondern Hebe eines Tages unverhofft in der Empfangshalle im Benalzato steht.
Es mußte ein besonderer Tag sein. Gleich zwei kommunistische Zeitungen lagen trotz Vanninis Anwesenheit unbehelligt im Foyer zuoberst auf einem Stoß Zeitschriften. Das Herumliegen kommunistischer Druckwerke duldete Signor Vannini äußerst selten. Sestillias schrille Stimme und Gegenrufe und Gelächter hallten durch Mauern und Gänge, unbedacht laut, so daß selbst die ausdauerndsten Schläferinnen und Schläfer aus den Betten mußten. Zu gewissen Vormittagsstunden, während unter Sestillias Kommando aufgeräumt wurde, war ihretwegen das Benalzato immer das lauteste Hotel. Selbst hundert deutsche Richter hätten gegen Sestillias Stimme und Redefluß

nichts auszurichten vermocht. Kam alles direkt aus dem Bauch und streifte das Gehirn nur selten. Auch ein zeitversetztes Element, wie so vieles in Urbs Vetus. Manchmal störte es Artner, so daß er ruckartig aufstand und hinausging. War eben auch fixer Bestandteil des Benalzato.
Die wohlgenährte Porchettafeilbieterin war natürlich da in ihrem Bus auf dem Markt, immer sichtlich gut postiert unmittelbar nach dem mittleren Hauptzugang, lieb lächelnd und mit großem blinkendem Messer auf dem braunen Rücken eines aufgespießten Schweines ohne Kopf und ohne Gliedmaßen, mit Innereien und viel Kräutern im zugenähten Bauch. Das Schwein war noch fast ganz, als Artner im Gedränge stehenblieb und sich sagte, sieht verdammt gut aus, probier's wieder einmal. Die Verkaufshandhabung der wohlgenährten Feilbieterin kannte er ja schon. Immer um ein Lächeln bemüht und die Messerspitze oben auf den appetitlichsten Teil gerichtet und dann flink hinunter zu Bauch und Fett. Und schwupps, wieder war sie schneller, wieder häufte sie ihm Nichtgewünschtes reichlich aufs Papier, aber er war guter Dinge und ließ es ihr durchgehen, freute sich ja über jede kleine Übergehung und hielt sich zugleich auf diese Weise selbst die Einheimischen mit Erfolg vom Leib. Aber Tizionero auf der Mitte des Platzes gab sich mit der Waage nicht kleinlich und blieb mit dem Preis korrekt, andere gingen sogar mit versehentlich liegengelassenem Wechselgeld hinter einem her.
Den Markt ließ Artner nie aus. Er gefiel ihm immer und gehörte zu seinen Studien. Donnerstags und samstags immer groß mit Marktleuten von weit außerhalb, die an verschiedenen Orten ihre Standplätze hatten und nur auf Märkten verkauften, aber auch Kleinstanbieter mit zwei Enten und einigen Tomaten und Kräutern. Er ging nicht mehr hochnäsig an ihnen vorbei, dachte nicht mehr bloß an ihre Armut, obwohl sie bescheidener dasaßen als ein Casarelli oder gar ein Pirolo. Die handelten mit nichts und waren mehr. Er selber verkaufte

ja schon, war stundenweise auch schon Marktmensch. Stundenweise stand er auch schon unter den Marktleuten, zählte Eier in Papiersäcke, kassierte und paßte auf, daß er nicht zu viel oder zu wenig herausgab. Und auch lebende Hühner und lebende Tauben oder einen lebenden Truthahn fischte er nach Wunsch aus einer der Steigen und schwitzte, und andere lachten oder schmunzelten, während er eines von diesem Viehzeug in einen Sack zu bringen versuchte, um es dann an die Stingelwaage zu hängen und sie der Einkäuferin gut sichtbar vor die Augen zu halten. Die zuerst ruhig in der Steige harrenden Viecher merkten natürlich, daß eine zaudernde Hand nach ihnen griff. Er machte sich ja doch Sorgen, von bestimmten Leuten in gebückter Haltung über einer Geflügelsteige gesehen zu werden. Erinnerte und rühmte Trenta sich wieder einmal, in Mainz in einer Tellerwascherei (statt ä sagte er immer a) gearbeitet zu haben, so war das ja eine versteckte Tätigkeit, wogegen Artner völlig offen agierte und unbeholfen noch dazu. Darüber ärgerte er sich am allermeisten. Ein aufgeweckter Schreihals, wie es viele ringsum waren, die sich darin schon von Kind auf geübt hatten, war Artner freilich nicht. Paßte ihm anfangs überhaupt nicht in sein Konzept. Wollte ja alles in Distanz und Ruhe haben. Warum verstand das Tenore nicht? Eine Kunstexistenz hat Anspruch auf Ruhe. Sogar Bankiers streben nach Ruhe. Sogar die Rechner in den Banken brauchen ihre Ruhe. Warum will er mich und nur mich ins Marktgeschehen verwickeln? Er ging ja oft komplizierte Gedanken wälzend an Vannini vorbei aus dem Hotel und absichtlich allein durch ganz stille Gassen. Keinen von Idas und Tenores Gästen sah er je hinter den Geflügelsteigen und Eierkartons stehen, nie einen Advokaten Giorgio, nie einen Vita Lunga und auch nicht den Kunstbändeverleger, ja selbst Antonia als Schwiegertochter und aus bäuerlichen Verhältnissen stammend, ließ sich nur ungern durch Verkaufstätigkeit eine Urlaubsstunde abknöpfen, tat sich dabei noch schwerer als Artner. Es war ihm oft tatsächlich eine unwillkommene Gedankendurcheinanderbringung und Gefühlsvermischung. Einige Schritte vor dem Stand: die vom vielen Lesen genährte Kunstexistenz Artner und ein paar Schritte weiter ein unauffälliger Eierklauber. Aber das war eben in seinem Kopf. Klein und groß brachte er irgendwie ungeschickt durcheinander wie seine Hände. War halt ein unfreiwilliges Üben.

Typisch marktmäßig ging's bei Ida und Tenore nie zu.

Ida war in jungen Jahren Tabakplantagenarbeiterin gewesen und stand da und unterbot alle ringsum im Ruhigsein, gab nur her, was gewünscht wurde, redete nur manchmal mit anderen Frauen. Und auch Tenore kam nicht aus der Marktbranche, war ebenfalls einmal Arbeiter gewesen, bis ihm das Verhältnis von Arbeitszeit und Leben auf die Nerven gegangen war. Auch er pries nichts an und verkaufte nur Gewünschtes, gebrauchte seine weit über den Markt zu hörende Stimme kaum fürs Geschäft, sondern für Witze und Unterhaltung und nicht ganz ernst gemeinte Sticheleien. Es gingen nicht alle gern an ihm vorbei, mußten es aber, da sich der Stand nahe am Durchgang zwischen oberem und unterem Markt befand. Manch hochnäsige Existenz grüßte er laut von weitem und bot als weiteres Ärgernis ein Glas Wein an. Eine Korbflasche Wein und einige Gläser hatte er meistens mit, und wenn sie einmal ausnahmsweise fehlten, gab's daneben bei seinem Konkurrenten Wein und ungeweihtes Exorzistengebäck aus Assisi.

Ohne kleine Strategien ging's auch bei Tenore nicht.

Nie sagte er, daß er Artner eine oder zwei Stunden zwecks Aushilfe brauchen könnte, und die wortkarge Ida sagte schon gar nichts, blieb einfach eine unausgesprochene Selbstverständlichkeit, daß Artner längst wissen mußte, daß sie an gewissen Tagen auf dem Markt seien. Der doch auch mit etwas List agierende Tenore bemerkte Artner stets erst, wenn dieser leise vor ihm stand, tat dann immer noch so, als wäre er von dessen zauderndem Vorbeikommen überrascht, und begrüßte ihn

jedesmal von neuem wie einen fernen Bekannten. Gestattete sich Artner aber, einmal quer durch das Aufräumefrauengeschrille länger schlafen zu wollen und sich auf dem Markt nicht sehen zu lassen, gab es mehrere Möglichkeiten, ihn später daran zu erinnern, daß er womöglich nicht auf dem Markt gewesen sei. Es gab genug Gehilfen, die verläßlich im Sinne von Tenore wirkten, gezielt und sicher tat dies jedenfalls Vita Lunga. Nicht zu Tenore auf den Markt zu gehen, hatte jedenfalls wenig Sinn. Sich auf einen dringend fälligen Drehbuchauftragserfüllungsvertrag oder eine andere Verbindung auszureden, war zwecklos.
Nur mich verwickelt Tenore in eine Eierverkauferei, dachte Artner. Glauben womöglich, es ist eine Sensation, wenn eine Kunstexistenz auf dem Markt Eier in Papiersäcke zählt. Die Bar Rossi am Nachmittag immer ruhig. Kein automatenspielender Soldat. Aber auch schon lange kein Lächeln der blondhaarigen Serviererin mehr, die war längst weg, hatte einen handtäschchentragenden Blödian geheiratet. Hatte neben ihm vor lauter Glück die Augen nach unten gedreht. Severo, dickbäuchig und nicht ganz zufrieden hinter seinem Pult. Und Artner, mit Block und Bleistift auf seinem Posten, notierte etwas zur Geschichte des Josef M., des Sozialversicherungsträgerhauptverbandspräsidentenstellvertretersekretariatsvorstands, von dem er wußte, daß er mit viel Ernst auf eine Verkürzung seines Titels hinarbeitete. Muzio, groß, ein wenig Bauch und bleich und verschlafen, kam wortlos in die Bar und löste mit einem Brummen Severo von dessen Bardienst ab, und Severo wiederum lud Artner auf eine Spazierfahrt nach Idot ein, was Artner nichts sagte.
Die Einladung aber schien ihm gut gemeint, und er begleitete ihn zur Garage. War anscheinend nicht weit, eine gute Viertelstunde, was natürlich mehr sein konnte. Von Urbs Vetus hinunter und durch die Landschaft. Es gefiel Artner, daß er verschiedentlich zu kürzeren Ausflügen eingeladen wurde. Der

dickbäuchige Severo, den Tenore, ihm ins Gesicht lachend, einen Faschisten genannt hatte, tat dies jedoch zum ersten Mal, und Artner zerbrach sich darüber nicht sonderlich den Kopf. Der hochgewachsene Sohn Muzio war schon ganz und gar mit Autos beschäftigt, und auch Severo schien etwas davon zu verstehen. Artner saß weich und bequem und angenehmst bekühlt, hörte den Motor kaum, und auch als sie die gar nicht schöne Unterstadt mit neuen Hotels und Tankstellen und wieder Tankstellen hinter sich hatten und der mit sich beschäftigte Severo kurz das Gaspedal durchtrat, hörte Artner kaum etwas vom Motor. Das sei eben ein Auto, sagte später einmal Severo zum neben ihm sitzenden Artner. Sie fuhren lang durch eine Serie von kurzen Tunnels und Hunderte von Kurven ab, einen schmalen Stausee entlang. Und sahen hinter Hügeln versteckt allmählich Idot, eine den Hang hinaufgebaute Stadt mit einem Dom ganz oben und einer mustergültig geschlossenen Piazza davor. Severo schien von ihr recht beeindruckt zu sein. Eine Weile stand er nur da und schaute. Er redete an sich selten und hatte es wahrscheinlich auch früher nicht getan. Eigentlicher Zweck der Nachmittagsfahrt war ein kleines Paket, ein Geschenk, das er vor einem Hauseingang einer älteren Frau überreichte, und dann ging er gleich wieder. Gewiß nicht aus Eile, denn er fuhr langsam, hielt auf halbem Weg, blieb am Stausee vor einem Restaurant, außen Baustelle und innen viele weiß und fein gedeckte Tische, stehen, trank Wasser und schonenden Kaffee. Auf der Weiterfahrt fing er an, von Muzio zu reden. Muzio mache ihm Sorgen, sagte er.
Muzio verstehe er nicht. Daß Muzio nicht nur in der Bar, sondern auch in der Wohnung trinke, klagte Severo. Aber mehr und Genaueres wiederum sagte er nicht.
Es war tatsächlich nur ein Ausflug von einer knappen Stunde gewesen. Artner ging anschließend ins Hotel. Alles war kühl und ruhig. Alle ringsum schliefen und ruhten. Nur vereinzelte Stimmen vom Corso her waren zu hören und viertelstündlich

das Schlagen der Turmuhr des alles überragenden Torre del Moro, aber nicht mehr für den dickbäuchigen Severo. Als Artner am frühen Abend zum Corso und zur Bar Rossi hinunterging, war Severo schon einige Stunden tot, er war kurz nach der Rückkehr in der Wohnung tot umgefallen. Vor der Bar Herumstehende redeten schon von der Teilnahme am Begräbnis. Ist also mitgefahren, der Tod, dachte Artner.
Hat sich einfach mit dem beleibten Severo noch einen kurzen Ausflug gestattet und bis zu dessen Heimkehr und Betreten des Hauses gewartet. Scheint Sinn für Ordnung zu haben. Es hätte ja auch unordentlich passieren können, während Severos Piazzabesichtigung oder im Dom, in den er Artner auch geführt hatte. Und in einem der Tunnels oder entlang der vielen Kurven wäre ein Herzversagen auch leicht möglich gewesen. Nein, heimkommen, den ganzen kurvenreichen Weg hin und zurück und den Berg hinauf und hinein in das Labyrinth und das Auto auch noch ordentlich in die Garage gestellt. Alles bis in die Garage ohne Zeichen und Laut einer Beschwerde. War nicht alt, kaum sechzig, das Gesicht immer braun und gesund, und auch die Hitze hatte nachgelassen.
Ging ja schon auf den Herbst zu.
Noch am selben Abend stand alles schwarz auf weiß in großen Lettern in der ganzen Stadt offiziell an den Wänden.
Ging alles recht schnell. Nur am Vormittag, während der Sarg im Dom stand und später zum Friedhof gefahren wurde, konnte Pirolo nicht wie gewohnt zum Zigarettenerwerb in die Bar gehen, aber ab der Mittagszeit war wieder alles auch ohne Severo zu haben.
Auch die Zeitung, die auf einem der Tische auflag, blieb die gleiche. Ermenegilda, seine Frau, und Muzio blieben wie zuvor Severo bei dieser Zeitung, immer schön konservativ und gegenkommunistisch, was aber die Mehrzahl der Barbesucher nicht sonderlich kümmerte.
Die Frau, deretwegen Severo mit dem Geschenk nach Idot

gefahren war, muß wohl eine Bedeutung für ihn gehabt haben. War vielleicht wichtig, daß er bei ihr noch vorbeigefahren ist.
Vom anderen aber, dem drei Jahrzehnte älteren, zu dessen Hausrückseite und nie benützter Terrasse mit Laube Artner von seinem Fenster aus oft hinüberschaute, wollte der vorübergehend ordnende Tod nichts wissen. An dem spazierte er anscheinend immer nur vorbei und überließ es Trenta, Nacht für Nacht leise und manchmal schon schwer atmend die Marmorstufen hinaufzusteigen. Nur Tino Trenta kam immer wieder zu ihm in sein verdunkeltes, großräumiges Sterbequartier und legte sich neben ihm in ein Bett, schlief und wachte irgendwann am Vormittag auf, um festzustellen, daß sie beide lebten, schon wieder einmal lebten. Da ging anscheinend nichts nach Wunsch. Da gab sich der Tod eher komödiantisch, kam nur kurz in die Nähe und war rasch wieder weg.
Das Grab war längst wieder vorhanden, vom Advokaten zurückerworben und schriftlich gültig gesichert, nachdem es Trenta vor Jahren einmal in einem Anflug von Ungeduld verkauft und damit sein Taschengeld aufgebessert hatte. Aber nun war es gar nicht mehr sicher, wer von den beiden es früher brauchen würde.
Der *Clown philosophique* verfügte nämlich zum Erbvorschuß dazu nun auch über ein Auto. Nach zähen Verhandlungen war es ihm gelungen, zu einem roten Sportwagen zu kommen. Verrückte am Steuer und also Chancen, den Friedhof vor dem Onkel zu erreichen, gab es genug. Unbekümmerte Abendausfahrten waren an sich nicht ratsam, verliefen meist ziellos und waren dem Spaß am schnellen Fahren gewidmet. Artner war immer verärgert und froh zugleich, wenn er nach einer lustigen Irrfahrt auf dem Parkplatz nahe am Hotel ausstieg und die ebenfalls dort geparkten Leichenwägen des Bestattungsunternehmens erblickte, oft gleich sieben an der Zahl. Mit Fulvio und den anderen Totengräbern in einer Osteria Wein zu trin-

ken war ihm lieber und unterhielt ihn mehr, als auf gut Glück in der Gegend herumzukurven. Mit Pietro und den drei anderen Verunglückten wäre er ja beinahe mitgefahren, aber als er hörte, daß es zu einer Autobahnstation gegangen wäre, war er nicht eingestiegen und nicht mitgefahren. Wurden gleich vier Särge und vier Leichenwägen gebraucht. Einige Tage wurde über den Hergang des Unglücks und die jungen Opfer geredet, nur über Pietro, auch erst vierundzwanzig, wurde weniger gesprochen, außerhalb des Gefängnisses, aus dem er gerade wieder einmal entlassen worden war, jedenfalls nicht. Ob nun tatsächlich er, ohne Führerschein, oder ein anderer auf gerader Strecke in den Tod gerast war, beschäftigte den *Clown philosophique* nicht und hinderte ihn schon gar nicht daran, sich nun seinerseits mit einigem Wagnis am Straßengeschehen zu beteiligen.

Vergeblich verfolgte Tenore die Abendnachrichten im Fernsehen. Österreich kam nicht vor. Wie Schweden, sagte er. Schweden komme in den Fernsehnachrichten auch nie vor. Von Schweden wußte er das ja schon lange, daß es immer umsonst war, in den Fernsehnachrichten etwas über Schweden zu erfahren, daß aber Österreich, das ihn seit seiner Bekanntschaft und Freundschaft mit Artner zu interessieren anfing, ebenfalls nie im Fernsehen vorkomme, fiel ihm erst jetzt auf und schien ihn zu beschäftigen. Nicht daß Tenore Mord und Totschlag erwartet hätte, wie es zum italienischen Alltag geworden war, aber Schweigen und überhaupt keine Information verstand er auch nicht, und es stimmte ihn ebenfalls mißtrauisch.

Für das Leben und gegen das Umbringen war Tenore ja schon lange, aber nicht für das Schweigen und absichtliches Nichtssagen.

Vielleicht war das ein Grund, warum er es mit Artner genau nahm, warum er mit Artner experimentierte und diesen gegen seinen Willen in ein unbefangenes Eierklauben und Hühnerabwiegen verstrickte und ihn zugleich seinen Kundinnen und Kunden und zur Belustigung anderer Marktleute als *Industriellen der Feder* präsentierte und dabei lachte. Und der meist ruhige Artner schwitzte und wäre weit lieber unauffällig in der Pasticceria bei der strengen Sizilianerin gewesen. Nach und nach kam Artner ja dahinter, daß er für Tenore auch einer dieser bleichen Abkömmlinge aus dem Norden war. Einer aus diesen Ländern, in denen sie hauptsächlich schwiegen und aus denen sie von Zeit zu Zeit mit Machtgehabe daherstapften und den anderen mit kurzem Geschrei Ruhe und Ordnung beibringen wollten.

Bloße Gastfreundschaft war es ja längst nicht mehr. Über diese war Artner ja längst mit einem mehrfachen Dutzend leergegessener Schüsseln und einigen leergetrunkenen Fässern hinaus, hatte längst bei Tenore und Ida jederzeit einen fixen Kostplatz und in der Gunst Vita Lunga und Tizionero überholt, obwohl diese im Rang von Brüdern standen.

Artner war da schon weiter. Bei ihm ging's schon in Richtung Erziehung und Wesensgestaltung. Vom Denken und Lesen allein hielt Tenore nichts. Und er war nicht nur erpicht darauf, Artner über gesellschaftliche Verhältnisse und Vorgänge aufzuklären, sondern wollte ihm zugleich auch noch etwas von seiner Vitalität und Lebensfreude verpassen. Nicht daß er nun unbedingt einen Italiener aus ihm hätte machen wollen, aber zu ruhig und zu bleich und zu langsam war er ihm. Wenn er schon einen angenommen und gegen das Einverständnis seiner Frau ins Haus geholt hatte, gab sich Tenore mit Halbheiten nicht mehr ab. Nur zusammensein und essen und trinken und feiern und dann einfach von allem unbehelligt davonzugehen gestattete er Artner im Gegensatz zu anderen essenden und trinkenden Ausflüglern aus dem Norden nicht mehr. Kamen ja immer mehr und immer häufiger und hatten immer die gleiche Gaudi.

Tenore ließ Artner viele Freiheiten.

Auf den Tisch hauen, entgegenschreien, volle Teller von sich schieben und den Kommunismus in Zweifel ziehen, rohe Eier trinken, Hühner erwürgen und Freunde und Bekannte zu ihm schleppen und essen und trinken bis zum Umfallen war ihm alles erlaubt, aber in seiner Abwesenheit jemanden zu ihm schicken durfte er wiederum nicht. Einen einzelnen Menschen, einen wirklichen Freund und Unkundigen, zwecks einiger Tips zu ihm schicken erlaubte Tenore ihm nicht. Bis zu fünfzig mitbringen ja, aber schicken keinen, war seine entschiedene Antwort gewesen, als Artner ihn einmal um einen solchen Gefallen gebeten hatte.

Schicken niemanden!

Es war doch alles viel genauer und strenger, als Tenore selber ihm anfangs die Dinge erklärt hatte. Zunächst war es eigentlich nur ein gastfreundschaftliches Entgegenkommen gewesen. Die großzügige Geste und *alles Freunde* gab es nur für Neuankömmlinge, die meist ohnehin nichts verstanden und auch nicht vorhatten, ihre Nordeinfalt zugunsten einer feineren und vielfältigeren Betrachtung aufzugeben. Aber Artner als Einzelexistenz und noch dazu als eine aus dem Norden kommende schreibende Kunstexistenz war natürlich etwas anderes.

Da zahlte sich eine genauere Aufschlüsselung schon aus. Einfach nur das Genießen und Schönfinden der Landschaft, deretwegen immer mehr kamen und seßhaft zu werden versuchten, genügte Tenore nicht. Auf Schritt und Tritt war alles voller Geschichte.

Ein ganzes Knäuel von Geschichte und Geschehnissen, das anscheinend schweigend in den Köpfen ruhte und Tag für Tag in den vielen stillen Gassen und auf dem Land draußen verschwiegen umhergetragen wurde. Auch ein wenig wie das Nichtreden in der Maimachergeschichte, aber halt ruhiger und überlegter als in der hügeligen Landschaft der Maimachergeschichte. Dort grölten die Wissenden schon wieder und bestritten entschieden, je etwas von einem Konzentrationslager bemerkt oder gewußt zu haben. Dort ging es ja gedächtnislos weiter.

Aber bewußt nicht Redende und der Geschichte Davongehende gab es auch in Urbs Vetus. Tenore gehörte nicht zu ihnen und auch nicht zu den unbekümmert freundlichen Gesichtern, die meinten, das Mit-sich-Herumtragen der Hammer-und-Sichel-Ausweise würde ausreichen.

Tenore war auch einer mit genauem Gedächtnis.

Anfangs, nach den ersten und für Artner unverständlichen Essensveranstaltungen in der Trattoria del Orso hatte er nur im groben Rundgänge mit ihm unternommen, um ihm Erfahrungen mit scheinbar wohlwollenden Kleinbetrügern zu ersparen und ihm dort und da einen außer Gefecht gesetzten Faschisten vorzuführen. Anfangs schien alles auf einen angenehmen Einstieg mit Essen, Freunden und wieder Essen und Freunden und viel Belustigung hinauszulaufen, wogegen jetzt mehr und mehr ernstere Züge zum Vorschein kamen.

Jetzt sagte er nicht mehr nur, *daß es allen gut gehe und es früher nicht so gewesen sei,* vielmehr nahm das Umhergehen mit ihm, wobei Artner nie wußte, warum genau durch die und die Nebengasse und dann mehrmals ums Eck, zunehmend Seminarcharakter an. Wo Artner oft nichts vermutete und oft schon vorbeigegangen war, blieb Tenore willkürlich stehen, redete vor bescheidenen Eingängen und einer Mauer lange und genauest von den Dingen und Besitzverhältnissen dahinter. Jeden Quadratmeter an nun öffentlich zugänglichem Boden ging er mit Artner mehrfach ab, trat fest darauf auf und setzte sich dann nieder und erklärte den Unterschied zu früher. Tatsächlich Stufe um Stufe und nach Quadratmetern führte er Artner den Unterschied von früher und jetzt vor und pinkelte dort und da sogar hin, um zu demonstrieren, daß er eindeutig auf zugewonnenem Kommuneboden stehe und sich nicht fürchte. Aber Artners zustimmendes Kopfnicken und andere

Beipflichtungen genügten ihm nicht immer. *Einen Dreck hast du verstanden, nichts verstehst du!* fuhr er Artner zwischen Erläuterungen laut und scharf an, so daß dieser zusammenzuckte.

Dagegen half dann nur Stampfen und Fluchen. Gehörte anscheinend auch zu Tenores Programm, daß Artner laut und tüchtig fluchen lernte. Nach jedem kräftigen Fluchen schien Tenore mit ihm zufrieden zu sein. Danach fuhr er immer ruhiger mit seinen Erläuterungen fort.

Einen Dreck hast du verstanden! Nichts verstehst du!

So redete Artner nie mit jemandem und niemand außer Tenore mit ihm und nur mit ihm, wie ihm schien. Das gab ihm freilich zu denken, warum ihm Tenore immer wieder entschieden ins Gesicht sagte, daß er nichts verstanden habe. Das paßte einfach nicht zu seinem sonstigen Wohlwollen. Und Sprachwissenschaftler war Tenore schon überhaupt keiner. Fremuth, im sprachwissenschaftlichen Rausch, ließ sich freilich auch zu ähnlichen Verständnisaberkennungen hinreißen, aber da ging's um technologisch Spezielles und sprachlich Universelles, wogegen Tenore unter heiterem Himmel im ehemaligen Offiziersreitclub und nun Kommunegarten von Artners Nichtverstehen redete.

Wissen sprach er ihm nie ab, aber Verstehen öfter.

Und Artner, auch wenn er meinte, Tenore besser als andere zu verstehen, begriff wiederum lange nicht, daß dieser ja auch eine Lebensschule mit ihm betrieb.

Da war er doch zu nördlich und zu schwerfällig, kam nicht auf den Gedanken, daß Tenore ja schon die längste Zeit einen *Lebensunterricht* mit ihm veranstaltete.

In der Tat wähnte sich Artner öfter schon mehr als Zögling denn als Freund. Vor lauter Aufpassen und Zuhören schwitzte er oft schon nach einer Viertelstunde. So weit brachte ihn eigentlich nur manchmal der Verleger, dessen Strategien und Geschäftssinn er bei weitem nicht gewachsen war. Und auch

ein Schuldirektor und Untertanenerziehungsleiter in seinem sonderbar wichtigen Amtszimmer oder ein mit Kultur beauftragtes Fernsehteam mit Lampen, Überheblichkeit, Lächeln und Eile und Schlampereien in den Köpfen brachte ihn zum Schwitzen, aber nie ein Pfarrer oder Bankfilialenleiter, nie eine Bordelldame und auch nicht ein Arbeiterkammer- oder Gewerkschaftsgebäude. Und selbst Fremuth, die schöne Literaturliebhaberin und Albert Singnicht zusammen und gleichzeitig mit ihrem dreifachen, unterschiedlichen Wohlwollen hätten Artner nie so rasch ins Schwitzen gebracht und in den Bann gezogen, wie dies bei Tenore der Fall war. Seine Stimme allein war schon um ein Vielfaches kräftiger als die durchschnittlichen. In seiner Umgebung hatten sie ja alle kräftige Stimmen, aber die Tenores ging durch einen hindurch und wurde wahrscheinlich auch in den Gräbern gehört.
Mit ihr mithalten zu wollen wäre ohnehin aussichtslos gewesen. Aber auch Themenunterbrechungen und Ablenkungen halfen wenig. Artner versuchte ja oft eine Verlangsamung, warf Zwischenvergleiche ein, um nicht gänzlich in eine Schülerrolle abzugleiten. Tenore sagte ja auch Sätze, an die Artner sofort anknüpfen und von Verhältnissen in seinem Land reden hätte können. Sätze, die er gern aufgeschrieben und für seine Geschichten gebraucht hätte. Aber da fragte er gleich energisch: *Bist du nun Schriftsteller oder Journalist?* Er duldete ja nicht einmal ein Wörterbuch. Anfangs hatte Artner ja noch öfter ein Wörterbuch mitgenommen und es dann nicht benutzt. Wörterbuchblättern war neben Tenore immer unmöglich und lächerlich gewesen. Das duldete er nur bei einmaligen Besuchern, wo es um nichts ging.
Aber jetzt ging's um eine bestimmte Sicht und bestimmte Themen, und Artner war nicht mehr Gast, sondern Schriftsteller und Schüler und nach den Lektionen wieder Freund, aber oft nur Schüler. Ob Poeten oder Schriftsteller und Maler sich wichtig dünkten, beeindruckte Tenore nicht im geringsten.

Auf einige solcher Kunstexistenzen, deren Werdegang er verfolgt hatte, schaute er ja schon zurück und redete nicht mehr von ihnen. Mit Artner aber nahm er es genau, stopfte ihn lautstark mit Essen, Erlebnissen, Wein, Ansichten und Geschichte voll, so daß einiges in ihm zusammensackte und er beim Weggehen nie mit Sicherheit sagen konnte, wer er nun wirklich war. Wenn er wegging, war er nie der, als der er hingekommen war, immer kam ein Stück dazu, und irgend etwas von einer Fassade fiel weg. Es gab auch Dinge, von denen Tenore nicht redete. Von den sieben Märtyrern sprach er beispielsweise nicht und auch nicht Tino Trenta. Nicht einmal zum Denkmal der sieben Märtyrer führte er ihn.
Und Artners Freunde in der Oberstadt, die ebenfalls nie die sieben Märtyrer erwähnten, die Freunde aus dem Lager Trentas, das sich dessen Geld zuliebe vermehrte, gaben sich bis zu zwei Tage lang zugeknöpft, wenn er von Tenore kam. Sein Kommen und Gehen bei Tenore wurde in Trentas Kreisen immer mit Schweigen übergangen. Kunstförderer und Künstlerhochlebenlasser und Künstlerkostplätze gab es natürlich auch in der Oberstadt zur Genüge, und sie waren fast alle dem Einfluß des ehemals barfußgehenden Poeten Tino Trenta zu verdanken, dem Artners Umgang mit Tenore mehr und mehr zu mißfallen anfing. Er wußte freilich nur zu gut, worauf dieser Umgang mit Tenore hinauslaufen könnte, und Tenore wiederum hatte auch eine ziemlich genaue Vorstellung über die Verzweigung der Wege und Möglichkeiten im Labyrinth der Oberstadt. Es waren ja zwei entgegengesetzte Geister am Werk, beide von unten kommend und nun mit unterschiedlichen Zielen unterwegs; der eine streng nach gerechterer Aufteilung sinnend und in einem fort Leben austeilend, und der andere mit ebensoviel Kraft und vielen Schlauheiten Leben kassierend. *Clown philosophique* und Klassenkampf ganz praktisch und verfänglich nebeneinander. Hatten beide unabhängig voneinander arbeitende Lobbies und wußten wahrschein-

lich über jeden lautlosen Spaziergang Bescheid. Der *Clown philosophique* hatte darüber hinaus noch dazu uneingeschränkt Zeit.

Urbs Vetus sei nicht Realität, vertraute Trenta ihm an, als sie wieder einmal allein, nur er und der Zögling und Schüler Artner, von der Trattoria del Orso kommend über die abendliche Piazza Repubblica gingen, langsamst, in Trentas Tempo natürlich, auf das sich Artner schon längst eingestellt hatte, ein Gehen im Einklang mit Temperatur, uraltem Gemäuer und Jahreszeiten, wie es nur ihm eigen war. Ein Gehen, das aus der Ruhe kam und nicht italienisch, sondern etruskisch war.

Vieles in Urbs Vetus war ja etruskisch und umbrisch und italienisch eben auch.

Das Etruskische zog ihn und viele ja an, und er wußte und verstand es nur nicht, daß das Etruskische mit im Spiel war. Das Etruskische verstand er nicht, er sah nur Augen, Ruhe und Teile davon und ging wie andere verwundert daran vorbei und darüber hinweg.

Schicken niemanden!

Einen einzelnen Menschen, einen wirklichen Freund und Unkundigen zwecks einiger Tips zu ihm zu schicken, erlaubte Tenore Artner nicht.

Bis zu fünfzig mitbringen ja, aber schicken keinen! ist seine entschiedene Antwort gewesen, als Artner ihn um einen solchen Gefallen gebeten hat.

Schicken niemanden! hat der großzügige Tenore ganz entschieden gesagt.

Hausherren, Vermietagenturen, Lebensmittelmärkte, Tankstellen, Werkstätten, Autohäuser, städtische Busunternehmen, Eisenbahn, Post und Telefongesellschaft, Stromgesellschaften, Fernwärmehändler, Heizölhändler, Schuhgeschäfte, Textilabteilungen, Rundfunk, Fernsehen, Zeitungsverlage, Krankenkasse, Versicherungen, Kirche, Gewerkschaft und Kammern und Magistratsabteilungen und Beamte und Abteilungen der Landesregierung und noch viele mehr verlangten nach mehr *Freude* (zu Geld, wenn es ihm galt, sagte der Verleger immer Freude) und wollten von der Plage eines einzelnen nichts wissen, kassierten einfach und wollten ihre Ruhe. Tatsächlich fest in der Hand hatten die Obertanen die Zügel und die Geschichte nicht mehr. Wo und wann sie am dringendsten hätten kontrollieren sollen, wußten sie oft nicht mehr. Vor allem bei Bränden kannten sie sich nicht aus. Immer häufiger, und oft schon recht geschickt, wurden Gebäude und Anlagen niedergeheizt. Ob nun tatsächlich aus Spaß und Freude am Anzünden und am Feuer, ob aus Rache gegen Eigentümer, ob mehr aus Genuß am Durcheinanderbringen und Losgehen von perfekt eingeübten Löschaktivitäten oder lediglich aus Übereifer einer Untertanenexistenz, die gern löschte und auf Auszeichnungen aus war, war schwer zu sagen. Die für das Brandstifterfangen eingesetzten Spezialisten waren die Überraschten und von Brand zu Brand hinten nach. Unterm Glanz geplagt und gespalten lebten schon viele, und die Meinungsvoraussageinstitute, die sich natürlich Meinungsforschungsinstitute nannten und sich guter Einkommenszuwächse erfreuten, tappten trotz eifriger Leutebefragung mehr und mehr im dunkeln. Selbst sie spalteten sich in Rechnungsbetrag einerseits und nicht erbrachter Klarheit andrerseits. Die an Macht gewöhnten Politiker, die nur äußerlich Einzelpersonen ähnelten, hatten mit den Meinungsforschern immer mehr Verdruß,

verdankten ihnen schon mehr Glatteisgänge als nützliche Hinterhaltschlauheiten. Aber pleite gingen die Markterkunder und Meinungserkunder deshalb noch lange nicht.
Lebten ja nach der sicheren Formel *Tue ich es nicht, tun es andere,* und zum Fragen und Zählen gab es immer genug. Hauptsächlich waren sie ja eifrige Zähler.
Gehörte man zu einer halbwegs repräsentativen Schicht, wurde man ja in einem fort befragt und das Ergebnis zusammengezählt. Außer Haus log Artner ja längst fleißig mit und gab sich als Suppenwürfelvertreter, Waggonreiniger, Spitalsberater, Rechnungshofbeamter oder Sargtischler oder Heizer aus, hatte immer mehrere Kinder, lebte mit Frau im geregelten Ehestand. War er früher sogar gutaussehenden Befragerinnen unter ihrem Befragungsdiktat davongegangen, blieb er jetzt bereitwillig stehen und log ihnen die Fragebögen voll.
Rief der ansonsten eher beliebte und nur von Wirten gefürchtete Landesvater auf Grund der Intervention einer Kammer oder eines Verbandes wegen eines entstehenden Buches wieder einmal beim Verleger an, um zu fragen, *ob denn das sein müsse,* wußte der aus kleinen Verhältnissen kommende Landesvater und Landeshauptmann natürlich in etwa, worum es gehen würde, aber alles und genau im einzelnen auch wieder nicht. Und zu Schreibbeginn wußten es ja nicht einmal die Autoren, weder ob es ihnen gelingen, noch wo und wie es dann veröffentlicht würde. Ein Büchergegner, ein der Kultur davonlaufender Politiker, war der Landeshauptmann und Landesvater nicht, er las sogar die Bücher, die ihm für Auszeichnungen vorgeschlagen wurden, nur unangenehm und peinlich waren ihm mehr und mehr die aus der Sicht der unteren Schichten geschilderten Darstellungen. Das Verlegeranrufen ging ja oft nicht von ihm, sondern von einer Kammer, einem Verband oder einem Verbund aus, von irgendwelchen Mitgliedern, die sich von der Obrigkeit Schutz und Ruhe erhofften.

Altersweisheit ist Quatsch!
Alles Quatsch, Altersweisheit ist Quatsch! so Karl Heinrich Waggerl anläßlich seines 70. Geburtstages zur schönen Literaturliebhaberin auf die Frage, was sein Vermächtnis an die Jugend sei. Altersweisheit ist Quatsch! sagte er mehrmals erbost ins Mikrophon. Im Gegensatz zu einem Heer von Dirigenten, die sie weder in der Felsenreitschule noch im Kleinen Festspielhaus und auch nicht davor dirigieren ließen, durfte Waggerl als Nichtmusiker und Nichtdirigent mit Mikrophon und Lampe in das Große Festspielhaus hinein. Ein ganzes Heer von Dirigenten dirigierte zeitlebens mit großem Fleiß um die Wette, um im Großen Festspielhaus dirigieren zu dürfen und kam nicht einmal in die Nähe davon, aber Waggerl ging jedes Jahr in das Große Festspielhaus hinein und las mit brüchiger Stimme Geschichten zu Weihnachten und Advent. Andere wiederum, denen das immer Zuwenige zuviel wurde, rafften sich auf und stiegen über viele Stufen an der Felsenreitschule vorbei den Berg hinauf und schleppten sich oben bis zur fast immer todsicheren Terrasse. Diese wurden dann immer registriert und von Zeit zu Zeit zusammengerechnet, und alles ging, noch während ihres Fallens, gezähmt, frisch und unbedacht weiter.
War immer alles nahe beieinander.
Tod, Festspielhaus und Festung.
Verzweiflung, arroganter Kunstsinn und darüber thronendes Machtgemäuer und viel Klösterliches und Kirchenfürstliches darunter, mit bestfunktionierendem Gehorsam, Meuchelgedanken, Fleiß und Geschäftssinn.
Viel Loden und wieder Loden.
Artner staunte immer wieder aufs neue, auf wie viele Arten man sich in Loden kleiden konnte. Selbst Präservative gab es schon aus Loden, und die wurden auf Wahlkundgebungen diskret verteilt. Und viel Fleiß und Phantasie wurden natürlich auf Trachten verwendet. Auch darunter trugen Frauen fast nur

noch Trachtenunterwäsche. Bestickte Trachtenunterwäsche freilich.
In den Hotels hatten alle Bediensteten einschließlich der Aufräumefrauen statt eines Kalenders längst alle Programme und Aufführungen der verschiedenen Festspiele als Zeitorientierung im Kopf. Es erging ihnen aber um nichts besser als den mit ihrem Geist und den Geisthaltehäusern geplagten Autoren. Nur daß sie mehr an der Zahl waren und ihre Trachten und ihr Getriebe hatten.

Zahlen gegen Buchstaben.
Die Zahlen hatten längst die Oberhand.
Zahlen gegen Buchstaben war freilich eine wesentlich ernstere Devise als *Fabriken nicht mehr, Arbeiter nicht mehr.* Sie wurde als Losung nämlich gar nicht ausgegeben.
Artner, der die Zahlen neuerdings sang, wartete ja schon immer, daß der Verleger die Losung *Zahlen gegen Buchstaben* ausgeben würde, statt dessen warnte er nur vorm *Tagesgeschehen. Nicht zu sehr ins Tagesgeschehen kommen,* lautete sein jetziger Ratschlag, und Artner lachte wie immer, wenn er das *Boot* verließ und auf den Gehsteig sprang. *Sitzen im gemeinsamen Boot, sind alle eine Familie,* redete der Verleger in Artners Kopf draußen im Verkehrslärm oft weiter.

Im Kopf des Packers redete er nicht mehr.
Der Bote und Packer, der die Autoren zwangsläufig und gegen seinen Willen grüßen mußte, weil er, um nicht zu ersticken, die Tür zu seinem fensterlosen Winzigstraum immer offen hatte und die Autoren beim Hineingehen als erster und beim Hinausgehen als letzter sah, hatte viele Jahre hindurch beinahe täglich einmal vom *Sitzen im gemeinsamen Boot* gehört und glaubte plötzlich nicht mehr daran. Anstatt des *gemeinsamen Bootes* zählte für ihn plötzlich nur noch die Parole: *Packer gegen Biersack,* und selbst Biersack vergaß er rasch. Nicht einmal

Biersack, den er in der Eile für einen Wiener gehalten hatte und der in Wirklichkeit nur ein Beschäftigter bei einer Wiener Buchvertriebsfirma war, spielte für den Packer auf einmal eine Rolle und auch nicht, daß der Verleger vor und während der Weihnachtsfeier die Verdienste des Biersack besonders und die der anderen Buchvertreter über Gebühr herausstrich, sondern lediglich die Tatsache, daß Biersack einen neuen Bildband neben sich liegen hatte, während er ein schwächliches Bändchen in seinen Packerhänden hielt.

Entschlossen und mit herrschaftlicher Geste kam der Packer Artner, der wieder einmal Sepp, den Sozialversicherungsträgerhauptverbandspräsidentenstellvertretersekretariatsvorstand, treffen wollte, die Weinkellerstiege hinunter entgegen und schob ihn mit festem Schultergriff in das laute und dampfende Lokal zurück, in dem es immer dampfte und auf Weihnachten zu noch mehr. Gehirne, Bäuche, alles dampfte und erging sich in vorweihnachtlichem Wohlwollen, aber der Wein gar nicht einmal so schlecht und sogar erschwinglich.

Der Packer war auf einmal ganz auf der Seite von Artner und nicht im geringsten verschwiegen und verschlossen und auch nicht mehr der bescheidene Bote, sondern ganz aufs Reden und Offenlegen von Verlagsintimitäten und Planwirtschaft aus. Er war ja überall herumgegangen und hatte überall mitgehört und für sich behalten, was für Artner gar nicht so geheimnisvoll war. Auch wenn der Verleger ihm nie auf den Kopf zusagte, in welchen Fußstapfen er später zuverlässig und einträglich im Kreis gehen sollte, war Artner freilich nicht entgangen, daß gewisse Aneignungsversuche unternommen wurden. Nur genau namentlich, wie er es im dampfenden Weinkeller vom erbosten Packer erfuhr, hatte er es nicht gewußt, daß er allmählich in die Stapfen eines schon recht müden und grantigen Imkreisgehers hätte steigen sollen. War er froh, daß ihm der auf einmal wohlwollende Packer diesen Vermarktungsein-

faltsblödsinn in einem Keller verriet und nicht ebenerdig! Da ging's wenigstens nicht tiefer.
Zutiefst beleidigt und aufgebracht redete und schrie der nicht mehr junge Packer durch Zigarettenrauch und Stimmengewirr auf Artner ein, und da war keine Spur mehr von Verachtung, statt dessen Ermutigung zu Wachsamkeit und aufrechtem Gang, was Artner doch ziemlich erstaunte.
Es war freilich eine Dummheit gewesen, ausgerechnet am durchaus arbeitsamen und zuverlässigen Packer, der jedes Buch hob und trug und stapelte und über *gängig* oder *ganz unverkäuflich* von den eigenen Händen her genau Bescheid wußte, vor versammelter Belegschaft, Autoren und anderen Gästen und Hausmusikern und Idylle dichtendem Hausautor zu sparen und Biersack einen neuen Bildband und ihm ein dünnes Bändchen in die Hand zu drücken, von dem er im voraus wußte, daß es dem Lager die Treue gehalten hätte. Lagertreue Bändchen hatte er schon genug und wußte nicht mehr, wo und in welchen Nischen er sie in den knappen Lagerräumlichkeiten noch verstauen sollte. Obwohl es noch am ehesten in seinem und durchaus im Geist und Gefühl des Verlegers und einer soliden Schicht herzzerreißender Kultur-im-Auge-Behalter geschrieben war, hat das schmale lagertreue Bändchen den verschwiegenen Packer in Aufruhr versetzt. Der Verleger, der selber Untertan gewesen war und als solcher auch eine verletzliche Seele hatte, kannte den Packer ja schon lange und von früher her und hätte wissen müssen, daß dem Packer das lagertreue Bändchen neben Biersack mit dem neuen Bildband in den Kopf steigen würde. Aber eine Kündigung, die zum Glück des Verlegers nicht am Weihnachtenfeiern oder anderen Rührseligkeiten scheiterte, schaffte rasch Frieden und Klarheit zwischen Packer mit lagertreuem Bändchen und Biersack mit Bildband und rettete auch noch den Weitergang des Festes.
Sich ja nicht unterkriegen lassen! redete und schrie der mit

dem Verleger früher gesinnungsgleiche Packer im dampfenden Weinkeller auf den viel jüngeren Artner ein und hielt diesen gegen seinen Willen am Oberarm auf den schon eine Weile nicht mehr abgewischten Tisch nieder und bestellte großzügig und lautstark Wein. Niedergeschlagen und im Verdruß, wie es Gekündigte allzu oft sind, schien der Packer nicht, aber tief beleidigt und auf Gerechtigkeit und Angriff aus. Sich ja nicht unterkriegen lassen! redete und schrie der Packer auf Artner ein und vergaß in seinem Ärger sogar auf seine eigene Gesinnung, der zuliebe er kritische und zähmungsunwillige Autoren verachtet hatte. Und nun wegen eines lagertreuen Bändchens, in dem der Schreiber nett über Landschaft und Leben sinnierte, enttäuscht und wegen Biersack gekränkt, schimpfte er wild in die Gegenrichtung und ließ Artner nicht mehr los. Dabei hatte dieser lediglich Sepp, den Sozialversicherungsträgerhauptverbandspräsidentenstellvertretersekretariatsvorstand, treffen wollen, der ja ein ruhiger Mensch war und ihm manchmal von Wesen und Werdegang der Sozialversicherungen erzählte. Statt dessen saß er dem auf einmal lauten und aufgebrachten Packer gegenüber, der aber seit der Weihnachtsfeier kein Packer mehr war und sich nie bloß als Packer verstanden hatte, sondern auch als Mitträger von Geheimnissen, die er nun in die Gegenrichtung schimpfend vor Artner auspackte.

Ihn bald an der Schulter und bald am Oberarm fest niederhaltend, redete der vormals verschwiegene Packer laut auf Artner ein, bestellte mehrmals gegen dessen Abwehr Wein und wertete alles um. Artners Ansinnen und Bestrebungen seien die besten und die wichtigsten und die des Verlegers und Verlagförderers und intimsten Hausautors, dessen Bändchen die Weihnachtskündigungsgeschichte ausgelöst hatte, nichts als Lagerblödsinn, den der Packer immer nur abstaube und umstaple und nicht wisse, wohin damit. Anscheinend bereute der gekündigte Packer nun, daß er in den Winzigsträumen still und ohne

Widerrede all die Jahre viel und umsonst abgestaubt und umgestapelt hatte. Daran dachte der stets mit Gebirge und Natur verbundene, mit Schwung ins Haus gehende und mit Schwung das Haus verlassende Schreiber und Literaturförderer natürlich nicht, daß der Packer seine Bücher ja oft abstaubte und oft umstapelte und aus früherer Treue nichts sagte. Über beiden Häuptern und dem Kopf des Verlegers schwebten Erinnerungen an Märsche und Hakenkreuz, an das anscheinend nicht mehr erinnert werden durfte. Dieses Verschweigen wurmte den Packer am allermeisten. Selbst in den lagertreuen Bändchen stand nichts mehr davon. Nur harmonisch, christlich und nett. Dieses Ärgernis stieß ihm auch auf, als er schon etwas ruhiger mit Artner den lärmenden und dampfenden Weinkeller verließ und ihn nicht weit davon zu seinem Wagen führte; ein breiter, bequemer und zuverlässiger Diesel und nur wenige Kilometer auf dem Tachometer. Und der Stern vorn auf dem Kühler echt und auch noch vorhanden und ganz. Ob geerbt, erhungert oder erspart oder aus Zorn und Schmach auf Leasing erworben, fragte Artner nicht. Aber bequem war das Auto tatsächlich. Wie in einer fahrenden Wohnung kam sich Artner nach dem lauten Keller neben dem ehemaligen Packer vor. Aus Groll und Enttäuschung über den Verleger und dessen Freund und Förderer galt des ehemaligen Packers Sympathie nun ganz Artner, der sich eigenständig meinte, aber eben nur eine Einzelperson darstellte. In seinem neuen Eifer verklärte der ehemalige Packer freilich wieder alles. In dem Stüberl in einer neuen Wohnsiedlung, in das er Artner führte und ihn unbedingt seinen Freunden vorstellen wollte, wußten die von ihrer Weinkellerbegegnung noch nichts, schauten Artner nur befremdet und verschiedentlich böse an und redeten trotz des Betreibens seines Gönners nicht mit ihm und mit diesem schließlich auch nicht.

Von Artners neuen Gönners Gunstumschwung konnten sie in dessen Stüberl noch nichts wissen. Und Artner wiederum war

nicht auf Anschluß aus. Und im Erschließen von Neuland war er allein ohnehin besser.
Er ging einfach und dachte wieder einmal an Conte Pirolo. Hockt sicher in der Trattoria del Orso draußen in der Osteria, raucht Super senza filtro, trinkt lebenden Wein und spielt lautstark mit den Arbeitern Karten, und andere sitzen um den Ofen. Sor Domenico heizt jetzt bestimmt schon eine Weile den gußeisernen Ofen. Um ihn herum siebenstöckige und höhere Häuser und noch früher Abend und nicht wirklich kalt, ganz, als würde es bald zu schneien anfangen. Einige Universitätslehrer und eine zierliche lateinunkundige Pazzanella fielen ihm ein, die in einem dieser hohen Kästen wohnten, und in einem davon, irgendwo weiter südlich, erinnerte er sich, hatte er mit Schweizer Buchhändlerlehrlingen die Frau F. besucht. Aber sonst kannte er in der nach den Alpen benannten Siedlung, die stadtauswärts beständig wuchs und wuchs, niemanden. Scheinwerfer und Autos fuhren ihm mit mäßiger Geschwindigkeit entgegen. Es waren schon so viele, sie konnten nicht mehr wie früher rasen, also fuhren sie mit gedrosselter Eile, und ihre Besitzer ärgerten sich oder waren vereinzelt glücklich, einen Parkplatz gefunden zu haben. In guter Sichtweite die Festung und ein wuchtiges Kloster darunter.
Spinnweben und Kohlensäcke, sagte er.
Die Welt ist voller Spinnweben und Kohlensäcken.
Während der Kellergeschichte, er hatte zugehört und zugleich über *Zahlen gegen Buchstaben* weitergedacht, waren ihm Kohlensäcke und Spinnweben in den Sinn gekommen. Sind ja zum einen Kellergeschichten. Die Leute leben ja vielfach Kellergeschichten. Weiß der Teufel, wie viele Leute Kellergeschichten leben.
Ich gehe oft und oft am Packer vorbei und komme nicht dahinter, daß ich an einer Kellerexistenz vorbeigehe. Kellermäßig geht's schon seit langem beständig dahin. Das *ewig Dumpfe*

läßt uns nicht los. Kellergeschichte, Gehorsam und cultura niente! Cultura niente, niente!
Aus den Kellern finden wir nicht heraus, sagte er auf italienisch und deutsch. Wurde ihm ein Erlebnis zuviel, redete Artner oft italienisch. *L'uscita delle cave!*
Der Führerhauptkommandokeller längst geschlossen und die Köpfe mit ihren Gehirnen noch im Keller. Gut dreißig Jahre später, und die Gunst immer noch auf seiten der Keller. Cultura niente! Salisburgo niente! Troppo sale. Viel Salz und Leben und Kultur wenig. Immer Salz, Salz und wieder Salz. Immerhin gehörten Land und Stadt schon lange zur Republik Österreich. Und die Republik hat eine Verfassung zum Schutz der Freiheit der einzelnen Existenz. *Vergessen ständig, daß wir ja eine Verfassung haben.* Er holte tief Luft und blies sie wieder aus. Sie stank ein wenig nach Benzin und anderes Gasgequalm, und einige Schneeflocken fielen.
Die Sturheit im Kopf der schönen Literaturliebhaberin. Sie hat jetzt eine große Uhr umgehängt. Es ärgert Fremuth, daß sie eine Uhr umgehängt hat. Aber sie kennt Pater Michels. Fremuth kennt Pater Michels nicht. Fremuth weiß nicht, daß die schöne Literaturliebhaberin Pater Michels kennt. Auch Albert Singnicht weiß nicht, daß die schöne Literaturliebhaberin Pater Michels kennt. Sehen beide immer nur, daß sie jetzt eine große Uhr umgehängt hat. Vielleicht gehe ich sogar noch zu den Tankstellen. Kultur hin, Kultur her! Was können Arbeiter dafür, daß sie sich die Wirtshäuser nicht mehr leisten können? Wird vielleicht doch Winter. Ben Hamadi! Sohn der Sonnen. Licht im Süden von Spanien. Kann aus vier oder fünf Sprachen wählen und weiß, daß der Vorgänger von Bruno Kreisky als Vorsitzender der SPÖ Pittermann heißt. Ich wollte ja Zeitschriften kaufen. Als ich die steile Weinkellerstiege hinaufging, habe ich mich ja an Ben Hamadi erinnert und wollte daneben in der Katholikenbuchhandlung Zeitschriften kaufen. Kommt plötzlich der Bote und Packer und schiebt mich

zurück. Zuerst Malaga und Ben Hamadi und dann unverhofft der Packer. Der wissende und ahnungslose Packer. Sätze aus der Maimachergeschichte fielen ihm ein. Von der Maimachergeschichte wußte der Packer nichts. Hätte er Artner nicht im Keller niedergehalten und mit Wein hochleben lassen, hätte er von Artners Arbeit an der Maimachergeschichte gewußt. Die Maimachergeschichte lag schon weit über ein Jahr in München. Sie lag in Linz. Sie lag in Wien. Wo, in welchen Theatern noch, wußte Artner nicht. Trotz des ruhigen und einflußreichen Stifter lag die Maimachergeschichte gut und sicher in Theatern herum.

Das kriegt man nicht los
Man bringt das nie mehr aus sich heraus
Ob ich schlafe oder wach werde
da denk ich immer daran, wie das gewesen ist
Man muß sich vorstellen
wir haben alles gewußt
alle rundherum haben wir davon gewußt
Die Pfarrer auch
die Pfarrer haben es auch gewußt
die hätten sie auch geholt
aber die haben nichts gesagt
die haben ja nur Frauen mit unehelichen Kindern verdammt
und Messen gelesen
Aber zu den Lagern daneben
haben auch die Pfarrer während der ganzen Zeit kein Wort gesagt
Nicht einmal nachher

La nostra via è lenta, unser Weg ist langsam, sagte er laut in den fallenden Schnee.
In der italienischen Geschichte ging es natürlich wesentlich bunter zu. Die unterschieden zuerst einmal zwischen Norden und Süden und hielten da noch einmal Regionen und Provin-

zen nach ihren Eigenheiten auseinander, betonten immer, von wo aus etwas gesehen werde. Ihr Denken kam aus der Vielfalt und dem Gegeneinander. Weitsichtige Denker stammten vorwiegend von Inseln und aus entlegenen Landstrichen, und sie wußten auch vom Leben in den Dörfern.
Haben einen Sinn für das Kleine.
Im Norden Eile und Summen.
Und in der Mitte viel Sinn für Leben und das Kleine.
Muß vielleicht bald wieder hin und sehen, wie sie es im Winter machen. Leben ja auch im Winter. Haben mächtig in den Hotels zu heizen angefangen, als die Weinverkoster kamen. Auch Vannini, hat nicht geredet, aber die Heizung hat auch Vannini voll aufgedreht. Feiert mit seiner freundlichen Frau und den Kindern jetzt auch Weihnachten. Das hatte Artner ja wieder vergessen, daß die Leute mit Weihnachten beschäftigt waren. Rings um ihn war weit und breit Weihnachten.
Dunkelheit, Schnee, Lichter und Weihnachten hier, und in Buenos Aires erst Nachmittag und Sommer, und Hebe steht vielleicht eingezwängt in einem Bus. Gewiß ist sie längst dort. Hat mich einige Male wegen Weihnachten befragt. Kennt Regen, aber kaum Schnee. In einen warmen Mantel und einen Schal gehüllt dicht neben mir durch den Schnee stapfen wollte sie doch und zurück nach Florenz auch! Fährt zuerst allein kreuz und quer durch Europa und fängt an zu zaudern. Hat immer mehr Briefe nach Argentinien geschrieben, fiel ihm jetzt ein. An manchen Abenden bis zu drei Stunden nur Briefe, und sie war völlig abwesend. Bis zu drei Stunden stumm in meiner Anwesenheit, nur Briefe und Zigaretten! Und auf meine antwortet sie nicht. Sind nicht zurückgekommen, sind einfach ohne Echo geblieben. Dabei war sie ihm mit Verzögerung nachgefahren. Zuerst nach Malaga und dann von Malaga nach Barcelona zu Doktor Eisner, von dem er inzwischen auch wußte, daß sie einige Wochen in Torremolinos als Serviererin in einer Bierhalle gearbeitet hatte. Hat mit Doktor Eisner über

die großen deutschen Bierkrüge und die kleinen Spanier gesprochen.
Hätte eben doch länger in Madrid bleiben sollen. Bin zu früh Hals über Kopf von ihr weg und aus Madrid davongefahren. Aber eine Zauderin ist sie auch. Und der spanische Bastard! Den Blödsinn mit dem spanischen Bastard hat sie sich selber eingehandelt. Geht mit ihm ins Bett, und er rückt mit dem Geld nicht heraus. Daraufhin hat sie die Geschäftsbücher aus dem Büro mitgenommen und sich dem Bastard erst recht ausgeliefert. Aber mir hätte sie auf meine Briefe antworten können, kann unmöglich auf uns vergessen haben. Einmal, ja einmal probier ich es noch. Einmal schreib ich ihr noch und gleich an die Botschaft in Argentinien.
Unser Weg ist langsam, sagte er laut, an hellgrauen Wissenschaftsgebäuden vorbeigehend, in denen vereinzelt noch spärlich Licht brannte. Aber Autos sah er keine. In einem dieser Gebäude arbeitete Fritz Fremuth und hatte es eilig, war mit seinem Professor dem Universellen und anderen sprachwissenschaftlich wichtigen Dingen auf der Spur. Betrieben Kongresse. *La nostra via è lenta!* Dieser Satz inmitten der vielen Fortschrittsversprechungen in Tausenden Büchern und Hunderttausenden von Reden leuchtete Artner sofort ein. Er hatte viel nachgedacht und gelesen, aber nie diesen Satz gefunden. Immer nur komplizierte Sätze.
Habe immer das Unwissen einfacher Leute verteidigt und entschuldigt und nie einen brauchbaren Satz gehabt.
Aber *unser Weg ist langsam* geht.
Unser Weg ist langsam, sang er ganz zufrieden in der Akademiestraße in den fallenden Schnee. Es schneite tatsächlich mehr. Er schaute hinauf, wo die Festung war, aber er sah nichts von ihr. Ein Stück weiter unten wohnte der Pater, von dem weder Fremuth noch Albert Singnicht wußten, daß ihn die schöne Literaturliebhaberin kennt. Die schöne Literaturliebhaberin hat Kontakte und pflegt sie. Hat neben dem Glastisch Thomas

Münzer im Regal, kommt aus einer Industriestadt und verweigert sich den Zusammenhängen. Es nützt dem Revolutionsdichter nichts, wenn er bei ihr im Wohnzimmer von der Klassengesellschaft redet. Da ärgert sich nur der Ehemann und zitiert Doderer oder einen Nachdoderer. Sie kommt aus einer Industriestadt und hat ein Kloster im Kopf. In Wirklichkeit geht's natürlich schon lange um ein Mikrophon. Geht nicht um Deutsch, nicht um Verständigung, nicht um Münzer, nicht um Doderer, sondern um ein Mikrophon. Nicht um Sanftmut, nicht um Geduld, nicht um Ganzheit, sondern um ein Mikrophon . . .
Das Reden von Harmonie und Schönheit ist nur Schlüssel und Zugang zum Mikrophon. Es herrschte ja großer Wettbewerb um ein Mikrophon. Wieder holte er tief Luft und blies sie kräftig aus.
Spinnweben und Kohlensäcke. Die Welt ist voller Spinnweben und Kohlensäcken. Luft gut! Nur vereinzelt kamen ihm Autos entgegen. Ein ruhiges Wohnviertel mit Gärten und Bäumen und weniger hohen Häusern als zuvor und auch noch kleineren alten Häusern, in denen es bescheiden zuging.
Die Setzer kennenlernen!
Nach den Feiertagen die Setzer kennenlernen. Sind schon wieder Beistriche im Buch, die ich nicht will. Schon wieder eine Menge überflüssige Beistriche. Schon wieder diese lächerlichen Auslassungszeichen. Lassen immer etwas weg und setzen dafür Auslassungszeichen hinzu und Fehler auch. Will herausfinden, was da los ist. Mit dem Tod von Frau F. ist der Kontakt zu den Setzern abgebrochen. Sie wollte mich mit den Setzern bekanntmachen.
Zeile einbringen!
Zeile austreiben!
Hurenkind! haben sie oft auf die Korrekturfahnen gedruckt. Bravo! auch manchmal dazu. Einer ist auf meiner Seite, hat Frau F. gesagt. Einen gibt's, einer ist schon gut. Besser

als von der Kunstbuchlektorin für einen Majakowskij gehalten zu werden. Was hilft mir Majakowskij, wenn sie keine Zeit hat, Zeichen zurückzukorrigieren? Was hilft mir ihr Lächeln, wenn sie ohnehin glauben, ich sollte ein anderer werden?
Ich bin doch kein Buch!
Ein Buch kann man natürlich einmal her und einmal hin ...
Sind doch nur Zeichen und Buchstaben, kann man immer einmal so und einmal so setzen ...
Ich bin doch kein Buch!
Ich schreibe, aber ich bin kein Buch!
Artner heiße ich!
Er bog in den Feldweg ein und ging den Mühlgang und an Ahornbäumen entlang, gerade und langsam stadtauswärts und wurde immer ruhiger. Artner heiße ich und komme aus Urbs Vetus. Aus Urbs Vetus bin ich. Das ist mehr als ein Mikrophon oder ein Buch, mehr als eine ganze Siedlung von Geisthaltehäusern, nicht kurz und nicht nur Abglanz vom Glanz. Alles nur hausgemachter Glanz. Dort ist Leben und für den, der sich Zeit nimmt und will, auch Licht. Für die Keller braucht man ja Licht. Viel Ruhe und immer wieder Licht. Finden die Computerer nicht, zählen falsch und immer schneller und sehen die Augen nicht mehr. Licht kommt ja auch aus den Augen.

Vielleicht hat Tenore das mit *tu non ha capito niente* gemeint? *Du hast nichts verstanden* heißt vielleicht, die Augen nicht finden? Ist hier freilich schwer. Rennen immer und schlagen die Augen nieder. Haben es immer eilig, sind geplagt und räumen dich für ein bißchen Wohlstand auch rasch auf die Seite.
Soll ich vielleicht doch zu Thom in den Eigenherr gehen? Thom, eine irische Existenz, in Amerika irisch-katholisch erzogen, die Frau davongegangen, plagt sich mit seiner Krise,

trägt in aller Früh Zeitungen aus, wird von scharfen Hunden angefallen und lebt zum Teil von Verständnis und Gnade der Wirtin.

Hat einen ruhigen Blick und sieht auch die Augen nicht. Findet die Kirche hier nicht katholisch genug und will nach Spanien.